시니컬 황후

3

시니컬 황후 3

초판 1쇄 인쇄 2014년 12월 12일
초판 1쇄 발행 2014년 12월 19일

지은이 은빈
발행인 오영배
기획 박성인 **책임편집** 이신옥
표지 · 본문 디자인 신경선
제작 김아름 **일러스트** 김효영

펴낸곳 (주)삼양출판사 · 단글
주소 서울특별시 강북구 솔샘로67길 92
대표 전화 02-980-2112 **팩스** / 02-983-0660
블로그 blog.naver.com/dan_gul
출판등록 1999년 3월 11일 제9-00046호

ISBN 979-11-313-0070-1 (04810) / 979-11-313-0067-1 (세트)

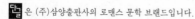 **단글**은 (주)삼양출판사의 로맨스 문학 브랜드입니다.

시니컬 황후

은빈 장편소설

3

단글

| 차 례 |

제1장

해후(邂逅)

"다시는…… 놓치지 않을 테니까."

황제의 품에 안긴 순간, 황후는 시간이 멈추어 버린 것만 같았다.

목소리만으로도 그가 천나라의 황제, 천 휘라는 것을 바로 알아차릴 수 있었다. 그만큼 그리웠던 사람이 눈앞에, 자신을 안고 있다는 것이 믿기지가 않았다.

그리고 참으로 이기적인 생각을 해 버렸다.

더 이상은 아무것도 생각이 나지 않고, 생각하고 싶지도 않은 이 순간이…… 영원하길.

시간이 이대로 멈추어 버리길.

하지만 운명은 너무나도 가혹했다. 그와 함께 있는 이 순간에도, 어김없이 마주해야 할 운명이 자신을 집어삼키기 위해 다가오고 있었다.

"폐하."

"……아무 말도 하지 마."

황제가 낮은 목소리로 황후의 말허리를 잘랐다. 황후를 끌어안은 그의 팔에는 여전히 힘이 들어가 있었다. 지금 놓아 버리면, 또다시 그녀를 잃게 될지도 모른다는 불안감 때문이었다.

"황후."

이윽고 갈라진 그의 목소리가 황후의 가슴을 저릿하게 만들었다.

"내가 지켜 줄 테니까……."

"……."

"내가 지켜 줄 테니까, 제발……. 내 곁에 있어."

맞닿은 황제에게서 느껴지는 심장의 두근거림이 황후의 가슴을 두드렸다. 마치 그처럼 무겁고 강인한 심장 박동이 여린 황후의 심장 깊숙이 박혀 들어갔다.

"폐하, 저는 해야 할 일이 있습니다."

그러나 황후는 찢어지는 가슴을 뒤로한 채 단호하게 말했다. 한순간의 감정에 무너져 내릴 만큼, 나약한 여인은 더 이상 없었다. 눈물을 삼키고, 입술 안쪽을 꽉 깨물며 그녀는 말을 이었다.

"그러니, 놓아주십시오."

그를 떠나기 전, 닿을 듯 말 듯 자신을 애태우던 그의 마음이 이젠 온전히 와 닿아 버린 이 순간. 따뜻하게 그를 어루만지고 그의 어깨에 얼굴을 묻고 싶었다.

　수척해진 그의 얼굴이 이루 말할 수 없는 죄책감을 불러왔고, 갈라진 그의 목소리가 여러 날 동안 그가 얼마나 힘들어했는지를 말해 주었지만…… 눈앞에, 마지막 관문이 놓여 있었다. 황후임에도 황궁에서 벗어난 죄인이 된 만큼, 그만한 각오를 하고 그를 떠난 만큼 여기서 흔들릴 수는 없었다.

　"폐하."

　"……."

　그러나 황제는 그녀의 말에 아랑곳하지 않고 오히려 그녀를 더욱 세게 끌어안았다. 이내 그의 차가운 목소리가 황후의 귓가에 들려왔다.

　"해야 할 일?"

　"폐하의 곁에서는 할 수 없는 일입니다. 그러니 저를 모른 척, 보지 못한 척……."

　"어떻게 보지 못한 척을 하란 말이오. 그대가 죽음의 문턱에 서 있을지도 모르는데!"

　"……!"

　황제가 매서운 눈빛으로 날카롭게 말했다. 그의 짙은 눈썹에 힘이 들어갔다. 분노에 휩싸인 그의 숨이 거칠어졌다. 그리고 그가 힘겨운 듯 두 눈을 감으며 덧붙였다.

　"그대의 눈을 멀게 만들었던 아비에게 가려는 것을, 모른 척하라고?"

"그것을 어찌 폐하께서……."

황후의 가슴이 쿵— 내려앉았다. 자신을 한 해 동안 속박하고
죽어가게 만들었던 내막에 대해 황제 폐하께서 알고 있다니.

"다 알고 있으니까…… 더 이상 숨을 필요도, 도망갈 필요도
없소. 그러니 이젠…… 내게 기대, 황후."

황제가 그녀를 품에서 놓아주며 말했다. 그리고 그녀의 가녀
린 어깨를 붙잡고 그녀를 지그시 바라보았다. 그윽한 그의 눈빛
이 황후의 눈동자에 담겼다. 황후는 더 이상 아무런 말도 할 수
가 없었다.

황제는 한동안 황후에게서 시선을 떼지 않았다. 그녀와 두 눈
을 마주한 지 너무나도 오래됐다. 이렇게 깊고도 맑은 그녀의 눈
동자를, 한 해 동안 제대로 들여다보지 못했고, 멀리했다.

오래전부터 그녀에게 말했어야 했다. 아무 걱정 말고, 기대라
는 말을.

권위와 명분만을 내세운 황제이기 이전에, 자신은 황후의 가
장 가까이에 서 있는 사람이었으니까.

왜 자신을 믿지 못하느냐고 다그칠 것이 아니라, 자신에게 기
대어도 좋다고 말해 주었어야 했다.

황제의 얼굴이 한없이 어두워졌다. 그의 눈 밑에 깔린 짙은 어
둠과 갈라진 입술이 그동안의 힘겨움을 보여주고 있었다. 이윽
고 그가 다시 한 번 거칠어진 입술을 달싹였다.

"그대가 하려는 일이 무엇이든, 그리고 그대가 떠난 연유가 무엇이든 아무것도 묻지 않을 테니 내게 기대라고. 황후……."

황후는 더 이상 그의 얼굴을 제대로 볼 수가 없었다. 그리고 그와 마주한 시선을 다른 곳으로 돌렸다.

자신이 떠나도 황제는 괜찮을 거라 생각했다.

그동안 보여 주었던 그의 마음은 한순간의 감정이었을 거라고 여겼다. 늘 그래 왔듯 아무렇지 않게 황궁을 거닐고 있을 거라 생각했다. 황후가 사라졌으니, 찾는 시늉이라도 하려 금군을 풀어놓은 줄로만 알았다.

'그런데 이게 무슨 못 볼 꼴이란 말입니까. 폐하…….'

황후가 다시 그를 바라보았다. 그리고 천천히 황제의 얼굴로 자신의 손을 가져가, 조심스럽게 그의 뺨을 어루만졌다. 황후의 손이 가늘게 떨렸다.

황후가 목이 메는 목소리로 자신의 속마음을 고백했다.

"지금처럼 당신을 밀어내지 못할까 봐. 당신을 떠나온 시간 동안 단단해졌던 저를, 다시금 물러지도록 만드는 당신을 더 이상 밀어내지 못할까 봐. 그래서 더더욱 떠나야만 했습니다. 당신이 내게 준 상처보다, 당신을 믿지 못한 것보다 더 두려운 것이…… 황제, 당신이었기 때문입니다."

황후는 힘겹게 마른침을 넘겼다. 그리고 자신의 사가 대문으로 시선을 가져가며 말했다.

"……저는 오늘, 이곳에서 제 아버님을 만날 생각이었습니다.

제 아버님을 움직이게 만든 점쟁이도 함께 말입니다."

황제가 황후의 시선이 닿은 곳을 물끄러미 응시했다. 그리고 다시 황후를 바라보며 자신의 뺨을 어루만지던 황후의 손등 위에 자신의 손을 대었다.

따뜻한 느낌. 긴장 때문이었는지 줄곧 등 뒤에 느껴졌던 서늘함이 사라지고 따뜻한 온기가 온몸을 감싸는 것 같았다.

이윽고 황제가 그녀의 손을 부드럽게 맞잡으며 말했다.

"궁으로 돌아가지 않겠소."

궁으로 돌아가지 않겠냐는 황제의 말에 황후는 그를 뚫어져라 바라보았다.

"방금 말씀드리지 않았습니까. 저는 아버님을 만나기 위해 이곳에 온 것이라 했습니다."

"알고 있소. 나 또한 백 재상을 만나러 온 것이오."

"헌데, 왜 갑자기 궁으로 돌아가자 하시는 겁니까."

황후가 이해할 수 없다는 듯 미간을 좁히자 황제가 나지막이 물었다.

"그대 혼자 백 재상을 찾아가 진상을 밝혀내고 나면, 그 뒤에는 어찌할 생각이지."

"……!"

"그다음에는, 어찌할 생각이냐 물었소."

"어찌할 생각이라니요. 아버님께 사죄를 받아내고……."

황제의 물음에 황후는 잠시간 말문이 막혔다. 그녀는 백 재상에게서 기별이 오길 기다리며 매일 밤 그를 만나기만을 고대했다. 그를 만나서 모든 진상을 밝히고 이젠 허수아비가 아닌 사람, 백 월이 되어 살아갈 수 있을 거라 생각했다. 허나, 진상을 밝혀내고 나면…… 아버님은 어찌해야 하는 걸까.

황후가 천천히 두 눈을 깜박였다. 황제는 그녀와 맞잡은 손을 물끄러미 바라보며 말을 이었다.

"그대를 그리 만든 백 재상이 그대에게 잘도 미안하다며 죄를 뉘우치겠소. 또한, 그대가 눈이 보인다는 것을 알면 그다음엔 더욱 확실한 방법으로 눈을 아주 멀게 만들지도 모르는데, 그때는?"

황제의 일침에 황후가 고통스러운 듯 눈을 감았다.

이제 자신은 달라졌다. 모든 것을 밝히고 나서도 아버님이 달라지지 않는다면, 그녀 자신도 반격을 해야 할지도 모른다고 어렴풋이 생각한 적은 있었다.

그러나 아버지였다. 자신은 그의 딸이었고, 그가 한순간의 권력욕에 잠시 자신의 눈이 멀었던 것이라 죄를 뉘우친다면 그를 용서할 생각이었다.

아비의 눈과 함께 딸의 눈도 멀게 만든 것에 대해 한껏 원망한 다음, 그래도 그가 진심으로 용서를 구한다면 눈을 감고 그래도 핏줄이라며 껴안으려 했다.

허나 어쩌면 알고 있었는지도 모른다.

아버님이 자신이 돌아온 것을, 그리고 두 눈이 똑똑히 보인다는 것을 알고 나면 어떤 반응을 보일지.

'그런데 어째서 황제 폐하 당신은, 내가 가장 생각하기 싫었던 최악의 순간을 떠올리게 하는 걸까.'

황후가 이를 악물고 외쳤다. 그리고 그가 잡은 자신의 손을 빼내려 힘을 주었다.

"저는 이제 황제 폐하께서 알던 전의 나약한 황후가 아닙니다. 아버님과 충분히 맞설 수 있을 만큼 강해졌단 말입니다."

"내가 그렇게 둘 수 없소!"

황제가 황후와 잡은 손을 끌어당겨, 그녀를 더욱 가까이 자신에게 밀착시켰다.

"폐하!"

"언제까지 두 사람을 지켜보아야 하는 겁니까."

그리고 황후가 황제에게 목소리를 높일 때 즈음, 말없이 둘을 지켜보고 있던 은후가 조용히 입술을 뗐다. 그러자 황제와 황후는 목소리가 들려온 쪽으로 일제히 고개를 돌렸다.

그리고 그곳엔 팔짱을 낀 채 황후의 사가 돌담 벽에 기대어 서 있는 은후가 있었다. 처마에 의해 드리워진 그림자 사이로 그가 모습을 드러내며 황후와 황제의 곁으로 다가왔다.

"그래서, 들어갈지 말지는 결정하셨습니까."

"누구냐."

황제가 경계심 어린 눈빛으로 은후를 바라보았다. 그리고 방금 자신이 황후와 한 얘기를 곱씹어보는 그였다.

'설마 나와 황후가 한 이야기를 모두 들은 것은 아니겠지.'

황후는 은후를 잊고 있었다는 듯 당황한 표정을 지었다.

'서은후……. 잊고 있었어.'

그리고 이 상황을 어찌 설명해야 할지 몰라 황후는 초조한 얼굴로 황제와 은후를 번갈아 보았다. 은후는 그녀가 황후임을, 그리고 그녀의 앞에 서 있는 사람이 황제임을 모르고 있기 때문이었다. 또한 알아서도 안 되었다.

'이자가, 천나라의 황제.'

황제의 앞으로 더 가까이 다가선 은후는 그를 물끄러미 바라보며 생각했다. 비록 평범한 사내인 것처럼 위장을 하였으나, 그에게서 느껴지는 기품과 위엄은 아무나 가질 수 있는 것이 아니었다.

또한 월이 연신 '폐하'라는 경칭을 사용하여 그를 부르는 걸 제대로 들은 것이 맞다면, 자신의 앞에 서 있는 이는 천나라의 황제가 확실했다.

'잠행 중이었던 건가.'

은후는 황제의 정체를 알고 있었지만 이내 무표정한 얼굴로 답했다.

"그쪽은 누구이신지요."

"나는……."

황제가 머뭇거렸다. 잠행 중 낯선 자에게 섣불리 신분을 밝힐 수는 없었다. 그가 곤란한 얼굴로 멀찌감치 떨어져 주변을 경계하고 있던 려운을 바라보았다.

려운은 은후가 황후와 함께 온 사내였기 때문에 낯선 자임에도 불구하고 일단은 지켜보고 있던 중이었다.

황제의 시선을 느낀 려운이 칼자루를 쥐고 저벅저벅 황제에게 다가올 즈음, 황후가 은후를 가리키며 말했다.

"이분은 저를 줄곧 도와주신 분입니다."

황후의 말에 황제는 은후를 차갑게 응시했다. 그리고 은후의 정체를 짐작해 보는 그였다.

'황후를 도와준 자라……'

은후와 황후의 관계를 유심히 살펴보던 황제는 전에 마방에서 마구간지기가 했던 말을 떠올렸다.

—다시 한 번 묻겠다. 정녕 이곳에 들른 여인을 못 본 것이냐.

—보았습니다. 예, 보았고말고요. 헌데 그 여인은 다른 사내와 함께 있었습니다.

"다른 사내."

이윽고 두 눈을 번뜩인 황제가 조용히 읊조렸다. 황후와 함께 있었다던 사내가 바로 이자. 황제는 은후에게 시선을 고정하며 두 눈을 날카롭게 빛냈다.

'나를 경계하는 건가.'

은후는 자신에게서 시선을 떼지 않는 황제의 눈빛을 알아차리곤 의미심장한 미소를 지었다.

천나라의 황제. 이리 급작스럽게 만날 줄은 몰랐지만 어차피 한 번은 만나야 했었다.

월은 무슨 연유로 황제에게서 도망쳤을까. 보이는 것과 다른 뭔가가 있는 것일까.

은후가 고개를 갸웃하며 한쪽 입꼬리를 올렸다. 뭐, 어찌 되었든 황궁으로 가서 정식으로 만나볼 상대를 미리 봐두는 것도 나쁘진 않을 것 같았다. 어차피 곧 다시 만나게 될 테니까.

'황후를 도왔다면, 대역 죄인이 되는 건가.'

황제가 싸늘하게 웃었다. 자신은 황후를 잃고 사경을 헤맸을 때, 이 사내는 황후의 곁에 있었다. 그리고 줄곧 황후와 '함께'였다니. 그리고 그것을 생각할수록 어딘지 모르게 분노가 끓어오르고 있었다.

"시간이 많이 지체되었습니다."

황제가 가까스로 그 분노를 내리누를 즈음, 황후와 황제, 그리고 은후가 있는 곳으로 다가온 려운이 조용히 말을 건넸다. 려운은 은후를 힐끔 바라보더니 두 눈을 가늘게 뜨고 은후의 정체를 미루어 보려 애썼다.

이국적인 얼굴. 황후 마마의 옆에 서 있는 자는 어딘가 천나라 사람이라기엔 묘하게 다른 느낌을 풍겼다.

"보는 이들의 눈이 많아지면 곤란할 것입니다."

어찌 되었든 백 재상의 집 앞에서 이리 오랫동안 서 있을 수는 없었다. 더 이상 시간을 지체했다간 백 재상 사가의 사람들이 이 광경을 보게 될 수도 있었다. 황후, 황제가 버젓이 서 있는 모습을.

비록 잠행 중이긴 했지만, 두 사람의 얼굴을 아는 백 재상이 나오기라도 한다면 꽤 위험해질 수도 있는 일이었다.

"점쟁이는 오늘이 아니면 만날 수 없습니다. 그래서 저는 들어가 보아야겠습니다."

려운의 말에 황후는 황제를 지나쳐 대문을 향해 발걸음을 내딛기 시작했다.

"위험을 자처하는 일이오."

무거운 황제의 목소리가 그녀의 귓가를 울렸다. 허나 아무리 위험한 일이라고 한들, 더 이상 미룰 수는 없었다. 황후는 깊은 숨을 내쉰 뒤 주먹을 꽉 쥐고 대문으로 향하는 발걸음을 멈추지 않았다.

"그럼 영영 이대로 모른 척 살라는 말씀이십니까. 허나, 저는 여태껏 그리 살아왔습니다."

"내가 못 보낸다 했소!"

또다시 황제가 뒤에서 그녀를 와락 품에 안았다. 지금 그녀가 눈앞에서 사라지면, 다신 못 보게 될까 봐, 그것이 너무나도 두려웠다.

그녀가 하려는 일이 무엇이든 이해해 주려고 했는데…… 그것이 또다시 그녀를 놓치게 되는 길일까 싶어 황후를 놓아주고 싶지가 않았다.

이윽고 황제는 황후에게만 들릴 수 있도록 그녀의 귓가에 나지막이 속삭였다.

"황후. 잘 들으시오. 나 또한 그대의 눈에 대한 비밀을 알고 백재상을 문초하기 위해 직접 온 것이오. 허나 그것은 어디까지나 그대를 찾기 위함이었소. 그대가 진정 현명한 방법으로 모든 것을 밝히기를 원한다면, 내 곁에 돌아오시오. 천나라의 황후로서, 그리고 나의 비로서."

"……!"

황제를 떠나 있던 시간. 아무렇지 않은 척 오로지 목적만을 위해 하루하루를 보냈지만 그를 머릿속에서 지울 수는 없었다.

은후와 함께 있을 때도, 혼자 있을 때도…… 그리고 소소한 일상을 보낼 때조차도 그는 이따금씩 머릿속에서 떠올라 그녀를 아프게 만들었다.

하지만 황후는 너무도 잘 알고 있었다. 자신은 영영 다시 황궁으로 돌아갈 수 없을 거라는 것을.

더욱 강해진 황후로 황제의 앞에 나타나고 싶었지만, 자신은 이미 황궁을 버린 몸.

황제를 떠난 자신이 무슨 염치로 다시 황제의 곁에 있을 수 있을지, 너무도 잘 알고 있었기에 선뜻 그와 함께 돌아가기가 망설여졌다.

또한 드디어 진실을 듣고 마주할 아버님과, 자신을 허수아비로 만들어 버린 점쟁이와의 기다리던 만남이 바로 고지에 있는데……. 이대로 궁으로 돌아가 버린다면, 모든 것이 무용지물이 되는 것은 아닐까.

'이젠 정말, 황제 폐하께 기대어도 되는 것일까. 아니면…… 가혹한 나의 운명을 향해 직접 뛰어들어 가야 하는 것일까.'

한없이 복잡해진 머리 탓에 황후의 얼굴이 어두워졌다. 그녀는 갈등의 고통으로 가슴에 번지는 쓰라림을 잊어보고자 두 눈을 꼭 감았다.

이윽고 긴장에 의해 온몸에 잔뜩 힘이 들어간 황후가 불현듯 몸을 움츠리자, 황제는 그녀를 안심시키려는 듯 부드럽게 다독였다. 그리고 그녀의 어깨에 턱을 기댄 채 아픈 미소를 지으며 덧붙였다.

"황후. 함께 가자. 나와 함께."

"……."

"내가 지켜 줄게."

흔들리는 그녀의 눈빛이 은후의 눈동자에 담겼다. 은후는 따끔거리는 가슴을 뒤로한 채 쓴웃음을 지었다. 지켜보는 일이, 늘 상 재미있는 줄로만 알았는데. 이토록 고통스러울 수도 있다니.

황후는 결국 말없이 황제의 손을 잡았다. 그리고 그의 손등을 부드럽게 어루만졌다. 이내 그녀의 입가에서 다시금 깊은 한숨이 흘러나왔다.

"모든 일에는 대가가 따르는 법입니다. 저는 스스로 황궁을 벗어난 황후이니 폐후가 되어도 마땅할 만큼 이미 대역 죄인이 되었는지도 모릅니다. 해서, 저를 궁으로 데리고 가면 폐하께서 위험해지실 수도 있습니다. 폐하께서는…… 왜 그런 제 마음은 헤아려 주지 못하는 겁니까."

그러자 황제는 부드러운 미소를 지으며 짤막하게 대답했다.

"나를 뭘로 보는 것이오."

어딘가 안심이 되는 황후의 말. 그녀의 말에는 더 이상 가시가 박혀 있지도, 자신을 밀어내려는 의지도 없었다.

또한 그녀가 자신을 걱정해 주었다는 생각에 황제는 문득 기분이 좋아졌다. 그러자 옅은 눈웃음을 지은 황제의 눈가에 주름이 잡혔다.

'내가 많이, 황후를 그리워했던 거군…….'

황제는 황후가 눈앞에 있다는 사실만으로도 철렁 내려앉았던 가슴이 다시 뛰기 시작했고, 누구도 다가설 수 없을 만큼 강했던 냉기조차도 안개처럼 내려앉아 버렸다. 그리고 아무도 없는 황궁에서 환청처럼 들려왔던 황후의 목소리가 거짓이 아니라는 사실에 안도하는 자신의 모습이 그것을 보여주고 있었다.

"그것이 어떤 대가이든, 그대가 위험해지는 것보단 나으니까."

황제는 황후를 품에서 놓아주며 그녀와 마주 보고 섰다.

"예나 지금이나 폐하께서는 정말 답답한 분입니다."

황후가 자포자기한 듯 불안한 눈빛으로 그를 바라보자, 황제는 피식 웃음을 터뜨렸다.

"그걸 이제야 안 건가."

"해서……. 궁으로 돌아가면, 그 뒤의 계획은 무엇인지요."

"그건……."

"무릇 모든 일에는 계획을 세워야 한다고 누가 제게 말하더군요. 헌데 폐하께선 항상 행동이 앞서시니, 제가 걱정을 하는 것입니다."

"그 '누가'가 누구지."

황제가 입가에 미소를 띤 채 황후의 말 한마디, 한마디를 듣고 있다, 어딘가 마음에 걸리는 단어가 들리자 곧바로 차갑게 물었다.

"지금 그것이 중요한 게 아니질 않습니까."

"난 중요해."

왠지, 저 기분 나쁘게 생긴 저 사내일 것만 같아서였다. 그리고 그의 예상은 빗나가지 않았다.

"제가 말한 것입니다."

은후가 피식 웃으며 말했다. 은후의 존재를 또다시 잊고 있었던 황후는 불쑥 끼어든 그의 말에 놀라고 말았다. 그의 등장으로 갑자기 머리가 지끈거려 오는 듯하자, 이마 위로 손을 얹고는 은후를 향해 말했다.

"잠시, 자리를 비워 주시겠습니까."

"저자가 그대에게 말한 것이라고? 그대가 언제부터 사내의 말을 그리 새겨 들었…… 읍!"

황제가 발끈하여 눈살을 찌푸리자, 황후는 그의 입을 막고는 은후를 가만히 바라보았다. 그러자 은후는 알았다는 듯 보이지 않게 입매를 비틀며 조용히 다른 곳으로 향했다.

황후는 은후가 멀리 떨어진 것을 확인한 후 그제야 황제의 입가에서 손을 뗴었다.

"이게 뭐 하는 짓이오!"

황제가 잠시간 막혀 있던 숨을 고르고 소리쳤다.

"누가 듣겠습니다. 제 집안 사람들을 모두 불러내실 작정이십니까."

황후가 검지 손가락을 입가에 가져다 대며 눈썹에 힘을 주었다. 그러자 황제는 문득 낯설게 느껴지는 그녀의 모습에 멍해졌다.

"황후, 정말 많이 변했군."

이윽고 그가 황후를 물끄러미 바라보며 말했다. 그다음 자신의 턱을 매만지며 그녀의 곁을 한 바퀴 돌아보는 그였다.

황후는 멀리 서 있는 은후에게 시선을 고정하며 말을 이었다.

"일단, 저 사람은 제가 황후인 것도, 폐하께서 이 나라 황제이신 것도 모릅니다. 그러니 저는 제가 잠시 머물고 있던 곳으로 돌아가 정리를 한 뒤, 황궁으로 돌아가겠습니다."

"그건 안 되는 일이오."

다시 보지 못하면 어쩌려고. 황제는 고개를 저었다.

"저를 믿지 못하시는 겁니까."

"허나……."

황제가 입술을 굳게 다물었다. 황후의 말에 딱히 반박할 만한 여지가 없었다.

그러나 생각해 보니 황후의 말대로 시간 차를 두고, 자신이 먼저 황궁으로 돌아가 재연이 황후로 책봉되기 전에 시간을 좀 벌어놓을 필요도 있었다.

그래야 황후가 아무 탈 없이 다시 궁으로 돌아올 수 있을 테니까.

"전에 머물던 곳이 어디요."

황제는 토라진 말투로 낮게 물었다. 황후는 잠시 망설이는 듯하더니 조그맣게 말했다.

"제운……객주입니다."

"제운객주?"

황제가 소스라치게 놀라는 표정을 지었다. 그 많은 객주들을 모두 뒤지고, 마지막으로 한 군데 남아 있던 곳에…… 황후가 있었다니.

허탈감이 물밀 듯 밀려와 그의 가슴속에서 요동쳤지만 황제는 두 눈을 감고 어금니를 세게 물었다. 물어볼 것도, 알아야 할 것도 너무나 많았지만…… 시간이 없었다.

황제가 슬픈 눈빛으로 그녀를 응시했다. 이내 저음의 목소리가 황후의 가슴을 파고들었다.

"약조하시오. 다시, 내게 돌아오겠다고."

"폐하께서는 왜 저를 원망하지 않으시는 겁니까."

황후는 그를 떠난 자신을 한마디 원망도 하지 않은 채, 그저 돌아오라고 말하는 것이 너무나 미안했다. 너무도 미안해서, 목이 메어왔다.

문득 바람이 두 사람 사이를 부드럽게 지나갔다. 그리고 언제나 함께 있을 때면 은은한 솔잎 향이 나는 유일한 한 사람, 황제가 눈웃음을 지으며 말했다.

"그댄 이미, 내게 소중한 사람이 되어 버렸으니까."

그의 숨소리가 들릴 만큼 고요한 이 순간. 입김 하나하나까지도 느껴질 만큼 가까운 거리에서 그의 고백을 듣자, 황후는 붉게 물들어 버린 얼굴을 감출 수가 없었다.

"원망조차 할 수 없을 만큼."

점차 빠르게 뛰기 시작하는 심장은, 언제나 예고 없이 그녀의 가슴을 울렸고 황제 또한 언제나 성큼 다가와 버려, 생각할 여지조차 주지 않은 채 그녀를 흔들어 놓았다.

황후가 황제를 지그시 바라보았다.

"나비는 언젠가 자신이 머물렀던 꽃을 찾아온다고 합니다."

"……?"

"그 꽃은 언제나 그 자리에 있으니까요. 제가 놓고 간 나비 머리꽂이가 아직 폐하께 있다면, 아마도 그런 뜻일 것입니다."

'나비 머리꽂이?'

황제는 불현듯 황후가 남기고 떠났던 그녀의 머리꽂이를 떠올렸다. 그것이…… 그런 뜻이었나.

"폐하. 누군가 집 안에서 대문 쪽으로 걸어 나오고 있습니다."

그때, 주변을 경계하던 려운이 황급히 황제와 황후에게로 다가와 전했다. 려운은 만일을 대비해 담 너머 황후의 사가를 지켜보고 있었다.

"폐하. 약조하겠습니다. 약조할 터이니, 어서 돌아가세요."

황후는 불안해진 표정과 함께 서둘러 은후가 있는 곳으로 향하며 말했다.

"황후!"

황제는 멀어져 가는 황후를 놓아줄 수 없다는 듯 손을 뻗었지만, 끼익— 대문이 열리는 소리가 들려왔다.

려운은 황제와 함께 재빨리 몸을 숨겼다. 그리고 지나가는 행인인 척 저벅저벅 걷기 시작했다.

"아무도 없는데 원, 나가 보라고 성화시니."

집 안에서 나온 하인 한 명이 주위를 둘러보며 중얼거렸다. 그리고 이내 다시 집 안으로 사라졌다.

황제는 안도의 한숨과 함께 뒤를 돌아보았다. 황후 역시 그 사내와 함께 사라지고 없었다.

황제는 또다시 치밀어 오르는 분노에 주먹을 꽉 쥐었다. 황후가 그자와 같이 있다는 게 영 마음에 들지 않을뿐더러 걱정이 앞섰다.

이국적으로 생긴 것도 모자라, 여인이라면 빠질 수밖에 없을 만큼…… 기분 나쁘도록 잘생긴 외모였으니까.

"후……."

황제가 머리를 잔뜩 헝클었다. 마음 같아서는 당장 그자를 잡아다 궁을 벗어난 황후를 도왔다는 죄목으로 내치고 싶었지만, 황후는 그자가 없었다면…… 어떤 위험에 처했을지 모르는 일이었다. 황후가 머물 곳도 그자가 마련해 준 것 같았다.

'그래서 그동안 찾을 수 없던 것이었군. 제운객주라……. 혹 그자가 제운객주의 주인인 건가.'

이내 황후가 머물러 있던 곳을 곱씹어 보던 황제는 두 눈을 가늘게 뜨며 은후의 얼굴을 상기했다.

"폐하. 이대로 백 재상을 문초하지 않고 그냥 돌아가는 것입니까."

그리고 그러던 중, 황제와 함께 걷던 려운이 물어왔다. 그러자 황제는 백 재상의 집을 가만히 응시하더니 고개를 돌리며 말했다.

"내가 곧바로 백 재상을 찾은 것은, 백 재상이 황후를 그리 만든 범인이었기 때문에 혹 그자가 황후를 감금해 둔 것은 아닐까 하는 의심에서였다. 허나 황후를 찾게 되었으니, 이젠 궁으로 돌아가서 급히 해야 할 일이 생겼다."

"그것이 무슨 일이옵니까."

려운이 짐작할 수 없다는 듯 황제를 바라보았다. 그러자 황제는 그 어느 때보다도 강인한 눈빛으로 저 멀리 거대한 황궁이 있는 곳을 향해, 나지막이 말했다.

"우린 이제, 궁으로 돌아가 시간을 좀 벌어야겠다. 더 이상 재연이 황후 자리에 오르는 것을 지켜볼 수만은 없게 되질 않았느냐. 그리고 려운. 네가 따로 해 주어야 할 일이 있다."

*   *   *

"밖에는 아무도 없었습니다. 이곳을 향해 오는 이도 없었고요."

밖을 내다보고 온 하인이 백 재상에게 속삭였다. 그러자 백 재상은 화를 주체하지 못하고 소리쳤다.

"도대체 왜 아직까지도 오질 않는 것이야!"

그러자 그의 방 안 한쪽에 앉아 있던 점쟁이가 검푸른 입술을 움직이며 말했다.

"황후 마마께 무슨 일이 생겼다 하여 왔더니, 어찌하여 아무런 말씀도 없으신 건지요. 혹 누군가를 기다리시는 겝니까."

"누…… 누굴 기다린단 말인가. 그런 거 아니네."

"그렇다면 언제까지 제가 이곳에 있어야 한다는 말씀이신지요. 황후에 관해서 의논할 것이 없다면 이 사람은 이제 가 보아야겠습니다."

"아, 아니! 이보게!"

황후에게 무슨 일이 생겼다는 소릴 듣고 백 재상을 찾아왔지만 백 재상은 계속 '잠시…….'라는 한마디만을 되풀이하고 있었다. 그렇게 오랜 시간이 지나자, 더 이상은 못 참겠다는 듯 점쟁이가 자리를 털고 일어난 것이었다.

"재상님의 따님을 황후로 만들어드렸으면, 그 뒤부턴 간수를 잘하셨어야지요. 제가 사후 처리까지 해드리길 바라는 겁니까."

그리고 점쟁이는 싸늘한 한마디만을 남긴 채 백 재상을 떠났다.

"백영호 놈……. 뭔가 황후를 찾을 수 있는 단서라도 있을까 해서 와봤더니만."

대문으로 발걸음을 옮기며 점쟁이가 험악한 얼굴로 중얼거렸다. 사실 그는 이미 황후가 사라졌다는 것을 알고 있었다. 자신을 부리는 누군가에게서 들었기 때문이었다.

그러던 중 백 재상에게서 황후에게 무슨 일이 생겼으니 급히 사가에 오라는 기별이 왔고, 아무래도 그는 황후의 아비이니, 뭔가라도 좀 알고 있지 않을까 하여 고민 끝에 찾아온 것이었다.

"헉……!"

점쟁이는 입술을 삐죽이며 대문을 열고 나오자마자, 자신의 목에서 느껴지는 서늘함에 고개를 돌렸다.

"조용히 따라오거라."

밖에서 점쟁이가 나오길 기다리던 려운이 점쟁이의 목에 검을 겨눈 것이었다. 점쟁이는 영문을 모르겠다는 듯 덜덜 떨리는 입술을 움직였다.

"누, 누, 누구냐, 넌!"

"너를 데려오라는 황제 폐하의 명이 있었다. 조용히 따라온다면 굳이 이 검을 사용할 필요가 없겠지."

*　　　*　　　*

"오늘을 그토록 기다려온 것이 아니었습니까."

객주로 향하던 은후가 말을 건네 왔다. 그러자 황후는 잠시 발걸음을 멈추었다. 그녀의 입가에 쓴웃음이 묻어났다.

"기다렸지요."

"그런데 왜 들어가지 않았던 겁니까."

은후는 뒷짐을 진 채 그녀의 표정을 살피며 다시금 물어왔다. 이윽고 황후는 멈추었던 발걸음을 다시 내디뎠다. 은후도 그녀의 발걸음에 맞추어 나란히 서서 걷기 시작했다.

"그분을, 믿어 보려고요."

황후는 황제를 머릿속에 그렸다. 빛나는 황룡포를 입은 그의 모습이 머릿속에 가득 채워졌다. 이윽고 용포를 생각하니, 황후는 자신이 만든 청룡포가 떠올랐다.

'그 옷을 입은 모습, 보고 싶었는데.'

"그분이라면……."

황후가 그녀만의 생각에 잠긴 사이, 은후의 목소리가 그녀를 깨웠다.

"아까 그대의 앞에 있었던 사내를 말하는 겁니까."

그녀가 대답해 주길 바랐다. 차라리 솔직하게 말해 준다면, 모른 척하겠다고 말하며 넘어갈 수도 있었다. 그리고 말하고 싶었다. 나는 괜찮으니, 예전처럼 그렇게 서은후와 백 월로 남아있자고. 그대가 누구든 상관하지 않겠다고.

"……."

그러나 황후는 아무런 대답을 하지 않았다. 조금 더 정확히는 대답을 할 수가 없었다. 어쩌면 은후가 들었을지도 몰랐다. 황후 자신과 황제가 했던 모든 말들을.

허나 은후가 아무 말도 없는 것을 보면 아직은 자신의 정체를 모르는 듯했다. 때가 되면 알려 주겠다고 했지만 여태껏 자신을 도와준 은후에게 충격과 고통을 주고 싶지 않았다. 그저 이대로, 고마운 마음을 전하고 헤어지는 것이 서로에게 좋은 일이라 여겼다.

그리고 어느덧, 황후와 은후는 제운객주 앞에 다다랐다. 황후는 은후를 뒤로한 채 빠른 걸음으로 객주 안에 들어갔다. 차라리 피하는 것이 나을 것 같아서였다.

"때가 되면, 모든 것을 알려 주겠다 하시지 않았습니까. 또한 그대는 제게 약조했습니다."

객주 안으로 들어선 은후는 방으로 들어가려는 황후의 앞을 가로막으며 말했다. 유난히 매서운 그의 눈빛 속에는, 그녀를 바라보고 싶어도 바라볼 수 없는 그만의 아픔이 어려 있었다.

"그대가 말하는 그 때 이후로 내가 묻는 말에, 한 치의 거짓도 없이 답해주겠다고."

그와 함께 있는 내내 한 번도, 이렇게 단호한 눈빛을 본 적이 없었다. 황후는 문득 낯설게만 느껴지는 은후의 모습에 자신이 잘못 본 것은 아닌지, 두 눈을 감았다 떴다.

"아직은 그때가 아닙니다."

이윽고 그녀는 짧게 대답했다. 그리고 허탈해하는 은후를 지나쳐 자신의 방으로 향했다.

황후는 말없이 쓰라린 가슴을 쓸어내렸다. 은후가 말하는 '그때'는 이미 와 버렸기 때문이었다. 내일이, 그와의 마지막 날이었으니까.

다만 지금은 어떤 말이든 해 줄 자신이 없었다. 그토록 학수고대하던 날, 황제 폐하를 만나고 다시 궁으로 돌아가야 하는 이 시점에서, 은후에게 어떻게 말을 해 주어야 할지 머릿속에서의 정리가 좀 필요했다. 은후에게 적당히 그동안의 자신의 상황을 둘러댄 뒤, 작별 인사만을 남긴 채 이튿날 궁으로 돌아갈 생각이었다. 하지만 그의 슬픈 눈빛에 황후는 쉽사리 입술이 떼어지가 않았다. 그래서 결국 일단은 이 상황을 피하는 길을 선택한 것이었다.

자신을 지나쳐 가는 황후의 뒷모습을 바라보며, 은후는 무너져 내리는 가슴을 애써 무시했다. 끝내 마주하고 싶지 않았던 사실이 그를 관통해 그가 비틀거리도록 만들었다.

"이젠 마지막이라서 그런 겁니까."

가까스로 마음을 다잡은 은후가 쓴웃음을 지었다.

다 알고 있었는데도, 자신의 입으로 말하는 것이 몸서리치도록 고통스러웠는데도, 받아들이려고 노력했다.

월이 백영호의 집 앞에서 만난 그자를 보고 그동안 한 번도 흘리지 않았던 눈물을 흘렸을 때, 이미 짐작했던 일이었다.

그 순간이, 월과 자신의 마지막이 될 것이라는 걸.

월이 천나라의 황후라는 것, 그리고 언젠간 자신의 곁을 떠날 것이라는 걸 알고 있었기에 나름대로 마음의 준비도 해 왔다. 그런데도…… 너무 아픈 건 어쩔 수가 없나 보다.

'제나라의 황태자, 서은후……. 내가 여인 때문에 이리도 아플 줄이야.'

은후가 차갑게 웃었다. 그리고 그는 그 자리에서 발길을 돌려 뚜벅뚜벅 밖으로 향했다. 객주 밖으로 뛰쳐 나가 말이라도 타고 달려야 이토록 쓰라린 고통을 조금이나마 잊을 수 있을 것 같았다.

안 된다는 것을 알면서도, 너무나 갖고 싶어졌다. 처음으로 자신의 마음을 훔친, 백 월이라는 여인을.

은후가 객주 마구간에서 말을 꺼내어 끌고 온 뒤, 객주 대문을 활짝 열었다. 그리고 말을 이끌어 나가려던 순간, 대문 앞에 서 있는 누군가를 마주한 은후의 두 눈이 날카롭게 빛났다.

'천나라 황제.'

두 눈을 마주친 은후와 황제 사이에 묘한 긴장감이 돌기 시작했다. 이윽고 한동안 은후를 응시하던 황제가 먼저 입술을 뗐다.

"네가 제운객주의 주인이냐."

려운을 보내 놓고 홀로 궁으로 돌아가려 했으나 발길이 쉽게 떨어지지가 않았다. 황후를 믿지 못하는 것은 아니었으나 정말 황후가 제운객주에 머무르고 있는지 확인해야 했다.

또한 황후의 곁에 있던 사내를 그냥 지나칠 수가 없었다. 그 자의 정체가 무엇인지 사내 대 사내로 직접 만나서 묻고 싶었다.

"……."

은후는 아무런 대답도 하지 않았다. 갑작스러운 황제의 등장에 당황했던 기색도 곧 감추곤 황제의 반응만을 살필 뿐이었다.

그러나 황제 역시 은후의 반응에 동요하지 않았다. 그리고 여전히 은후의 눈동자에 시선을 고정한 채, 낮은 목소리로 다시 물었다.

"네가 제운객주의 주인이냐고 물었다."

'제가 누군지 궁금해 미칠 지경이시겠지요.'

은후가 의미심장한 미소를 지었다. 그의 입꼬리가 보일 듯 말 듯하게 휘어졌다.

이내 은후는 입술을 굳게 다문 채 원망이 가득한 눈빛으로 황제를 바라보았다.

'쉽게 가르쳐드리면, 재미없지 않겠습니까. 폐하 때문에 저는…… 사랑하는 여인을 보내 주어야 하니, 이 정도는 눈감아 주십시오.'

은후는 곧 다시 입가에 미소를 띠며 조용히 말했다.

"그리 묻지 않으셔도, 제가 곧 찾아뵈러 갈 것입니다."

그리고 정중하게 머리를 조아리곤, 황제를 지나쳐 말을 이끌며 문밖으로 나서는 그였다.

"……!"

황제는 허탈한 표정과 함께 은후의 뒷모습을 바라보았다.

"감히……."

황제가 하문하는데 자리를 피하다니. 황제는 기가 찬 듯 주먹을 꽉 쥐었다. 잠행 중만 아니었더라면 당장 무릎을 꿇고 목숨을 구걸하도록 만들었을 터. 그러나 용포를 입고 이곳에 찾아와 자신이 황제라는 것을 보여줄 수도 없는 노릇이었다.

"폐하. 혹시나 하여 제운객주에 들러 보았는데…… 역시 이곳에 계실 줄 알았습니다."

"려운."

황제가 놀란 얼굴로 뒤를 돌아보았다. 그의 뒤에는 소리 소문 없이 다가온 려운이 서 있었다. 황제는 헛기침과 함께 려운의 시선을 피하며 중얼거렸다.

"황후가 정말 제운객주에 있는 것인지 내 눈으로 확인하고 싶었다."

"그러니 제가 이곳에 들러 본 것이겠지요."

려운이 옅은 한숨과 함께 답했다. 그리고 그 역시 열린 문 사이로 거대한 제운객주 안을 들여다보았다.

"천나라 객주들 중, 마지막 남은 한 곳이 바로 이곳 제운객주이지 않았습니까. 백 재상을 만나기 위한 잠행이 끝나면 천호영과 함께 제운객주를 색출하려 하였사온데, 역시 황후 마마께서 이곳에 머무르고 계신 것이…… 저분은……."

그때 누군가를 발견한 려운이 하던 말을 멈추고 두 눈을 가늘게 떴다.

"혹 서은후, 그분이 어디에 있는지 알고 계십니까."

어두웠던 은후의 표정이 내내 마음에 걸려, 곧바로 그를 찾아나온 황후가 객주를 거닐던 차인에게 은후의 행방을 묻고 있었다.

"이런."

려운과 동시에 그녀를 발견한 황제가 려운과 함께 황급히 문밖으로 몸을 숨겼다.

황후 몰래 올 생각은 아니었지만, 이 상황에서 다시 황후를 마주한다면 황후가 이상하게 생각할 것이 뻔했다.

객주의 차인은 은후를 보지 못했기 때문에 고개를 젓고 있었다. 황후는 걱정이 가득한 표정으로 혹 은후가 객주 후원에 가있는 것은 아닌지, 객주의 뒤편으로 발걸음을 옮겼다.

황제가 몸을 숨긴 채 멀리서 조용히 황후를 바라보았다. 제운 객주에 머무르고 있었다는 그녀의 말은 사실인 것 같았다.

황후를 바라보던 황제의 입가에서 씁쓸한 한마디가 흘러나왔다.

"다행이구나."

"……?"

려운이 황제를 물끄러미 바라보았다.

황제는 황후에게서 시선을 떼지 않은 채 말을 이었다.

"그간 잘 지낸 것 같아서."

눈은 웃고 있었지만, 가슴은 시렸다. 어디선가 다친 곳 없이 살아만 있었으면 좋겠다고 수없이 바랐고, 다행히도 황후는 그간 잘 지내온 것 같은데…… 가슴이 시린 건 어찌된 일인 걸까.

황제가 힘겨운 미소를 지었다.

려운은 황제의 말뜻을 누구보다 잘 알고 있었다.

그러나 나약한 모습을 보이기 싫어하는 황제를 위해, 그를 위로하는 티를 내지 않으려 무미건조하게 답했다.

"영리하신 분입니다. 그러니 혼자서 여기까지 오셨겠지요."

"그건……."

'혼자서가 아니니까 걱정이 되는 것이다.'

황제가 무언가를 말하려다 조용히 어금니를 물었다.

은후를 떠올린 그의 얼굴이 어두워졌다.

황후와 함께 사라지던 사내가 내내 머릿속을 맴돌아 이곳까지 와 버렸지만, 또다시 그녀를 그 사내와 같이 두려니 마음이 착잡해지는 건 어쩔 수가 없었다.

하지만, 돌아온다고 했으니까.

황제는 애써 쿡쿡 쑤셔 오는 마음을 다잡으며 객주를 등지고 돌아섰다. 그리고 궁으로 돌아가기 위한 발길을 떼기 시작하는 그였다.

려운은 자연스레 황제의 뒤를 따랐다.

황제는 주위를 의식하며 뒤따라오던 려운에게 물었다. "점쟁이는 어찌 되었느냐."

"금군에게 맡겨 궁으로 호송시켰습니다. 지금쯤 옥 안에 갇혀 있을 것이옵니다."

황후가 그토록 만나고자 하던 자를 그냥 둘 수는 없었다. 그래서 려운에게 백 재상의 사가에서 그자가 나오길 기다렸다 잡아들이라 명했던 것이었다.

문득 려운이 잊고 있었다는 듯, 황제를 향해 물었다.

"헌데 아까 제운객주에서 황후 마마와 함께 있던 사내가 말을 타고 사라지던 것을 보았습니다. 폐하께서도 그자를 만나셨습니까."

려운과 마찬가지로 은후를 잊고 있었던 황제가 다시금 그를 떠올렸다. 그리고 그가 남기고 떠난 한마디를 되뇌며 재미있다는 듯이 말했다.

"곧, 나를 만나러 올 거라 하더구나."

"폐하를요?"

려운의 눈이 휘둥그레졌다. 그는 휘의 정체를 몰랐다. 설사 휘가 황제임을 알게 되더라도 쉽사리 찾아올 수 없는 곳이 황궁이었다.

"궁금해지는군. 그자가 과연 나를 만나러 올 수 있을지."

황제가 의미심장한 미소를 지었다.

"황후 마마를 도운 자입니다. 무슨 의도로 그리했을지, 출신이 어떤 자인지 알아보아야 하지 않겠습니까."

"스스로 정체를 밝히겠다 하였으니, 나를 찾아올 수 있다면 기다려 줄 생각이다."

"허나⋯⋯."

"그자의 눈빛이 예사롭지 않았다."

황제는 자신을 뚫어져라 바라보던 은후의 눈빛을 온전히 기억하고 있었다.

마치 모든 것을 알고 있다는 듯한 여유로움이 가득한 표정.

그는 그런 은후의 모습이 어딘가 낯설지가 않았다. 그 연유는 모르겠지만⋯⋯ 동족을 보는 것과 같은 묘한 기분이 들었다.

"어찌 되었든, 이제 모든 것을 제자리로 돌려놓아야 하는 것이 첫 번째."

황후를 찾았으니 황궁에서 그녀를 기다리며 그동안 모든 것을 제자리로 돌려놓는 것이 급선무였다.

"황후의 자리를, 지켜내야 하지 않겠느냐."

그리고 황후의 곁을 지키던 그자를 어찌해야 할지 또한, 고민해 보아야 할 터.

황제가 입술을 지그시 물었다.

*　　　*　　　*

끼익─

재연이 주위를 둘러보며 조심스럽게 문을 열고 황궁 구석에 자리한 낡은 전각 안에 들어섰다.

전각 안에는 먼저 온 홍 재상이 그녀를 기다리고 있었다.

"황후가 사라진 지 이제 달포나 지났다. 때가 온 것이야."

"매번 때만 노린다 하시더니, 이제야 그때가 온 것입니까."

재연이 낡은 전각을 눈으로 훑어보며 이맛살을 찌푸렸다. 어찌나 사람의 발길이 닿지 않은 곳인지 먼지가 자욱했다.

"내 곧바로 네가 황후로 책봉될 수 있도록 추진하려 했으나 생각해 보니, 황제에게도 시간이 필요하지 않겠느냐. 또한 황후의 자리가 오랜 기간 비어 있어야 그 자리를 대신할 누군가를 밀어붙일 수 있는 명분이 생기는 법이지."

"그동안 제 얼굴을 잊지나 않으셨음 다행이겠지요."

"허튼소리. 넌 황제가 처음으로 연정을 품은 여인의 얼굴을 빼닮았다."

"……?"

문득 재연이 멈칫했다. 그리고 홍 재상을 뚫어져라 응시했다.

처음 듣는 이야기였다.

여태까지 황제는 줄곧 그저 자신의 미모에 마음을 빼앗긴 것이라고만 생각해 왔다.

헌데 황제가 첫 연정을 품은 여인이 자신과 닮았다니…….

재연은 어딘가 마음 한구석이 찜찜해졌다.

"이제 황후를 그리워하는 것도 지치실 때가 되었지. 그런 상황에서 네가 다시 황제의 마음을 흔들면 어찌 되겠느냐."

"그거야……."

'허나 내가 어떻게 여기까지 왔는데.'

재연은 마음을 굳게 먹었다. 무엇으로 시작을 했든 황제를 가질 수만 있다면야.

어린 시절 기억을 잃은 후 기녀로 살면서 온갖 수모를 받아 왔고, 자유로운 삶을 살 수 없었다. 그러한 세월들을 잊고 천나라의 국모가 될 수 있는 기회를 놓칠 수는 없었다.

그것을 위해 지긋지긋한 신녀 행세를 지금까지 해 왔던 것이었다.

'어쨌든, 홍 재상. 역시 꿍꿍이가 따로 있었던 거군. 내가 황제의 첫사랑과 닮았다…….'

재연이 싸늘한 눈빛으로 홍 재상을 바라보며 붉은 입술을 달싹였다. 그리고 냉소를 지으며 눈썹을 구겼다.

"황제 폐하께선 말없이 새 황후를 간택하게 되시겠지요."

"황제는 더 이상 황후의 자리를 비워 둘 수 없을 것이다. 해서, 나는 내일 대신들을 불러보아 너를 황제 폐하께 보일 생각이다. 그리고 새 황후 책봉 조서를 얻어낼 예정이지."

홍 재상은 습관처럼 턱수염을 매만지며 씨익 웃었다. 그리고 덧붙였다.

"내가 이미 대신들을 포섭해 두어, 상소를 한 아름 쌓아 두었다."

*　　*　　*

"그래, 내가 없는 동안 궁에 별일은 없었느냐."

천기전으로 돌아온 황제가 잠행을 위해 입었던 옷을 벗고, 시녀들의 도움을 받아 용포로 갈아입으며 공 태감을 향해 말했다.

공 태감은 머리를 조아리며 대답했다.

"그것이…… 폐하께서 보셔야 할 상소들이 한가득 쌓여 있사옵니다."

"상소?"

"예."

"가져와 보아라."

황제는 고개를 갸웃하곤 상소를 가져오라 손짓했다. 그러자 공 태감은 다른 환관에게 상소를 대령하라는 듯 눈짓했고, 환관은 즉시 상소들을 가져와 대령했다.

용포를 갖춰 입은 황제는 시녀들을 물리고 상소를 하나 집어 들어 펼쳤다.

그리고 상소의 내용을 확인한 황제의 얼굴이 조금씩 일그러지기 시작했다.

"왜 그러십니까, 폐하."

황제의 표정을 읽어 불안한 기색이 역력한 공 태감이 물었다.

황제는 다른 상소들도 집어 들어 펼치고 또 펼쳤다.

모두 같은 내용의 상소였다.

황제는 끓어오르는 분노를 가까스로 누르며 상소를 구겼다. 그리고 거친 숨을 몰아쉬었다.

"황후의 자리를 오래 비워 둘 수 없다……."

이윽고 황제가 피식 웃었다. 그리고 구겼던 상소를 제자리에 올려놓으며 말했다.

"어디 한 번 달려들어 보아라. 그대들이 원하는 것이 과연 이루어질지, 내일이 되어 보면 알겠지."

공 태감은 영문을 모르겠다는 듯 황제와 상소를 번갈아 바라보았다. 황제는 지끈거리는 머리를 진정시키려 이마에 손을 가져다 대며 말했다. 혼자만의 시간이 좀 필요할 것 같았다.

"공 태감은 지금부터 옥 안에 갇혀 있는 점쟁이를 문초해, 그가 백 재상과 무슨 관계인지 알아내거라."

"알겠사옵니다, 폐하."

공 태감이 머리를 조아리며 천기전을 나섰다. 공 태감이 나가

자 황제는 의자에 앉아 탁자 위에 올려져 있던 상소들을 다시금 들추어 보았다.

＊　　＊　　＊

어느덧 짙은 어둠이 천기전에도 내려앉았다. 황제는 상소를 읽고 또 읽으며 새 황후를 들이자는 세력들을 어떻게 저지할 것인지 그 방도를 고민하고 있었다.

그리고 문득. 밖에서 환관의 목소리가 들려왔다.

"폐하. 제나라의 황태자께서 지금, 폐하를 알현하고자 하십니다."

'……?'

황제가 상소들을 내려다보던 시선을 문 쪽으로 가져갔다. 꽤 늦은 시각. 제나라의 황자가 입궁했다는 말에 자신이 잘못들은 것은 아닌지 황제는 의아한 얼굴로 되물었다.

"방금 제나라의 황태자라 하였느냐."

제나라의 황자가 천나라에 방문하였다는데, 어째서 아무도 몰랐던 것일까. 그리고 조용히 천나라에 온 연유는 또 무엇이고.

'또한 이 늦은 시각에 나를 따로 보러 온 건 무슨 뜻이지.'

"천나라의 황제 폐하. 들어가도 되겠사옵니까."

황제가 이런저런 생각에 잠긴 사이, 낯익은 사내의 목소리가 문밖에서 들려 왔다.

황제는 헛기침과 함께 근엄한 목소리로 답했다.

"문을 열거라."

황제의 명에 문이 천천히 열렸다.

이윽고 열린 문 사이로 모습을 드러낸 이를 바라본 황제의 눈동자가 거세게 흔들리기 시작했다.

"너는……."

제나라의 황태자가 옅은 미소를 지으며 자신의 신하들을 거느린 채 황제의 앞으로 다가왔다.

그리고 황제의 앞에 고개를 숙이며 말했다.

"제나라의 황태자, 서은후라 합니다."

"……!"

황제는 은후를 바라보곤 기가 차다는 듯 옅은 실소를 터뜨렸다.

아까 전까지만 해도 그는 자신의 앞에서 말을 이끌고 객주를 떠났던 사내였다.

그리고 그 사내가, 제나라의 황자라…….

황제는 믿을 수 없다는 듯 은후를 가만히 응시했다.

"너희들은 나가 있거라."

은후가 자신이 이끌고 온 신하들을 천기전 밖으로 물렸다. 그리고 고개를 천천히 들어 황제와 두 눈을 마주쳤다.

제나라 복식을 말끔히 차려입고 황자로서의 위엄을 갖춘 그의 모습은 영락없는 여느 황태자의 모습이었다.

"제나라의 황태자."

황제가 입매를 비틀었다.

어쩐지 은후란 사내에게서 느껴지던 기품과, 묘한 기운은 절대 평범한 자에게는 있을 수 없는 그런 것이었다.

그것이 이상하게 느껴지긴 했으나, 그가 제나라의 황자일 거라고는 생각하지 못했다.

제나라의 황자가 평범한 사내의 행색으로 객주에 머무른다는 것은, 쉽게 예상할 수 있는 일이 아니었다.

"제나라의 황태자께서 천나라에 방문한다는 기별을 듣지 못하여 환대한 잔치를 열지 못하였으니, 이해해 주시오."

어찌 되었든 한 나라의 황태자 신분으로서 자신을 찾아온 것이었으니 황제는 잠시나마 예를 갖추었다.

"충분히 이해해야지요. 제가 곧, 찾아뵙는다 하지 않았습니까."

은후 역시 예를 갖추어 답했다.

객주를 벗어나 말을 타고 거칠 것 없이 달렸지만 여전히 드는 생각은 하나였다.

'갖고 싶다. 미치도록…… 갖고 싶어.'

내일이면 자신을 떠나 버릴 것만 같은 여인을, 두고만 볼 수가 없었다. 그래서 다시 객주로 돌아와 월 몰래, 천나라 황궁에 입궁한 것이었다.

그리고 제대로 마주하고 싶었다. 월이 가슴에 품고 있는 사내를. 그가 천나라의 황제라 해도, 자신이 쉽게 맞설 수 없는 사람이라 해도……. 사내 대 사내로서 하고 싶은 말이 있었다.

아니, 꼭 해야만 했다.

그것이…… 마지막 기회인 것만 같았으니까.

그래서 은후는 자신이 제나라의 황자라는 것을 밝혔다. 대의를 위해 맺어야 하는 동맹 같은 건, 지금으로서는 중요하지가 않았다.

어렵게 알게 된 자신의 마음을 지키는 것이 중요했고, 또 지키고 싶었다. 너무도 어리석은 생각이라는 것을 잘 알고 있었음에도, 가슴 속 불길을 이대로 끄고 싶지 않았다.

"애초에 모든 것을 알고 있었군."

황제가 한동안 흘렀던 정적을 깼다. 고요한 천기전 안 황제의 목소리가 또렷하게 울렸다.

이제는 제나라의 황태자와 천나라의 황제라는 위치에서 서로를 마주하고 있는 것. 또다시 둘 사이에 알 수 없는 긴장감이 돌기 시작했다.

"그동안 월을 지켜보았습니다. 아, 이젠 황후 마마라 해야겠지요."

은후가 씁쓸하게 웃었다. 황제는 그런 은후의 웃음을 의식하며 낮은 목소리로 물었다.

"황후를 도와준 이유가 뭐지."

은후는 황후를 처음 만났던 날을 떠올렸다. 비록 얼떨결에 그녀와 함께하게 된 것이었지만, 이것 하나만은 잊을 수가 없었다.

상처받는 눈빛.

"버림받은 여인처럼 보였으니까."

"……."

순간 황제는 아무 말도 할 수가 없었다. 은후의 한마디가 가슴 한가운데에 턱 박혔다. 딱딱하게 굳어버린 몸은 곧 부서질 듯 위태해 보였다.

어째서, 부정할 수 없는 걸까.

황제는 두 눈을 천천히 감았다 떴다.

"황후도 그대가 제나라의 황자인 것을 아는 건가."

"그리고 저와 함께 있으면서, 많이 웃으셨다는 것을. 폐하께서는 모르시겠지요."

"……!"

벼랑 끝으로 내몰려진 것처럼 위태로웠던 황제의 이성이, 거센 바람에 중심을 잃고 다시금 흔들리기 시작했다.

이젠 모든 것이 끝났다고 생각했는데. 황후를 찾았고, 돌아온다 하였으니 모든 것이 제자리로 돌아갈 수 있을 거라 생각했는데…….

'나를 떠나고 나서야…… 황후가 많이 웃을 수 있었다고.'

황제의 가슴이 다시 시려 왔다. 시리다 못해 저리고, 아려 왔다. 황후를 잃었던 시간 따위, 이제 황후를 찾았으니 중요치 않았다.

그녀가 돌아오면 제대로 자신의 마음을 표현하고 또 보여 줄 거라 다짐하고 있었다. 그러나 황후가 자신의 곁에서 웃었던 적은 거의 없었던 것 같았다. 늘 창백하고, 수척하고, 아픈 모습…… 그리고 날카로운 모습들뿐.

황제는 강한 정신력으로 은후의 말에 동요하지 않으려 애썼다.

그러나 은후는 황제가 동요할 수밖에 없다는 것을 알고 있었다. 황후와 재회한 그를 지켜보는 내내…… 황제는 무너져 내리고 또 무너져 내리고 있었다.

이윽고 은후가 덧붙였다. 자신이 얻을 수 있는 마지막 기회. 황제와 내기를 하는 것이었다.

"제나라의 황자로서 감히 한 말씀 드리지요. 한 나라의 황후가 황궁에서 도망쳤다면, 그리고 평생을 의지하고 살아가야 할 황제의 곁을 떠났다면…… 필시 그 이유가 있을 터. 폐하께서는 황후 마마를 다시 궁으로 데려올 자격이 있다고 생각하시는 겁니까."

"무슨 뜻이지."

"만약 월이 황제 폐하께 돌아가지 않겠다 하면, 그녀를 놓아 주시지요."

＊　　　＊　　　＊

황후는 은후가 방금 돌아왔다는 말을 전해 듣고 그가 있다는 후원으로 달려왔다. 자시(子時)가 넘었지만 잠을 이룰 수가 없었다. 그를 피하고 보는 것이 아니었다. 어차피 내일이면 황궁으로 돌아갈 텐데, 그의 마음이라도 잘 다독여 주고 이별을 고하는 것이 좋은 인연으로 남는 길인 것 같았기 때문이었다.

후원 한 가운데서 하늘을 올려다보고 있는 은후를 발견한 황후는 미간을 좁힌 채 그에게 다가갔다. 그리고 그의 앞에 서서 가만히 그를 바라보았다.

은후도 황후를 발견한 듯 그녀를 물끄러미 응시했다. 그의 투명한 눈동자 속에 그를 온전히 바라보고 있는 황후가 담겼다.

황후는 아랫입술을 잘근 물고 옅은 한숨과 함께 말을 꺼냈다.

"대체 어딜 갔다 오신 것입니까. 제가 얼마나 찾았는지 아십……."

푹—

"……!"

문득 은후가 황후의 어깨에 얼굴을 묻으며 쓰러졌다.

황후는 예상치 못한 은후의 행동에 두 눈을 깜박였다.

"……가지 마."

은후의 입술 사이로 힘겨운 한마디가 새어나왔다.

황궁에서 돌아온 뒤, 월에게 어떤 말을 해야 할지 머릿속은 어지럽기만 했다.

무슨 용기로 천나라 황제의 앞에서 내기를 걸 만큼 대담한 배짱을 내보였는지. 돌아오고 나서야 그것이 참으로 치졸하고도 어리석은 생각이었음을 깨달았다.

허나 마지막 남은 기회를 어렵게 얻었으니 이젠 정말로, 자신의 마음을 전해야 할 때가 된 것 같았다.

두 눈을 감은 은후의 눈 아래 긴 속눈썹이 유난히 도드라져 보였다. 처연한 그의 모습을 비추는 달빛은 황후의 가슴을 저릿하게 만들었다.

은후를 밀어내야 함에도 손이 움직여지지 않는 것을 보면, 알면서도 모른 척할 수밖에 없는 그의 마음에 대한 죄책감 때문인 것 같았다.

황후는 한동안 말없이 그대로 서 있을 수밖에 없었다.

이윽고 은후의 나직한 목소리가 풀벌레 소리와 얽혀 고요한 후원의 적막을 깨었다.

"아무것도 묻지 않을 테니까……. 그냥 이대로. 나와 같이 떠나 버리면 안 되는 건가."

황후도 두 눈을 감았다. 가슴을 적시는 그의 한마디에 심장은 동요하기 시작했지만, 그녀는 그것을 부정하려 입술을 세게 깨물었다.

은후가 천천히 황후에게 기대었던 몸을 일으켰다. 그리고 그녀의 손목을 붙잡아 자신의 심장에 가져다 대는 그였다.

쿵— 쿵— 쿵— 쿵—

한없이 빠르게 뛰는 그의 심장박동이 황후의 손바닥 안으로 느껴졌다.

"모든 것을 잊고, 그대를 가슴 아프게 한 모든 것들. 그리고 가슴 아프게 한 모든 이들을 잊고 나와 함께 제나라로 가면…… 평생 웃게 해 줄 수 있는데."

동굴에서 월의 손목을 붙잡은 적이 있었다.

지금과는 다른 의미였지만.

그때는 알았을까.

서은후, 자신이 이 여인 때문에 무척 아플 거라는 것을.

언젠가 놓아 줄 거라 생각했던 손목을, 다시 붙잡고 있다는 것을.

"저는 이미 가야 할 곳이 있는 몸입니다."

여기까지만. 황후가 은후의 심장에서 자신의 손을 천천히 떼어내며 말했다.

자신이 은후에게 더 이상 상처를 주지 않는 선은 여기까지만이라고 생각했다.

무너져 내린 은후의 가슴과 감추려 해도 감추어지지 않는 거센 동공의 흔들림이, 황후의 가슴을 파고들었지만 그녀는 다시 한 번 입술을 깨물었다.

"저는 서은후, 당신이 저를 도와준 그 은혜에 한없이 감사할 뿐입니다."

'당신의 마음을 모르는 것이 아닙니다. 하지만 제게는…… 제 목숨을 걸고 도망쳤음에도 잊지 못한 한 사람이 있습니다.'

"그리고 저는 제가 원하는 것을 어느 정도 이루었습니다. 그 또한 당신의 덕분입니다. 허나 이제 남은 마무리는, 저 혼자 헤쳐 나갈 수 있는 일이기에 내일이면 당신에게 이별을 전할 생각이었습니다."

은후는 자신이 천나라의 황후라는 것을 아직 모르고 있었다. 끝까지 밝히지 않은 채 떠나는 것이 그에게도, 자신에게도 좋을 것 같았다.

"그대가 천나라의 황후라는 것, 알고 있었습니다."

"……!"

황후가 멈칫했다.

"방금……."

"그대가 돌아가려는 곳도, 누구에게 돌아가려 하는지도 알고 있습니다."

"그걸 어떻게……."

"또한 저는 이곳 제운객주의 숨겨진 주인이자, 제나라의 황태자이기도 하지요."

"……!"

은후가 모든 것을 놓아 버린 듯 힘겹게 마른침을 넘겼다.

충격에 휩싸인 황후가 순간 중심을 잃고 비틀거렸다. 너무 놀라 다리의 힘이 풀린 탓이었다.

"모든 것을 알고 있었단 말입니까. 그런데 어째서…… 어째서! 그동안 모른 척을……."

황후는 말문이 막혔다. 자신이 황후라는 사실을 알고도 모른 척한 연유가 대체 무엇일지…….

"그대가 떠날까 봐."

……모르는 것이 나았을 텐데. 황후는 차오르는 눈물을 눌러 담으려 이를 악물었다. 그리고 은후의 어깨를 세게 밀치며 소리쳤다.

"대체 언제부터, 어떻게 알게 된 것입니까!"

그러나 은후는 제대로 답해 주지 않았다. 이제 와서 그런 건 아무런 소용이 없다는 것을, 자신도 황후도…… 잘 알고 있을 테니까.

"끝까지 모른 척하면, 그대가 떠나지 않을 테니까. 뭐 결국은 헛수고가 되어 버렸지만."

은후가 희미하게 웃었다.

"그래서 겁박을 하려 하는데, 그대가 제게 넘어와 줄지."

'이런 나의 마지막 수단에 황후가 마음을 돌린다면 좋을 텐데.'

슬픈 눈빛을 감춘 은후가 바람결에 휘날리는 황후의 머리카락을 귀 뒤로 넘겨주며 나지막이 말했다.

"제나라의 황태자로서, 그대를 빼앗을 수도 있어. 천나라와 전쟁을 해서라도. 그러면…… 황제가 위험해질지도 몰라."

은후의 말에 황후는 떨리는 눈동자로 그를 바라보았다. 불안한 기색이 역력한 그녀의 눈망울을 본 은후는 누군가 자신의 심장을 쥐고 비트는 것처럼 고통스러웠다.

"……그러지 않을 거잖아."

황후의 떨리는 목소리가 은후의 심장에 비수가 되어 박혔다.

그의 눈가에 뿌연 안개가 서려 왔다.

그나마 쥐고 있던 한 줌의 모래가 힘없이 빠져 나가고 있었다.

황후의 한마디에, 자신을 바라보며 눈물을 쏟을 듯한 커다란 눈망울에 그는 결국 인정할 수밖에 없었다.

이 여인은…… 이미 자신의 마음을 꿰뚫고 있다는 것을.

이 여인을 사랑하는 만큼, 그녀를 아프게 하고 싶지 않다는 것을.

*　　*　　*

다음날 새벽. 황후는 두 눈을 번쩍 떴다. 침상에 누워 있었어도 잠 한 숨 오지 않던 기나긴 밤.

황후는 입고 있던 옷을 벗고 처음 제운객주에 왔을 때 입었던 옷으로 갈아입었다. 그리고 벗은 옷을 잘 개어 침상 위에 올려놓았다.

이내 황후는 은후의 방이 있는 곳으로 천천히 발걸음을 옮겼다.

은후는 한쪽 팔로 눈을 가린 채 침상에 누워 자고 있었다.

마지막으로 그의 얼굴을 눈에 담아 두고 싶었지만, 그건 너무

이기적인 마음인 것 같았다.

그녀는 결국 그에게 다가가지 못한 채 그에게서 멀찍이 떨어져 나직이 말했다.

"그동안 저를 도와주셔서 감사했습니다. 그리고 당신을 잊지 않겠다고 한 말…… 기억하고 있었으면 좋겠습니다."

그리고 그를 한동안 바라보다 떨어지지 않는 발길을 돌리는 그녀였다.

은후의 손길을 뿌리친 것이 너무도 미안해서, 그동안 자신의 정체를 속인 것이 너무나 미안해서 제대로 된 마지막 인사를 할 수가 없었다.

황후가 나간 뒤 은후가 조용히 눈을 떴다.

"바보……."

아직 작별 인사를 하지 않은 건, 또다시 만날 거라는 뜻이었다.

원하든, 원치 않든 황궁에서 다시.

은후는 침상에서 일어나 창가로 다가갔다. 그리고 제운객주를 나서는 황후의 뒷모습을 응시하는 그였다.

첫사랑의 열병…… 보기 좋게 앓아 버렸다. 본국에 두고 온 다은의 마음도 이러했을까.

앓았던 가슴은, 덮어둘 수밖에 없었다. 지금으로서는 자신이 달리 할 수 있는 것이 없었으니까.

하지만 제나라의 황제가 된다면 달랐다. 천나라의 황제 못지 않은 강한 황제가 되어 월의 앞에 나타나고 싶었다. 그러면, 어쩌면…… 월은 자신을 달리 봐줄 수 있지 않을까.

은후가 진지한 눈빛으로 중얼거렸다.

"결국 내기에서 졌으니, 한 수 접고 천나라 황제와의 동맹을 성사시켜야겠군."

*　　*　　*

은후는 자신이 황후라는 것을 알았음에도, 왜 황궁에서 도망친 것인지, 황궁 밖에서 알고자 했던 것이 무엇인지 묻지 않았다. 그녀 또한 그의 정체에 대해서 더 이상 묻지 않았다.

이젠 그런 것들이 모두 소용이 없기 때문이었을까.

지금 자신은 다시 황후로 돌아가야 했으니까.

아버지를 꾀어낸 점쟁이의 존재와 눈을 멀게 했던 약에 대한 비밀도 모두 알아내었다. 그리고 이제 황후라는 자리에서 당당히 아버님을 문초할 수 있었다. 아버님의 농간에 바보처럼 속지도, 놀아나지도 않을 만큼 강한 여인이 되어 궁으로 돌아가는 것이었다.

황후는 제운객주의 대문 밖으로 발걸음을 내디뎠다. 그리고 거대하고도 드넓은 제운객주를 바라보며 생각했다.

'궁 밖에서 나를 견디게 해준 곳.'

"황후 마마. 나오셨사옵니까."

"······?"

공 태감이 가마와 함께 황후를 기다리고 있었다. 황후는 태감을 보고는 그의 정체에 대해 잠시 고민에 빠졌다.

"황후 마마, 소신 공 태감이옵니다."

황후는 그제야 고개를 끄덕였다.

황궁에 태감이 있다는 것은 알고 있었지만 그때는 눈이 멀어 있었을 때라 얼굴을 알아보지 못한 것이었다.

문득 황후가 피식 웃음을 터뜨렸다.

태감이라면 황제 폐하께서 직접 보내셨을 터.

'제가 언제 객주에서 나설 줄 알고 이리 일찍 태감을 보내신 것입니까.'

"어서 가마에 오르시지요. 보는 이들의 눈에 띄지 않도록, 최대한 조용히 입궐하실 수 있도록 하라는 황제 폐하의 명이옵니다."

황후는 주위를 둘러보고는 천천히 가마 안으로 발걸음을 옮겼다. 가마의 문이 닫히고 황후를 태운 가마가 황궁으로 향하기 시작했다.

가마 안의 황후가 치맛자락을 꽉 쥐었다. 그리고 자신을 농락했던 황궁의 대신들을 떠올렸다. 그리고 눈먼 황후라 보이지 않는 곳에서 멸시하며 수군거렸던 궁녀들과 불현듯 나타나 황제의 마음을 흔들어 놓았던 신녀도 함께. 아버님을 꾀어낸 점쟁이와 그 꾐에 넘어가 딸의 눈을 멀게 한 백 재상도 떠올렸다.

'수면 가루가 든 술잔을 건네고, 자신이 지은 옷을 가로챈 것도 모자라 자신이 보는 앞에서 황제의 입술을 훔쳤던 것, 그리고 딸의 눈을 멀게 한 아버님까지 모두, 이젠 더 이상 모른 척하지 않을 것입니다.'

황후의 눈썹에 힘이 들어갔다. 치맛자락을 쥔 그녀의 두 손이 부들부들 떨렸다.

'이젠 허수아비가 아닌, 황제의 정비로서 그대들 앞에 설 것입니다. 똑똑히 보십시오. 멀쩡한 저의 두 눈을.'

*　　*　　*

이윽고 황후의 가마가 황궁에 도착했다. 공 태감은 주위를 두리번거린 뒤, 아무도 없는 것을 확인하고 가마의 문을 들어올렸다.

새벽이슬을 밟으며 황후는 황궁 안으로 한 발자국씩 걸어 나가기 시작했다.

다시 돌아온 황궁.

이제는 모든 것이 달라 보였다.

황후는 자신이 머물던 황궁의 서편, 연주전을 씁쓸한 눈빛으로 바라보다 황제가 있는 천기전으로 들어섰다.

황후를 발견한 환관이 그녀가 왔음을 아뢰기 위해 입을 열었다.

"황제 폐하, 황후 마마께서……."

이내 황후가 문 앞에 다가서자, 그림자만을 보고도 문 앞에 서 있는 사람이 황후임을 알아챈 황제가 문을 벌컥 열었다.

내내 초조한 마음으로 그녀를 기다리고 있었다. 밤새 한 숨도 자지 못한 채 그녀가 천기전의 문을 열고 들어와 주길 바라고 또 바랐다. 혹시나 드리워지는 그림자가 그녀이진 않을까 몇 번이나 고개를 돌렸다.

"왔소."

그리고 이제야 자신의 두 눈에 온전히 담긴 그녀를 바라보며 미소 짓는 그였다.

황제는 그녀에게 한 걸음, 더 가까이 다가갔다.

그리고 그윽한 눈길로 지그시 그녀를 바라보며 말했다.

"다행이오. 정말…… 다행이야. 그대가 돌아와 줘서."

황후도 황제를 가만히 바라보았다.

어제는 제대로 보지 못한 얼굴이었다.

어제의 얼굴이 달랐고, 오늘의 얼굴이 또 달랐다.

그리고 여전히…… 너무 수척한 얼굴. 황후는 또다시 가슴이 한편이 아려오기 시작했다.

이윽고 황후가 황제의 뺨을 부드럽게 어루만지며 말했다.

"그동안 폐하를 혼자 두어서……."

'……!'

그러나 황제는, 그런 그녀의 입을 막아 버렸다.

맞닿은 입술 사이로 황제가 방금 마신 듯한 솔잎차의 시원함
이 느껴졌다.

늘 거친 것만 같았던 황제의 입술이 촉촉하게 젖어 그녀의 입
술을 탐하고 있었다.

황후는 그에게 취하듯 아득해져 가는 느낌에 자신도 모르게
두 눈을 감았다.

이윽고 부드러운 그의 혀가 황후의 입안을 훑고 지나가자, 달
콤한 향이 그녀의 입안을 가득 채웠다.

이내 조심스럽게 입술을 뗀 황제가 씨익 웃으며 말했다.

"이건, 환영의 입맞춤이오."

제2장

환궁(還宮)

"정말……."

황후가 한숨과 함께 두 손으로 붉어진 얼굴을 가렸다. 그러나
그의 입술이 닿았던 느낌이 아직도 생생했다.

"그렇게 내 입술이 좋다고 티 내지 않아도 되는데."

황제가 쿡쿡 웃었다. 붉어진 그녀의 볼은 언제나 귀엽게만 느
껴졌다. 또한 황후의 수줍어하는 모습을 보니, 심장이 간질거리
고 자꾸만 웃음이 났다.

"폐하! 제가 언제…… 그리고 궁녀들과 환관들 모두가 보는
앞에서……."

황후는 자신의 입술을 매만지며 곤란하다는 듯한 표정을 지
었다.

그러자 황제는 고개를 저으며 턱짓으로 궁녀들과 환관들을 가리켰다.

황후가 의아한 표정으로 황제를 바라보곤 그의 시선이 닿은 곳을 돌아보자, 궁녀들과 환관들은 모두 고개를 돌리거나 아예 뒤돌아서 있었다.

"어쨌든, 들어오시오 황후."

황제가 황후의 손을 잡고 안으로 그녀를 이끌었다.

"참. 공 태감."

그리고 문을 닫으려던 찰나, 황제가 밖에 서 있던 공 태감을 불렀다.

"예, 폐하."

황제는 주변을 경계하듯 둘러보고는 공 태감을 향해 조용히 말했다.

"내가 밝히기 전까지는 그 누구도 황후가 돌아왔음을 알아선 안 된다. 천기전 내 궁인들의 입단속도 철저해야 할 것이다. 특히 지밀들."

"명심하겠사옵니다."

공 태감이 머리를 숙이며 단호하게 답했다. 황제는 고개를 끄덕이고는 닫히는 문틈 사이로 사라졌다.

먼저 안에 들어가 있던 황후는 천천히 황제의 공간을 둘러보고 있었다. 침상이 있는 것을 보니 집무실도, 조당도 아닌 그야말로 황제만의 공간이었다.

'……?'

기억을 더듬어 보니 이곳은 전에 쓰러진 자신을 황제가 데려왔던 곳. 그리고 그날, 황제와…….

황후가 더 이상 생각하지 않으려 아랫입술을 앙다물었다.

"음. 오늘은 그대가 지어준 청룡포를 입고 싶은데."

황제가 문득 자신이 입고 있던 황룡포와 속적삼을 벗었다.

무방비 상태에서 갑자기 드러난 그의 반듯한 상체에 황후는 붉어진 얼굴을 감출 수가 없었다.

그렇잖아도 방금 전 황제와 저 침상에서 있었던 일들을 회상하고 있었던 터라 얼굴이 더욱 화끈거리기 시작했다.

그런데도 황제의 넓게 벌어진 어깨 아래로 뻗은 단단한 가슴과, 깊은 굴곡이 그대로 박혀 있는 배에 자연스럽게 시선이 가는 건…….

황후는 참다못해 그를 등지고 뒤돌아섰다.

그러자 그것을 이상하게 여긴 황제가 고개를 갸웃했다.

"황후?"

"요, 용포를 갈아입는다 하지 않으셨습니까. 어서 갈아입기나 하세요."

황후가 여전히 돌아선 채로 말을 더듬었다. 황제는 피식 웃으며 밖에 서 있던 도희를 불렀다.

"밖에 있느냐."

"예, 폐하."

"소매에 연꽃이 수놓아져 있는 청룡포를 가져 오거라."

"예? 폐하, 그 용포는 아직 세답방에서 전해 받지 못한지라…… 바로 대령하긴 어렵사옵니다."

도희의 말에 황제는 미간을 좁혔다. 하필 이런 때에 옷이 없다니. 황제는 옅은 한숨과 함께 말을 이었다.

"기다릴 터이니, 어서 가지고 오거라. 조회 때까지는 꼭 가져와야 할 것이다."

"알겠사옵니다."

황제의 명을 받은 도희의 발걸음이 빨라졌다.

"그럼 한동안 이렇게 있어야 한다는 건가."

황제가 멋쩍은 듯 팔짱을 끼며 중얼거렸다. 그러다 자신이 원래 입고 있던 황룡포를 집어 들기 위해 한 걸음 내딛으려던 찰나, 문득 그의 입꼬리가 스윽 올라갔다.

황제는 옷을 들어 뒤에 숨기고는 그녀의 뒤로 천천히 다가갔다. 뒤돌아서 있는 황후는 조용히 다가온 황제의 인기척을 느끼지 못한 채, 황제가 황룡포를 벗어 두었던 곳을 가리키며 말했다.

"그럼 다른 용포가 올 때까지 다시 황룡포를 입고…… 어, 분명히 아까 전까지만 해도 저기에…….."

방금 전에 보았던 황룡포가 보이지 않자, 황후는 주위를 두리번거리다 다시 뒤돌아섰고, 이내 뒤에 서 있던 황제의 가슴팍에 이마를 부딪쳤다.

"……!"

"어디에 있을까."

황제가 씨익 웃으며 쥐고 있던 용포를 황후가 볼 수 없도록 좀 더 자신의 등 뒤에 밀착시켰다.

황후는 이마에서 느껴지는 단단함에 화들짝 놀라 이마를 떼었고, 불길한 예감에 천천히 고개를 들었다.

그리고 역시나.

씨익 웃으며 자신을 내려다보고 있는 황제와 두 눈을 마주친 그녀였다. 그녀의 영롱한 눈동자와 황제의 강인한 눈매가 서로를 바라보고 있었다.

황후는 후, 깊은숨을 몰아 내쉬고는 빠르게 뛰기 시작하는 심장을 진정시키기 위해 연신 심호흡을 했다. 그리고 황제를 밀쳐내기 위해 양 손을 뻗으려던 순간, 황제가 그녀의 머리를 감싸 자신의 품 안으로 끌어당겼다. 그리고 그녀의 귀가 자연스럽게 황제의 심장에 닿았다.

"폐하."

황후는 자꾸만 그녀 자신을 당황스럽게 만드는 황제의 행동에 미간을 좁힌 채 화를 내려 했지만, 막무가내인 그를 이길 순 없었다. 그녀는 화를 내려던 것을 멈추고, 황제의 품에서 벗어나는 것을 포기했다.

마치 속마음을 들킨 것처럼 자꾸 붉어지는 얼굴을 황제에게 보이기가 싫어서였다.

"기억하는지 모르겠군. 내 심장은 한 사람에게만 뛴다고 했던 말."

황제가 나지막이 속삭였다.

쿵— 쿵— 쿵— 귓가에 울리는 그의 심장박동이 너무나도 잘 들려와서, 황후는 말없이 두 눈을 감았다.

황후의 뺨이 그의 맨 가슴에 닿자 황제 역시 온몸이 붉게 달아오르는 것을 느꼈다.

그리고 더욱 빠르게 뛰는 심장을 그녀에게 들키게 될까, 그동안 그녀에게 해 주고 싶었던 말을 하나둘 꺼내기 시작했다.

"비가 내리던 날. 그 신녀와 입을 맞추었던 건, 확인하고 싶어서였소."

"……."

그의 입에서 '신녀'라는 말이 흘러나오자, 황후는 천천히 다시 눈을 떴다.

"아직도 내가 연화를 보면 심장이 뛰는지……."

빗줄기가 세차게 가슴을 두드리던 그 날.

신녀와 입맞춤하던 황제에게 더 이상 미련을 두고 싶지 않았다.

아직 그의 마음이 황후인 자신에게 온전히 향해 있지 않았다는 걸 어렴풋이 알고 있었음에도, 다른 여인과의 입맞춤은 한없이 위태롭고 여렸던 그녀의 가슴을 갈기갈기 찢어 놓았다.

한순간의 욕망처럼 보였던 그의 입맞춤에 어떤 의도라도 담겨 있었던 것일까. 황후의 눈이 가늘어졌다.

"허나 내 심장은, 뛰지 않았어."

황제의 그 한마디에 그동안 황후의 가슴속에 남아 있던 얼음 조각들이 사르르 녹아내렸다.

사가 앞에서 그를 다시 만났던 순간. 그를 온전히 받아들이겠다고 마음먹었지만 아직 가슴속에 박혀 있던 몇 개의 얼음 조각들은 이따금씩 상처를 되새기게 만들었다.

황제의 말 한마디, 그의 눈빛 하나면 이렇게 무너져 내릴 것을. 그동안 그를 밀어내기만 해서 몰랐던 것일까. 아니면 모른 척했던 것일까.

하지만 아직 머릿속 다른 곳에서는 그녀가 떠나던 날, 황제가 잠결에 했던 한마디가 남아 있었다.

'가지 마, 연화야.'

그러나 황제는 그런 그녀의 마음을 알아차린 것처럼, 조심스럽게 그녀의 뺨을 그의 가슴에서 떼어내곤 황후를 바라보았다. 그리고 두 손으로 그녀의 볼을 감싸며 진지한 눈빛으로 말하는 그였다.

"또 가끔 난 잠꼬대를 할 때가 있소."

황후는 그를 물끄러미 올려다보았다.

"가지 말라고, 연화를 붙잡는 꿈을 가끔 꾸거든. 연화는……."

황제가 잠시 머뭇거렸다. 황후에게 연화에 대해 말해준 적이 없었던 것 같았다.

하지만, 이제는 말해 주어야겠지.

황후가 더 이상 자신의 마음을 곡해하지 않도록.

숨기려는 의도는 아니었지만 말해 주지 않을 이유도 없었다. 자신이 재연이란 신녀와 엮이는 연유를, 처음부터 제대로 말해 주었어야 했다.

황제의 눈가가 반달 모양으로 휘어졌다. 연화를 기억하는 것은 아픈 일이기도 하지만, 이기적이게도 황후에게 속마음을 털어내는 것은 왜 이리도 홀가분하게 느껴지는 것일까.

"연화는 내 첫 정인이었소. 그리고 지금은…… 이 세상에 없지. 한 해 전에 절벽에서 떨어져 목숨을 잃었어. 연화가 내게 마지막 인사를 할 때, 붙잡지 못한 것에 내내 죄책감이 들어 매번 그녀를 붙잡는 꿈을 꾸었던 것일지도 모르오."

오해는 오해를 낳고, 오해가 상처가 되어 가슴에 쌓이는 것이 이리도 무서운 것이었나.

황후는 한동안 아무런 말도 할 수가 없었다.

"언젠가 그런 생각을 한 적이 있었소. 혹 내가 그대의 곁에서 잠이 들었을 때, 연화란 이름을 입 밖에 낸 적은 없었을까. 그래서 또 그대가 상처를 받아 울지 않았을까."

나무 아래서 그의 고백을 받았던 그때. 당신의 마음, 다 안다며 그를 위로하곤 떠났지만 그럼에도 불구하고 떠났던 건…… 아직도 그를 믿지 못한 일말의 두려움 때문이었다.

이 순간이 영원하지 않을 거라는 두려움. 그러면 아무것도 하지 못한 채 다시 비운의 황후가 되어 버릴 것만 같은 두려움.

'이렇게 순수하고 진실한 당신을 믿지 못하고. 끝까지, 당신의 그 마음이 늘 그랬던 것처럼…… 영원하지 않을 거라 의심한 채, 제 갈 길을 가 버린 저를 왜 이렇게 나쁜 사람으로 만드시는 겁니까…….'

황후는 애써 눈앞의 안개를 걷어내며 마른침을 넘겼다. 그리고 아주 서서히 그녀의 속마음을 내비쳤다.

"제가 황궁을 떠난 시간 동안 폐하를 단 한 번도 생각하지 않았다면 그건, 거짓말입니다. 폐하의 곁을 떠난 것을 후회하지 않았다면 그것 또한 거짓말입니다."

"황후."

"하지만, 폐하의 곁을 떠나지 않았다면 몰랐겠지요."

"……."

"제 눈에 대한 비밀과."

"……."

"당신의 마음."

황제가 옅은 미소를 지었다. 그리고 그녀의 이마에 그의 입술을 가져다 대었다.

촉촉하고 부드러운 그의 입술이 이마에 닿자, 황후 또한 어렴풋이 보일 듯 말 듯한 미소를 지었다.

그리고 밀려드는 부끄러움에 입술을 물고 시선을 다른 곳으로 옮겼다. 그리고 그때, 황제의 한 손에 들려 있던 그의 용포를 발견한 그녀였다.

"어? 그 용포가 어찌하여 폐하의 손에…… 폐하!"

이내 황제가 줄곧 자신을 속이고 있었다는 사실을 알아챈 황후는 또 당했다는 생각에 그를 밀쳐냈다.

"아."

황제는 그제야 자신의 손에 들려 있던 용포를 보고는 어색한 웃음을 지었다.

"그 용포, 어서 주세요."

황후가 손을 뻗어 그 용포를 가져가려 하자, 황제는 어림없다는 듯 용포를 그의 머리 위로 들어 올렸다. 황후보다 키가 훨씬 큰 황제의 머리 위 용포를 빼앗는다는 것은 어려운 일이었다.

"안 되지. 나는 이 상태가 좋은데."

황제가 탄탄한 자신의 몸매를 보라는 듯 그의 배에 손을 가져다 대며 말했다.

맨살이 드러난 그의 몸을 바라보면 한없이 두근대는 건 사실이었다. 하지만 그럴 때마다 붉어지는 얼굴은 감당할 수가 없었다. 마음을 숨기는 데에만 익숙했고, 늘 일관되고 정숙한 것이 본래 그녀의 모습이었다.

얼굴을 보기만 해도 가슴이 뛰는 사람 앞에서, 상의를 벗은 그를 넋 놓고 보고 있자면 심장이 터질 것만 같았다.

'내가 왜 이러는 거지.'

황후는 더 이상은 안 되겠다는 듯 황제가 방심한 틈을 타 그의 손에서 용포를 낚아채려 손을 뻗었다. 그러다 앞에 서 있던 그를 너무 세게 밀치는 바람에, 황후와 황제의 몸이 중심을 잃고 뒤로 기울어졌다.

"어, 어!"

쿠당탕―!

"으윽…….'

황제의 위로 황후가 보기 좋게 넘어졌다. 황후 덕분에 그대로 바닥에 머리와 엉덩이를 부딪친 황제의 입가에서 낮은 신음 소리가 흘러나왔다.

"폐하!"

황후가 놀라 몸을 일으키려던 찰나, 문이 활짝 열리고 도희가 청룡포를 든 채 안으로 들어왔다.

"폐하, 여기 폐하께서 명하신 청룡포…….'

그리고 황후와 황제의 넘어진 상태를 그대로 목격한 도희는 깜짝 놀란 얼굴로 말을 더듬으며 돌아섰다.

"폐하! 소, 소녀 마음이 급하여…….'

곧 조회 시간이 다가왔기 때문에 도희는 마음이 급해져 들어 가겠다 아뢰지 않고 들어온 것이었다.

황제 폐하의 벗은 몸, 그리고 그 위에 황후 마마. 도희는 방금 자신이 본 장면이 머릿속에 떠오르자 두 눈을 빠르게 깜빡였다.

"크흠. 아, 아니다. 어서 두고 가거라."

당황한 황제는 이내 정신을 차리고 엉거주춤 뒤돌아서 있는 도희를 향해 말했다.

"예, 예. 여기 두고 소녀는 나가 보겠사옵니다."

도희는 문 입구에다 용포를 두고 황급히 문밖으로 물러갔다.

"……."

"……."

황제와 황후의 사이에 알 수 없는 침묵이 흘렀다. 그러다 황후는 이러면 안 된다는 듯 고개를 저으며 몸을 일으키려 움직였다.

그러자 황제가 한 팔로 그녀를 그대로 감싸 안았다. 그리고 나지막이 말했다.

"하늘이 주신 기회인데."

황후가 졌다는 듯 웃음을 터뜨렸다. 이윽고 황제는 그녀를 안은 채 몸을 돌려 조심스럽게 그녀를 자신의 옆에 누였다. 황제의 팔을 베게 삼아 천기전의 천장을 바라본 황후는 천천히 두 눈을 깜박였다.

옆에 나란히 누운 황제의 숨소리가 들려왔다.

"황후란 자리가 앞으로도 힘들지 모르오. 그대가 내 곁에 돌아온 건 기쁘지만, 궁에 돌아온 건…… 가슴이 아프지. 또다시, 숨 막히는 궁 안에서 살아가야 하니까."

황제의 말에 황후는 말없이 두 눈을 감았다. 그것을 걱정했다면, 돌아오지 않았을 것이다. 돌아올 수 있도록 자신을 받아준 것이 너무도 고마운 일이라는 것을 그는 알고 있을까.

"이젠 그리 갑갑하지 않을 것 같습니다."

"……?"

"……폐하가 있으니까요."

더 이상 혼자라는 생각이 들지 않았다. 혼자라서 외롭고 갑갑하게만 느껴졌던 이 넓디넓은 황궁. 눈이 먼 채 비틀거리며 거닐던 곳. 모든 것이 변했다.

황제는 서서히 알아가는 그녀의 마음에 가슴이 벅차올랐다. 늘 밀어내기만 했던 황후. 그리고 그런 그녀의 가시에 상처를 입어 차갑게 대할 수밖에 없었던 순간들이, 그의 머릿속을 스쳐 지나갔다.

"폐하. 조당에 가셔야 할 시간이옵니다."

그때 밖에서 조회 시간이 왔음을 알리는 환관의 목소리가 들려왔다.

"그럼, 가 볼까."

황제와 황후는 몸을 일으켰다. 한쪽 팔에서 느껴지는 찌릿함과 쑤셔 오는 허리에 황제가 살짝 두 눈을 찡그렸다. 하늘이 주신 기회에 대한 대가인가. 황제는 벗어 두었던 속적삼을 입으며 피식 웃었다.

황후는 도희가 두고 나간 용포를 가져와 황제의 앞에 내밀었다.

그러자 황제는 용포를 가만히 응시하더니 말없이 두 팔을 벌렸다.

"입혀 주시오."

"……?"

"그대가 지은 옷, 직접 입혀 달라고 했는데."

황후가 청룡포를 물끄러미 바라보았다. 황제를 생각하며 밤새 지은 용포.

그녀는 순백의 연꽃이 수놓아져 있는 소매를 매만졌다. 그리고 이내 천천히 옷을 펼쳐 들고는 황제의 뒤에 서서 조심스럽게 용포를 입혀 주는 그녀였다.

뒤에서 느껴지는 황후의 손길에 문득 황제의 눈이 커졌다. 황후는 여태 자신의 청에 순순히 응한 적이 없었다.

그녀의 손길이 닿을 때마다 기분 좋은 설렘과 알 수 없는 전율이 그를 휘감았다. 불에 덴 것처럼 화끈거리는 몸과 가라앉을 기미가 보이지 않는 홍조를 어찌해야 할지 몰라 황제는 마른침을 삼켰다.

"이제 되었습니까."

그녀가 용포를 입혀 주곤 황제의 몸을 돌려 서로 마주 보도록 만들었다.

"……?"

"……."

그를 빤히 바라보는 황후의 시선에 황제의 뺨이 더욱 붉게 물들었다. 그러자 황후는 고개를 갸웃하며 그의 얼굴을 이리저리 살펴보았다.

"갑자기 용안이 붉어지셨습니다. 혹 어디 편찮으신 곳이라도 있으신 겁니까."

"어, 어떻소."

황제는 얼굴이 붉어진 연유를 황후가 알게 될까, 그녀에게서 황후에게서 떨어지고는 다른 곳으로 시선을 돌린 채 물었다.

황후는 한 발자국 물러나 서서 황제의 모습을 말없이 바라보았다.

가만히 있어도 빛이 나는 분. 그의 어깨가 유난히 넓어 보였다.

어깨 아래로 떨어지는 고운 선과 푸르른 색감이 은은한 빛을 내며 황제의 전신을 감싸고 있었다. 소매에 수놓아진 흰색 연꽃 문양은 옷에 새겨진 황금빛의 오조원룡과 독특한 조화를 이루었다.

"그대 앞에서 입은 모습을 한 번도 보여주지 못했으니까. 이 용포를 직접 지은 그대의 소감을 듣고 싶은데."

황후의 반응이 궁금했던 황제는 보채듯 다시 물었다.

세상에 단 하나밖에 없는 청룡포는, 황제에게 더할 나위 없이 잘 어울렸다. 또한 그는 그 어느 때보다도 강인하고, 청명한 하늘처럼 높고, 고귀해 보였다. 그리고 그것은, 그녀가 생각하는 황제의 모습이었다.

황후는 희미한 미소와 함께 촉촉해진 입술을 달싹였다. 재연이란 신녀 때문에 전하지 못했던 한마디. 이제야 그에게 말해 줄 수 있었다.

"제가 생각했던 모습입니다."

눈이 보이지 않았어도, 느껴졌던 그의 모습.

그녀를 찾지 않았던 지난 한 해 동안 배불뚝이의 대머리일 거라 생각했던 그가 비로소 그녀를 찾아왔을 때, 그녀가 확신했던 모습이었다.

　　—그대가 생각하는 나의 모습을 이 비단에 담아 지어 주시오.

황제는 한참을 생각하고 나서야 그녀의 말뜻을 알아차렸다. 자신이 예전에 이 청룡포의 비단을 주며 황후에게 했던 말을, 그녀는 아직 기억하고 있었다.

가슴이 저려오듯 밀려드는 감동에 황제가 조심스럽게 그녀의 어깨를 잡으며 말했다.

"우리가 그간 너무 멀리 돌아서 온 것은 아닌지 나는 걱정이오."

"멀리 돌아서라도, 지금은 이렇게 마주 보고 서 있지 않습니까."

황후가 그의 용포를 여며 주며 답했다. 황제는 그녀의 담담함에 어쩔 수 없다는 듯 옅은 한숨을 쉬었다.

"폐하. 어서 서두르셔야 합니다. 조당에 대신들이 모두 모였사옵니다."

더 이상 황후와 시간을 같이 보내는 것은 사치라는 듯, 밖에서 공 태감이 재촉해 왔다.

　황제는 입술을 한 번 깨물었다. 그리고 황후의 어깨를 붙잡은 두 손에 힘을 주며 단호한 눈빛으로 말했다.

　"그동안 그대가 없는 틈을 타, 새로운 황후의 책봉이 거론되고 있었소."

　"새로운 황후……."

　황후는 의외로 담담한 반응이었다. 어느 정도 예상을 하고 있었기 때문이었다. 그렇잖아도 그녀를 못마땅해하며 괄시하던 대신들이 가만히 있었을 리가 없었다.

　"어서 가 보십시오, 폐하."

　이내 황후는 문 쪽으로 고개를 돌리며 부드럽게 말했다. 그리고 조용히 속삭이는 그녀였다.

　"지금부터는, 제 청대로 해 주십시오. 이제 곧 황궁에 새로운 바람이 불게 될 것입니다."

＊　　　＊　　　＊

　"폐하."

　황제의 등장에 부산스러웠던 대신들이 제자리를 찾아 일제히 머리를 조아렸다.

　황제는 제좌에 앉은 채 싸늘한 눈빛으로 대신들을 응시했다.

안개가 서린 듯 무겁게 젖은 분위기에 대신들은 서로 눈치만 보며 우물쭈물하고 있었다. 몸이 아프다는 핑계로 한동안 조회에 나오지 않았던 백 재상도 어두운 표정으로 서 있었다.

황후가 없는 상황에서 재상이란 자리는 알맹이 없는 껍데기일 뿐이었다.

대신들은 그런 백 재상을 은근히 무시하며 홍 재상 쪽으로 몰려들었고, 백 재상은 이를 갈면서도 이빨 빠진 호랑이가 되어 버린 자신의 현실을 그 스스로도 어찌할 수가 없었다. 힘을 실어 주겠다면 제운객주의 여주인은 종적을 감춘 채 나타나지도 않고 사라져 버렸다.

아무래도 수상한 여인이긴 했으나 그래도 제운객주의 주인이었기에 그녀를 믿고 점쟁이를 만나게 해 주려 했다. 헌데 아무리 기다려도 오지 않았고, 다시 기별을 넣었는데도 깜깜무소식이었다.

자신을 속인 그 여주인을 어떻게든 찾아 자금이고 뭐고 아작을 내주리라, 백 재상은 이 와중에도 딴생각에 잠겨 있었다.

"폐하. 상소들은 모두 읽어 보셨사옵니까."

계속되는 정적에 늘 그렇듯 홍 재상이 먼저 입을 열었다. 황제는 홍 재상을 향해 시선을 돌려 그와 눈을 마주쳤다. 턱, 숨이 막힐 듯 차가운 황제의 눈빛에 홍 재상은 침을 꿀꺽 삼켰다. 늙은 심장이 긴장감 때문에 유달리 빠르게 뜀박질하는 것이 느껴졌다.

"균전제에 대한 상소를 말하는 건가."

황제의 말에 홍 재상의 얼굴이 돌처럼 딱딱하게 굳었다. 균전제라니. 자신을 비롯한 대신들이 적어 올린 상소는 그것에 관한 내용이 아니었다. 황제는 의도적인 것인지, 그저 정사를 돌보는 일에 전념하려는 것인지 매번 민생 안정에 관한 내용만을 조회에서 거론했다.

"요즘 심심찮게 올라오는 상소 중 하나가 토지 부족의 문제였지. 농사를 지을 토지가 부족한데, 백성들이 농사로 자급자족을 할 수는 없는 법이니까. 해서, 균전제는 짐이 이전부터 생각해 오던 민생 안정책이었소."

황제의 입가에서 비릿한 웃음이 묻어났다. 황후가 사라지고 나자 새 황후에 관한 내용을 추진하고 싶어 입이 근질거릴 홍 재상을 막고, 황후가 돌아오기까지 시간을 벌기 위한 황제 나름의 노력이었다.

하지만 이제는 홍 재상이 원하는 대로 천천히 받아들여 줄 생각이었다. 허나 평소와 다른 모습을 보이면 안 되는 법. 황제는 홍 재상이 더 이상 참지 못하고 걸려들길 기다렸다.

'홍 재상. 이제 어디 한번 그동안 눌러두었던 본론을 시작해 보시지. 그래도 인내심 있게 꽤 오래 기다려 주었군.'

조회에서 백성을 위한 정책을 펼칠 방도를 논의하는 것이 당연했기에 한동안은 홍 재상도 입을 다물 수밖에 없었다.

더구나 황후가 사라진 후 너무 급작스럽게 새 황후 책봉을 추진한다면, 그 또한 모양새가 좋지 않았다. 해서 시간을 두고 좀 더 황궁의 사정을 지켜보기로 한 것이었다. 하지만 영영 이대로 간다면 황제는 끝까지 황후의 자리를 비워 둘 것이 뻔했다.

"폐하. 이번엔 균전제인 것입니까. 아시다시피 천나라 토지의 대부분이 사유지라, 모든 백성들에게 균등한 분배는 어렵사옵니다."

홍 재상이 보이지 않게 황제를 비웃으며 침착하게 답했다. 재연을 후궁으로 만들 기회만 엿보고 있었는데, 황후의 자리가 이젠 달포가 넘도록 비어 있었다. 아무래도 후궁보다는 내명부의 수장이 나을 터이니 시간을 갖고 황제를 지켜본 것이 나쁘지 않은 결과를 가져온 것이다.

'무슨 꿍꿍이인지는 모르겠지만, 곧 새 황후의 책봉을 받아들이셔야 할 것입니다. 소신, 꽤 오랜 시간을 드렸사옵니다. 이젠 피하려 하셔도 피하실 수 없다는 말입니다.'

홍 재상. 그는 한 걸음 내딛으면 어김없이 발 앞에 걸리는 커다란 돌 같은 자였다. 허나, 이제는 주름살이 늘어진 홍 재상의 낯빛이 하얗게 변해갈 터. 또다시, 황제와 홍 재상의 신경전이 시작되었다. 하지만 황제는 마지막 패를 쥔 승리자처럼 여유로운 표정으로 물었다.

"그럼, 그대가 말하는 그 대부분의 사유지의 주인은 누구지."

"그것은……."

홍 재상의 턱수염이 미세하게 떨렸다. 황제의 의도가 정확히 홍 재상의 목구멍을 막아버렸다. 이내 조용히 서 있던 다른 대신들도 보이지 않게 부들부들 떨며 술렁이기 시작했다.

"답하기가 어렵다면, 오늘의 조회는 이만 마치는 것이 좋을 듯한데."

황제가 그것을 놓치지 않고 더욱 세게 홍 재상의 목덜미를 움켜쥐었다. 대신들이 얼어버리는 것은 당연했다. 국유지를 제외한 사유지의 대부분은 고관대작들을 비롯한 나라의 녹을 먹는 자들, 바로 여기에 서 있는 몇몇 대신들의 소유이기 때문이었다.

"폐, 폐하."

가시방석에 앉은 사람처럼 안절부절못하던 대신들이 황급히 고개를 숙였다. 지난번 환곡에 모래를 섞었다는 사실도, 그리고 지금도 백성들에게 빚을 지워 그들이 갖고 있던 토지들도 모두 빼앗아 소작인으로 만들어 버렸다는 사실도 황제는 어찌 된 일인지 모두 알고 있는 것 같았다.

대신들의 이마에선 진땀이 흘렀다. 그래서 자꾸 균전제를 거론해 토지를 균등하게 재배분하라는 명을 내리려는 건지도 몰랐다.

아무리 총명하다 한들 제 감정에 못 이겨 정사 따윈 신경도 쓰지 않는 독불 황제라고만 생각해 왔는데 한 해 전부터는 뭔가 달라졌다. 그리고 지금은 더욱 달라져 있었다.

그리고 이때 대신들이 느낀 것은 하나였다.

'위험하다.'

"백성들의 안위를 걱정하기 전에 황궁의 안위를 걱정한답시고 새로운 황후의 책봉을 추진할 때가 아니란 말이오."

황제의 눈이 매섭게 가늘어졌다. 서늘한 바람이 조당을 훑고 지나갔다. 새 황후라는 말에 백 재상이 딴생각을 멈추고 황제를 쳐다보았다.

홍 재상은 주먹을 꽉 쥐었음에도 사시나무 떨듯 떨리는 손을 감출 수가 없었다.

'아직 본론은 꺼내지도 못하였거늘…… 이리 감정 소모가 심하여선 안 되는 법인데.'

하지만 이내 홍 재상은 평정심을 유지하며 최대한 담담한 말투로 답했다.

"폐하, 다른 상소의 내용도 읽어 보셨군요."

"그렇소."

"본디 조회라는 것이, 한 가지의 안건만을 다루어서는 아니 되는 법이지요. 폐하께서 읽은 다른 내용의 상소 또한, 한 충신의 간언이 아니겠습니까."

홍 재상이 다시금 침을 꿀꺽 삼키며 몸 안의 화를 다스렸다.

'과연 황궁의 천 년 묵은 능구렁이군.'

역시 홍 재상은 무엇 하나 쉽게 빠져나가게 두지 않는 인물이었다. 황제가 날카로운 눈매로 말해 보라는 듯 홍 재상을 응시했다. 이제 적당히 건드려 주었으니 홍 재상은 더 이상 참지 못하고 본심을 드러낼 것이었다.

홍 재상이 턱수염을 가다듬었다. 그리고 메마른 입술에 침을 적시는 그였다.

"폐하. 황궁의 안위가 곧 백성의 안위이옵니다. 헌데 황제 폐하의 곁에 나란히 앉아계셔야 할 황후 마마께서 오랜 기간 사라지셨으니, 이는 통탄할 일이옵니다. 빈 황후 자리 때문에 내명부의 기강 또한 흔들리고 있으며 달의 정기를 받지 못하시는 폐하께도 그 화가 미칠 것이옵니다. 원자를 생산해야 하는 것이 무엇보다도 가장 시급한 일이 아니옵니까."

황제는 홍 재상의 말에 피식, 냉소를 터뜨렸다. 당황스럽기보다 웃음이 났다. 원자의 생산이라. 이제는 황제, 황후로도 모자라 황자까지 염두에 두고 있다는 말인 건가.

"더 말해 보시오."

황제는 여유로움을 잃지 않으며 가만히 홍 재상의 말을 기다렸다. 홍 재상은 뭔가 이상한 낌새를 느꼈음에도 황제의 눈치를 보며 말을 이었다.

"해서, 새로운 내명부의 주인인, 황후를 책봉하길 아뢰옵니다."

*　　　*　　　*

황제가 조당으로 나선 뒤, 황후도 연주전으로 가기 위해 발걸음을 옮겼다. 황후는 연주전으로 가는 도중 궁인들의 눈에 띄지 않게 최대한 몸을 숨기며 향했다.

그녀가 연주전에 들어서선, 안도의 한숨을 내쉬었다. 그리고 그곳에서, 오늘도 어김없이 아침 일찍 연주전을 쓸고 닦던 리아와 두 눈을 마주친 황후였다.

"리아……."

"마마!"

리아가 손에 쥐고 있던 물에 젖은 천 자락을 떨어뜨렸다. 이윽고 리아는 황후의 앞에 달려가 그대로 무릎을 꿇었다.

"마마, 모두 소녀의 탓이옵니다. 제가 황후 마마를 사지에 몰아넣었습니다. 그러니 저를 죽여 주세요. 저를……."

황후는 불현듯 차오르는 눈물에 쉽사리 입술이 떨어지지가 않았다. 리아는 황후의 치맛자락을 붙들고 하염없는 눈물만을 흘리고 있었다.

내게 매일 탕약을 가져다주던 아이.

그리고 그 탕약에는 부자라는 약재가 들어 있었다.

"리아야."

황후가 리아를 불렀다. 리아는 눈물로 범벅이 된 얼굴로 황후를 올려다보았다. 황후는 흐려진 눈을 천천히 깜박였다.

"네 도움이 필요해."

"예……?"

리아는 울먹이던 표정으로 영문을 모르겠다는 듯 황후를 바라보았다. 황후는 리아를 일으켜 세우며 말을 이었다.

"지금 당장, 나를 그 누구도 무시할 수 없을 만큼 강인한 황후의 모습으로 치장해 줘."

"마마……."

"어서. 시간이 없어."

황후는 아무것도 묻지 않은 채 단호한 눈빛으로 말했다. 리아는 이내 황급히 눈물을 닦고 고개를 끄덕였다. 황후는 믿었던 아이의 배신으로 인한 쓰라림을 잊고 싶었다. 그리고 말 못 할 그 아이의 사정을, 그녀도 알고 있었다.

'리아, 너도 내 아버지를 두려워하고 있어서였겠지. 그리고 죄책감을 느끼고 있었다는 것도 알고 있어. 내가 사흘 동안 앓아눕고 눈이 보이고 난 후부터는…… 넌 내게 탕약을 주지 않았으니까.'

＊ ＊ ＊

"새 황후……!"

백 재상이 홍 재상을 향해 고개를 획 돌렸다. 전에 황후가 사라지고 나서 얼마 지나지 않았을 적, 새 황후 문제를 거론할 때까지만 해도 월을 찾을 수 있을 거라 애써 다짐하며 이를 악물었다. 하지만 이 상황에서는 홍 재상이 정말 새 황후감이라도 내놓을 기세였다.

"그리고 저희 대신들이 간택 후보로 추천하는 여인은, 천나라 황실의 신녀, 홍 재연이옵니다."

홍 재상이 대신들을 스윽 둘러보며 덧붙였다. 백 재상을 제외한 대신들은 일제히 고개를 끄덕였다.

그러자 얼굴이 벌게진 백 재상은 얼마 전까지만 해도 자신의 측근이었던 상서들을 돌아보았다. 그러나 그들은 모두 백 재상의 시선을 회피했다.

"홍재연."

황제가 나지막이 그녀의 이름을 중얼거렸다.

"하여, 폐하께 얼굴이라도 비추기 위해 그 아일 문밖에 세워놓았사옵니다. 들여보내도 되겠사옵니까."

꽤 재미있겠군. 황제가 말없이 고개를 끄덕였다. 홍 재상은 황제가 의외로 순순히 하자는 대로 따라와 주는 것이 내심 이상했으나, 곧 회심의 미소를 지었다.

이젠 황제 역시도 자포자기한 것이리라.

곧 문이 열리고 아리따운 모습을 한 재연이 안으로 들어섰다. 그녀는 당장 황후 자리에 앉아도 무색할 만큼 화려한 치장을 한 채 황제의 앞에 서 있었다. 그리고 그 모습은, 여전히 믿을 수 없을 만큼 연화와 닮아 있었다.

"폐하께서도 아시다시피, 신녀가 황후가 된다는 것은 황실의 축복이옵니다. 제 딸아이는 신녀로 남기를 고집했으나 황실과 황제 폐하를 위하는 일이라며 소신이 끝없이 설득하였사옵니다. 다행히 이 아이도 워낙 천나라를 위하는 마음이 큰지라 그것을 받아들였으니, 새 황후로서 손색이 없지 않겠사옵니까."

"새 황후 감으로 손색이 없긴 하지. 천나라에선 신녀가 황후
감으론 고귀한 존재이니."

황제가 묘한 한마디를 내뱉었다. 홍 재상은 황제의 곧았던 심
지가 흔들리는 것 같자, 더욱 재연을 밀어붙였다.

"더 이상 황후의 자리를 비워둘 수 없다는 것을 황제 폐하께서
도 잘 아시질 않습니까. 또 본디 금혼령을 내려 새 황후를 간택
할 것을 널리 알림이 마땅하지만 그리 되면 멀쩡히 있던 본래의
황후에 대한 백성들의 의구심을 면치 못할 것이옵니다."

황제는 청산유수 같은 홍 재상의 말을 재미있는 이야기를 듣
듯 즐기고 있었다.

"그래, 황실은 언제나 백성들에게 완벽해 보여야만 하니까. 황
후도 누가 되든 상관이 없겠지. 홍재연이라고 했던가. 여러 번
얼굴을 맞댄 적이 있어 낯설지 않은 것이 그나마 다행이군."

황제는 재연과 처음 마주치던 날부터, 입을 맞추던 날, 그리고
오늘까지의 행적을 떠올려 보았다. 려운의 말대로 이 아이가 홍
재상의 친딸이 아니라면, 그리고 이 아이의 얼굴이 연화와 너무
도 똑같이 생겼다면……

'역시나…… 처음부터 본래 황후를 갈아치울 생각이었던 거
군.'

황제가 한쪽 눈썹을 치켜 올렸다.

재연은 수줍은 얼굴로 가만히 기다렸다. 그리고 그 이면으로

는 곧 목적 달성의 고지에 다가온 사람처럼 두근거리는 심장을 만끽하고 있었다.

'폐하. 얼굴이 낯설지 않다 하셨습니까. 그럴 법도 하지요. 제가 폐하의 첫 정인과 닮았으니.'

이날만을 위해 그동안 죽은 듯 살아왔고, 손을 뻗으면 닿을 듯한 거리의 황제도 그저 바라만 보고 있었다.

조금만 독해지면 가질 수 있을까, 의심했던 것이 곧 현실로 이루어지는 순간이었다.

모두들 황제의 입에서 재연을 황후로 책봉하겠다는 한마디가 나오기만을 기다리고 있었다.

홍 재상의 그럴듯한 말에 의구심을 가지면서도 의견을 실어주고는 있었지만, 과연 이 얼음장 같은 황제가 순순히 그것을 받아들일까 대신들은 지켜보고 있던 중이었다.

하지만 지금 황제가 고민하고 있었다. 갈등하는 모습을 보이고 있었다. 이윽고 황제가 한동안 굳게 닫혀 있던 입술을 뗐다. 촉촉이 젖은 그의 입술선이 가늘게 휘어져 올라갔다.

"재연을 황후로……."

모두들 침을 꿀꺽 삼켰다.

그래도 황제가 재연을 받아들이기까지 꽤 오랜 시간 동안 기싸움을 할 것 같았는데 이리 빨리 선택할 줄은 몰랐다.

"받아들일 수 없소."

황제의 말에 대신들의 표정이 심하게 일그러졌다. 홍 재상은 눈을 치켜뜨며 어금니를 꽉 물었다.

"이미, 황후 자리의 주인이 돌아왔으니까."

이윽고 홍 재상이 무슨 소리냐는 듯 황제에게 되물으려던 찰나, 문이 벌컥 열렸다.

그리고 누군가가 쏟아지는 빛 사이로 한 발자국씩 내딛기 시작했다.

사르락, 사르락. 치맛자락이 바닥에 쓸리는 소리가 사람들의 예민한 귓가를 자극했다.

한 발자국씩 점점 더 가까이 다가오는 누군가의 정체를 확인한 사람들의 입이 떡 벌어졌다. 홍 재상 역시 경악을 금치 못했다.

황제의 입가에 의미심장한 미소가 걸렸다.

등 뒤에서 흐르는 이상한 기류에 재연이 뒤를 돌아보았다. 붉은 입술을 앙다문 채 몸을 돌린 재연의 눈동자가 거세게 흔들렸다.

이내 여유로움이 가득한 얼굴로 조당의 중심에 선 여인이 선홍빛 입술을 떼며 말했다.

"제가 바로, 천나라의 황후이기 때문입니다."

조당으로 들어선 황후는 기품과 위풍당당함이 넘치는 화려한 모습으로 보는 이들의 기선을 제압했다. 전신에 감도는 기품과 위엄이 가득한 말투는 그녀가 진정한 천나라의 황후임을 몸소 느낄 수 있도록 했다.

다만, 황후의 곁에는 그녀를 부축하는 리아가 서 있었고 황후는 여전히 허공을 바라보고 있었다.

"어, 어찌하여 황후 마마께서……."

경악한 얼굴로 홍 재상이 덜덜 떨리는 턱을 움직였다. 백 재상은 이것이 꿈은 아닌지 두 눈을 깜박이다, 곧 속으로 환호성을 질렀다.

황후는 희미한 미소와 함께 고개를 꼿꼿이 세우고 초점 없는 눈빛을 유지했다.

황제는 혹 대신들이 황후의 눈이 보인다는 것을 눈치 채지는 않았을까, 주위를 둘러보았다. 하지만 대신들은 모두 황후가 돌아왔다는 사실만으로도 충격을 받은 얼굴이었다.

이내 서늘한 그녀의 한마디가 홍 재상을 얼어붙게 만들었다.

"그간 눈도 보이지 않는 저를 누군가 납치, 감금한 덕분에 고통의 나날을 보낼 수 있었지요."

황후의 말에 대신들이 믿을 수 없다는 듯 한동안 입을 다물지 못했다.

"마마!"

"그것이 사실이옵니까!"

"황후 마마께서 정녕 납치를……!"

그간 황제는 황후가 납치당한 것이라고 주장을 해 왔으나, 그 말을 믿는 이들은 거의 없었다. 황후를 납치할 만한 이유도 없었거니와, 별다른 사건도 벌어지지 않았기 때문이었다.

평소 눈먼 황후가 못마땅하긴 했어도 딱히 거슬릴 것은 없었 지만 이왕이면 다홍치마라고 좀 더 번듯한 새 황후가 들어서길 바란 것은 있었다.

또 홍 재상이 추진하는 것이니 그의 말에 잘 따르면 커져 가는 세력에 붙을 수도 있기에 밀어준 것이었다.

허나 상황이 달라졌다. 황후가 사라진 것이 계획된 납치였다 면, 홍 재상 편에 선 모든 자들은 대역 죄인이 될지도 몰랐다.

그제야 상황을 파악한 대신들이 모두들 석고대죄를 하듯 엎 드려 외쳤다.

"폐하! 저희들은 꿈에도 모르는 일이옵니다. 저는 그저 비어 있던 황후 마마의 자리가 안타까워 말씀드린 것이옵니다! 부디 통촉하여 주시옵소서!"

홍 재상도 덩달아 엎드려 강하게 부정했다.

"저 또한 황후 마마께서 납치가 되신 줄은 몰랐사옵니다! 통 촉하여 주시옵소서!"

재연은 황후를 뚫어져라 바라보고 있었다. 만약 아버님이 납 치를 했다 하여도 눈이 보이지 않는 황후가 어찌 탈출을 했단 말 인가.

재연이 피가 나도록 입술 안쪽을 깨물었다. 얼얼함이 느껴지 면서 한순간에 무너져 내린 꿈, 황제가 눈앞에 아른거렸다.

"금군들이 황후를 찾은 곳이, 천나라 국경에 위치한 비밀 처소 라고 하더군. 설마 이 넓은 천나라 중에서도 타국과 근접한 국경에 황후를 숨길 생각을 할 줄은 몰랐는데. 황후를 납치한 자의 지혜에 난 놀라움을 금치 못했소. 여차하면 황후를 타국으로 보내버릴 생각이었던 건가."

황후를 찾을 수 없었던 연유와 그녀를 찾는 데 오래 걸릴 수밖에 없었던 이유, 그리고 궁에서 사라졌던 황후가 다시 궁으로 돌아올 수 있는 정당성을 황제는 모두 내포하여 덧붙였다. 이 모든 것이 황후와 계획한 일이었다.

"마마, 마마를 납치한 자가 대체 누구였사옵니까!"

대신들 중 한 명이 물었다. 그러자 황후는 고개를 저으며 대답했다. 아직 홍 재상을 궁지에 몰아넣기에는, 일렀다.

"아시다시피 제 눈은 멀었기에 보지 못하였습니다. 며칠 동안 혼절하다 깼다가를 반복했고, 오랜 시간이 지나서야 금군들에게 발견되었지요."

재연의 짙은 속눈썹 아래로 검은 그림자가 드리워졌다. 금군에 의해 발견되었다면 정말로…… 납치되었었단 말인가.

"황후를 뒤늦게 그대들 앞에 보인 건, 모든 것이 명료해지기 전 황후를 보이면 혹시라도 이중 황후를 미리 해할 자가 있을지 몰라서였으니 이해하시오. 전에 내가 말했듯, 궁에서 황후를 납치할 만큼 치밀한 자는 분명, 가까이에 있는 것 같으니까."

황제는 다시금 홍 재상을 물끄러미 바라보며 말했다.

그리고 그런 황제의 말에, 모두들 말없이 고개를 끄덕일 수밖에 없었다.

'이게 무슨 귀신의 조화람.'

월을 계속해서 유심히 바라보던 백 재상은 아비인 자신도 모를 만큼, 그녀가 은밀하게 납치를 당했다는 사실이 믿기지가 않았다.

그리고 월의 목소리가 귀에 박혀 들어왔을 때, 오랜만에 들은 딸아이의 목소리라기엔 뭔가 이상했다. 최근에 어디선가 들었었던 것 같은 기시감이 느껴졌다.

황제는 허탈함에 반쯤 넋이 나간 홍 재상의 얼굴을 차갑게 내려다보았다. 황후는 그 자리에서 여전히 꼿꼿이 허리를 세운 채 허공만을 바라보고 있을 뿐이었다.

"그럼 이제, 새로운 황후의 책봉에 대하여 다신…… 입 밖에 꺼내지 마시오."

황제가 홍 재상을 비롯한 대신들을 향해 쐐기를 박았다. 그의 앞에 우두커니 서 있던 재연은 붉어진 얼굴로 부르르 떨리는 몸을 애써 진정시키기 위해 노력했다.

조용히 그런 재연을 바라본 황후가 냉소를 지었다.

'보았느냐. 황후의 자리는, 나의 것이다.'

이내 그녀는 보이지 않게 치맛자락을 꽉 움켜쥐었다.

이제, 다시 제자리로 돌아온 것이었다. 진실과 함께.

*   *   *

"황후가 궁으로 돌아오다니! 그리고 납치라니? 이 무슨 날벼락이란 말인가!"

홍 재상이 악에 받쳐 으르렁댔다. 조당에서 나와 홍 재상 사가의 은밀한 장소에 모인 대신들이 홍 재상을 중심으로 타원형 탁자에 둘러앉아 있었다.

조회 당시, 홍 재상의 편에 섰다가 화를 입을까 한순간에 돌아섰던 대신들은 눈치를 보며 앓는 소리를 냈다.

"재상님, 모두 살자고 한 말들인 것 아시지요? 그땐 넙죽 엎드려 비는 것이 현명한 판단이었기에 그리 한 것이옵니다. 그리고 다행히 황제 폐하께서도 그 이상 문초를 하지 않으셨고 말입니다. 만일 그대로 밀어붙였다가는……."

"저 또한 그리 생각하는지라. 모두들 그런 뜻이 아니었소?"

다른 대신들이 일제히 고개를 세차게 끄덕였다.

그때 병부상서가 눈썹에 힘을 주곤 중얼거렸다.

"금군들이 찾았다면 내가 몰랐을 리 없는데."

"천호영 또한 금군이라 할 수 있지. 보나 마나 려운이 찾아낸 것 아니겠소."

문을 열고 들어선 이부상서가 끼어들며 대답했다. 이부상서와 함께 등장한 호부상서는 비어 있던 두 자리에 앉으며 턱수염을 가다듬었다.

"어허, 그대들이 여긴 어쩐 일이오?"

대신들 중 한 명이 놀란 눈으로 물었다. 황제의 명대로 황후

를 찾아내지 못했으니, 조용히 숨어 황궁의 정세를 파악하던 그
들은 홍 재상의 부름에 한달음에 달려온 것이었다.

"우리도 한때는 상서였다는 것을 모르오? 지금은 망할 황제놈
때문에 황궁엔 발도 들이지 못하고 있지만. 거, 황후가 돌아왔다
니. 그게 무슨 말이오?"

호부상서가 이맛살을 찌푸리며 말했다.

그러자 홍 재상은 핏발이 선 눈으로 한 곳을 뚫어져라 응시하
며 답했다.

"새로운 대책을 세워야 해. 황제를 갈아치울."

*　　　*　　　*

"영! 내가 방금 황후가 황궁에 돌아왔다는 이야길 들었다."

"뭐?"

창밖을 바라보던 영이 몸을 휙 돌렸다. 천기전에 궁인 하나를
심어두고 조회의 내용을 전달받던 우가 흥미로움이 가득한 얼
굴로 달려온 것이었다.

달포 전, 향을 그렇게 두고 나온 후 갈등 끝에 그가 향을 위해
해 줄 수 있는 것은 한 가지뿐이었다. 마지막까지 황후를 기다려
주는 것.

그때까지만, 천 우와 함께 세웠던 계획을 잠시 동안 미루려고
했는데 정말로 황후가 돌아올 줄은 몰랐다.

"황후가 돌아왔으니, 새 황후의 책봉은 무용지물이 되었겠군."

혼란스러워진 틈을 타 천 우는 서서히 계획을 실행하려 했다. 그러던 중 은연중에 홍 재상이 재연이란 신녀를 차기 황후로 밀어붙일 거라는 이야길 듣고 그런 홍 재상과 휘를 예의주시하고 있던 중이었다. 대신들을 섭렵할 시간도 필요했고, 휘의 반응이 궁금했기 때문이었다. 또한 홍 재상이 과연 천 영과 자신에게 힘이 되어줄 만한 인물인가도 파악할 요량이었다.

"어서 빨리 끝내고 본국으로 돌아가고 싶어. 지켜본다, 지켜본다 하더니. 벌써 달포나 지난 것도 모자라 이젠 황후가 돌아왔다?"

천 영이 차가운 얼굴로 천 우를 노려보았다. 이곳에 있으면 자꾸만 그 아이가 떠올랐고, 알 수 없는 죄책감에 짓눌렸다. 휘영이란 이름으로 기억될 나쁜 사내를 다시 마주치게 하고 싶지 않았다.

"황후가 정말 납치되었었다고 하더구나. 내 예상을 단칼에 깨버리고. 참 재미있어……."

천 우는 황후를 떠올리며 재미있다는 듯 입꼬리를 올렸다. 영영 도망쳐서 돌아오지 않을 줄 알았는데, 무슨 생각으로 황궁에 다시 돌아왔을까.

'눈이, 보이는데 말이야.'

"천 영. 전에 네가 황후의 동생과 만난 적이 있다고 했지 않느냐."

"……!"

천 영의 얼굴이 어두워졌다. 그의 눈 밑에 드리워진 검은 그림자를 본 천 우는 순간 섬뜩함을 느꼈다.

"뭐지?"

"그 아이는 왜 묻는 거야."

천 영이 싸늘하게 대꾸했다.

"그 아이를 궁으로 데려올 일이 있을지 몰라. 황후의 약점이 될 수 있으니."

언젠가 황후의 눈이 보인다는 것을 만천하에 알리려면, 한순간에 무너질 수 있을 만한 무언가를 그녀의 앞에 내보여야 했다. 그리고 곧, 그때가 다가오고 있었다.

"……."

천 영은 흙빛으로 변한 얼굴을 애써 감추며 입을 꾹 다물었다. 그것은 긍정도, 부정도 아닌 대답이었다. 천 우는 그런 천 영의 반응을 인지하지 못한 채, 드디어 계획을 실행에 옮길 수 있다는 희망에 부풀어 그 누구보다도 사악한 미소를 지어 보였다.

황후 때문에 잠시 흔들리긴 했지만 그 마음을 버리기 위해 갖은 노력을 한 것이, 그가 달포란 시간을 가진 이유 중 하나였다.

눈에 보이지 않으니 어느 정도 쓰린 가슴을 쓸어내릴 수 있었다. 그리고 쓰라렸던 가슴은 이제…… 모두 아문 것 같았다.

천 우가 천 영을 바라보며 말했다.

"휘에게 우리의 선물을 전해 줄 수 있는 방법을 어서 생각해 보자고."

＊　　＊　　＊

"하⋯⋯."

연주전으로 돌아온 황후가 이제야 긴장이 풀린 듯 피곤한 눈을 감으며 깊은 숨을 내쉬었다.

혹시라도 눈이 보이는 것을 들키진 않을까, 숨이 막히는 그곳에 있는 동안 등 뒤로는 식은땀이 흘러내리고 있었다.

다시 돌아온 것이다. 황후전인, 연주전으로.

황후가 돌아오자 주인을 찾은 침전 안에는 따뜻한 온기가 돌고 빛이 새어들기 시작했다.

리아가 매일 깨끗이 정돈해 둔 덕분에 먼지 하나 남아 있지 않았다.

황후는 지친 몸을 이끌고 탁자 앞에 앉았다. 그러자 리아가 황후의 앞으로 따뜻한 차를 내왔다.

"마마, 차 드세요."

황후가 찻잔을 받아 들어 한 모금 넘기려던 사이, 문밖에서 시녀의 목소리가 들려 왔다.

"황후 마마, 폐하께서 드셨사옵니다."

"폐하께서⋯⋯?"

그녀가 놀란 눈으로 자리에서 일어나자, 찰랑거리는 머릿결이 부드럽게 그녀의 등 뒤를 어루만졌다.

"황후, 들어가도 되겠소."

언제나 벌컥, 벌컥 열리던 문 밖에서 서성이는 황제의 목소리가 황후는 유달리 귀엽게 느껴졌다. 늘 그녀를 놀리던 황제에게 복수를 해 줄 기회라 여긴 황후는 아무런 대답도 하지 않았다.

"……."

"황후?"

그러자 황제는 불안한 눈빛으로 다시 황후를 불렀다. 그러나 황후는 여전히 묵묵부답일 뿐이었다.

리아가 황후를 물끄러미 바라보며 그 이유를 눈으로 물었지만 황후는 검지 손가락을 입술에 가져다 대곤 고개를 저었다.

리아는 전과는 확연히 달라진 황후의 모습에 울컥하면서도 해맑은 미소를 지었다.

"안에 무슨 일이라도 생긴 건가. 분명 황후가 연주전에 들어 갔다고 하였는데?"

곁에 따라온 공 태감에게 묻는 황제의 입이 바싹 타들어 갔다. 방금 전까지 보았는데도, 잠시 안 보인다고 이리도 불안해지는 건 왜일까.

황후는 발뒤꿈치를 들어 소리 나지 않게 문의 옆쪽으로 향했다. 황제가 문을 열고 들어오면 그를 깜짝 놀라게 해줄 생각이었다. 리아 역시 황후의 옆쪽으로 숨었다.

"아무래도 내가 들어가 보아야겠구나."

기다리다 못한 황제가 마른침을 넘겼다. 그리고 문을 열고 들어가려던 순간, 황후가 몸을 돌려 그의 앞에 마주쳤다.

이윽고 황후와 황제, 두 사람의 눈이 한없이 커졌다.

놀라게 해 주려던 것뿐인데, 너무도 가까이 다가와 버린 탓이었나.

부드러우면서도 말캉한 촉감이, 서로의 입술에서 느껴졌다.

황후와 황제가 당황한 얼굴로 두 눈을 천천히 깜박였다.

"마, 마마. 소녀는 이만 나가 보겠습니다."

놀라 휘둥그레진 눈의 리아가 붉어진 얼굴을 감추려 고개를 숙이고 황급히 밖으로 나갔다. 황후는 곁에 리아가 있었다는 사실을 깨닫고, 창피함에 미간을 좁히며 황제를 휙 노려보았다.

"황후도 내게 환영의 입맞춤을 해 주는 건가."

황제가 씨익 웃으며 황후와 눈을 마주쳤다.

긴 속눈썹이 도드라져 보이는 그의 눈이 황후를 가만히 응시하고 있었다.

"입술이 부어오르겠습니다."

문득 얼굴이 붉게 달아올랐음을 느낀 황후가 황제를 밀어내며 말했다.

"먼저 내 입술을 탐한 건 내가 아니라 황후인 것 같은데."

눈살을 찌푸린 그녀의 표정이 어쩐지 귀여워 보여 황제는 무심코 그의 엄지손가락으로 황후의 입술을 어루만졌다.

황후가 주춤했다. 덫에 걸린 것처럼 옴짝달싹도 할 수 없었다.

입술에서 느껴지는 온기가 심장까지 전해져, 따뜻해진 피가 온몸으로 퍼져나가는 것만 같았다.

머리보다 몸이 더 반응을 하는 것을 보면 그동안 너무 모른 척, 마음을 부정하며 눌러 담고 살았던 걸까.

황후는 큰 눈망울로 황제를 물끄러미 바라보았다.

슬픔과 행복이 교차한 알 수 없는 이 감정. 이 감정을 무어라 불러야 하는 걸까.

황제가 황후의 입술에서 손가락을 떼고 황후의 귓가에 그의 얼굴을 가져갔다. 그리고 나직이 속삭이는 그였다.

"나는 이렇게 그대와 가까이에 있으면 너무 두려워."

"……?"

더운 김이 그녀의 목덜미 주위에서 느껴졌다.

황제가 한마디, 한마디를 할 때마다 느껴지는 그의 숨결이 목을 감싸 안개가 내려앉듯 촉촉이 젖는 것 같았다.

"심장이 터져 버릴까 봐."

그와 함께 있는 이 순간이 너무도 좋아서, 그냥 지금 이 순간에 취해 두 눈을 감고 싶었다.

지나가다 마주친 꽃향기에 취해도 아무도 신경 쓰지 않는 것처럼, 누구의 시선 하나 의식하지 않고 싶었다. 그의 머리를 감싸고 먼저 다가가 입을 맞추고 싶었다.

"폐하."

황후가 두 눈을 꼭 감았다 떴다.

황제는 또 그녀의 핀잔을 들을까, 남몰래 옅은 한숨을 쉬었다.

방금 전에 보고, 지금 또 보고, 그리고 앞으로도 보고 싶어서.

한순간이라도 그녀와 함께 있고 싶어서.

해서, 자꾸 그녀에게 다가가는 것인데.

"좀 감동하는 기색이라도 보이면 덧⋯⋯."

황후가 황제의 손목을 감싸 쥐고 그녀의 가슴에 가져다 댔다.

황제는 갑작스러운 그녀의 행동에 당혹감이 어린 눈으로 황후를 바라보았다.

그와 눈을 마주치자 더욱 요동치는 황후의 심장박동이 황제의 손바닥에 전해졌다.

황후가 이젠 어쩔 수 없다는 듯 작게 심호흡을 했다.

"제 심장도 터지면 책임지시렵니까. 그러니 제발, 그렇게 성큼 다가오지 마십시오."

이내 황후는 짤막한 한마디와 함께 그녀의 가슴에서 황제의 손을 떼었다.

그리고 황제의 뒤에 서서 그를 문밖으로 밀어내는 그녀였다.

"지금은 긴장감을 늦춰서는 안 되는 때입니다. 모든 일이 온전히 해결될 때까지는 폐하께서도 이전의 모습을 유지하세요."

황제는 황후에게 밀려 밖으로 나가다, 황후의 말에 잠시 멈칫했다.

"이전의 모습?"

"저한테 눈길도 주지 마시란 말입니다."

황후가 문을 열며 말했다.

"내가 언제……."

황제는 못 이기는 척 나가면서도 황후의 말뜻을 이해할 수 없다는 듯이 되물었다. 눈길을 주지 않았던 것이 아니라, 바라볼 여력이 없었을 뿐이라는 변명이나마 해 볼 요량이었다. 그리고 그것은 전에 환궁하던 도중 나무 아래서 충분히 설명을 했던 것 같은데.

"잊으셨습니까."

"휘가 뭘 잊었단 말입니까."

"……!"

"……!"

제 두 눈이 아직 멀어있다는 것을, 이라고 덧붙이려던 황후는 눈앞에 누군가를 발견하곤 그 자리에서 시간이 멈춘 듯 입술을 닫았다.

황제 역시 갑작스러운 불청객에 등장에 눈썹에 힘을 주었다.

"이런."

황제의 입가에서 탄식이 새어나왔다.

투닥거리던 두 사람이 훤히 보이는 열린 문 앞에, 천 우가 빙긋 웃으며 황후와 황제를 바라보고 서 있었기 때문이었다.

홍매(紅梅)

"대체 제운객주는 어디에 박혀 있는 거야? 아직도 멀었어?"

말 위에 앉아 연신 부채질을 해 대던 여인이 퉁명스럽게 말했다.

여인은 고귀한 신분임을 단번에 드러내듯 화려한 옷차림이었으나, 어딘가 이국적인 분위기를 풍겼다.

그리고 붉은색의 옷차림 또한 천나라의 복식과는 조금 달라 보였다.

"조금만 기다리세요, 아씨. 천나라 사람에게 물어보니 분명 이 근방이라고 했습니다."

그녀의 채근에 곁에서 말과 함께 걷던 시녀가 조심스럽게 대답했다.

"최대한 빨리 갔으면 좋겠어. 말은 너무 오래 타면 머리 아프 단 말이야. 이럴 줄 알았으면 가마를 가져올 것을."

"마마, 제나라에서 이곳까지 어찌 가마를 가져온단 말씀이셔 요. 어, 저곳인 것 같아요."

여인이 앵두 같은 입술로 볼멘소리를 할 즈음, 시녀가 거대한 객주 한 곳을 가리켰다.

멀리서 제운객주라 쓰여 있는 현판을 발견한 여인은 해맑게 웃으며 부채를 접었다.

"그래, 어서 가자. 나의 지아비께서 저곳에 계신단 말이지."

시녀는 말을 제운객주가 있는 곳으로 이끌었고 여인은 부푼 기대감을 안고 제운객주로 향했다.

제운객주의 입구에 다다르자, 말에서 내린 여인은 문을 열고 안으로 들어섰다. 그녀의 등장에 안에 있던 객주의 차인이 쪼르 르 달려 나와 그녀가 누구인지 물어보려 했으나, 여인은 차인을 무시한 채 주변은 두리번거렸다.

"어디에 계시는 거지."

그리고 그러던 중 여인은 후원에서 머리를 식힐 겸 검술 수련 을 하고 나오던 은후를 발견했다.

그녀는 은후를 보자마자 함박 미소와 함께 은후가 있는 곳으 로 달려가 머리를 조아렸다.

"너무 보고 싶었사옵니다. 황태자마마."

"다은이 네가 이곳에 어찌……."

분명 제나라에 있어야 할 다은이 자신의 앞에 있자, 은후는 놀란 기색으로 그녀를 뚫어져라 쳐다보았다.

　다은은 매혹적인 눈빛으로 은후와 두 눈을 마주치며 입술을 달싹였다.

　"마마께서 돌아오실 기미가 보이질 않으시니, 제가 하도 걱정이 되어 온 것이 아니겠습니까."

＊　　　＊　　　＊

　"황후 마마께서 환궁하셨다는 소식을 들었습니다. 그리고 이리 달려왔지요."

　천 우는 황후를 향해 미소를 지으며 말했다.

　"천 우님이셨습니까."

　황후는 자신이 아직 눈이 보이지 않는 상황임을 깨닫고 곧바로 허공을 응시하며 살짝 놀란 기색만을 내비쳤다.

　'저를 보셨으니, 그 자리에서 행동을 멈추신 것이 아닙니까.'

　천 우는 그런 황후를 눈치채고 빙그레 웃었지만 그녀의 뜻대로 모른 척해 주었다.

　아직은, 그녀의 눈이 보인다는 것을 밝힐 때가 아니었다.

　"형님께서 그리 급하게 달려올 만큼 황후와 각별한 사이였나."

　천 우를 보자마자 황제는 황후에게 순순히 밀려나 주던 몸을 똑바로 세워, 차가운 눈빛으로 날카롭게 물었다.

황후는 보이지 않게 황제를 쿡 찌르며 다른 사람은 들리지 않을 만큼의 작은 목소리로 속삭였다.

"제가 드린 당부, 그새 잊으신 겁니까."

이전의 모습.

황후는 아직 눈이 먼 상황이었다. 또 천 우의 앞에서는 더더욱 황후에 관한 마음을 드러내고 싶지 않았다.

더불어 다른 이에게 흐트러진 모습을 보여서 좋을 것은 없었다. 그것은 앞으로 대신들을 마주할 때도 마찬가지였다.

황제는 하는 수 없이 입을 꾹 다물었다. 이내 황제의 눈 아래로 드리워진 검은 그림자가 더욱 짙어졌다.

천 우는 여유로운 미소와 함께 황제를 향해 물었다.

"황후 마마와 단둘이 나누고 싶은 이야기가 있는데. 자리를 좀 내어주시겠습니까, 황제 폐하."

"단둘이?"

알 수 없는 불안감이 그를 건드렸지만 황제는 그것을 애써 무시하며 쓰디쓴 침을 넘겼다.

천 우는 말없이 고개를 끄덕였다. 그리고 황후에게로 시선을 옮겼다.

황후가 사라지고 휘가 홀로 황궁에서 지내던 동안, 휘는 메마르고 수척한 모습으로 보는 이의 가슴이 아려올 만큼 힘겨워했다.

그런데 황후가 돌아오자마자 얼굴에 화색이 도는 것이, 이제야 그나마 어둠에 잠겨 있던 표정이 한결 밝아졌다는 것을 느낄 수 있었다.

또 한시도 떨어져 있고 싶지 않다는 뜻을 대놓고 내보이듯 이 자리에 서서 형님인 자신을 차갑게 노려보는 눈빛이, 천 우는 무척 재미있었다.

또다시 예상치 못했던 휘의 모습을 보게 된 것이었다. 그리고 그 중심에는 황후가 있었다.

저잣거리의 밤하늘 아래서 셋이 마주했던 그 날 이후로 처음이었다. 이리 다시 만나게 된 것은.

그리고 그때 거의 확신했던 휘의 마음은, 여전한 것 같았다. 아니, 오히려 더 유난해졌다고 해야 할까.

천 우는 의미심장한 얼굴로 황제와 황후를 번갈아 바라보았다.

'아무리 숨기려 해도 나의 눈은 피해갈 수 없는 법. 그것이 너와 나의 다른 점이다, 휘. 너는 의심을 하지 않아. 해서, 후에 네가 이리 힘들어지는 것일 테지. 허나, 나는 궁금하구나. 황후라는 존재가 너에게 어떤 존재인지…….'

의미심장한 얼굴의 천 우를 가만히 노려보던 황제는 아무래도 안 되겠다는 듯 문 앞을 가로막으며 말했다.

"내가 들어서는 안 될 말이 있다는 것인데. 나는 이 나라의 황제……."

"폐하. 이제 그만 천기전으로 돌아가세요."

그러자 황후는 무뚝뚝하게 그의 말을 끊었다.

그리고 보이지 않는 척 앞을 더듬듯 손을 뻗어 황제의 등에 대곤 그를 밀어내는 그녀였다.

"어떻게 내게 이럴 수 있소."

황제가 아랫입술을 물었다. 그러자 천 우는 싱긋 얄미운 미소를 지어 보이며 안으로 들어섰다.

"폐하. 살펴 가시옵소서."

황후가 초점 없는 눈빛으로 허공을 바라보며 머리를 숙였다.

문이 닫히고, 황제는 우두커니 문밖에 서서 중얼거렸다.

"황후…… 변했군. 그것도 아주 많이."

황제는 인상을 쓰며 문가에 귀를 대려다 이내 멈칫했다. 그의 곁에 서 있던 공 태감이 그를 지켜보고 있었기 때문이었다.

"그래, 내가 천나라의 황제이긴 하다만 그래도 나의 비가 형님과 무슨 이야기를 하는지 정도는……."

공 태감이 천천히 고개를 저었다. 문밖을 지키던 시녀들은 억지로 웃음을 참고 있었다.

분위기를 인지한 황제는 결국 언제 그랬냐는 듯 살짝 굽혔던 허리를 펴고 헛기침을 했다. 그리고 깊은 한숨을 내쉬며 돌아섰다.

황제가 그의 손바닥을 물끄러미 내려다보았다. 손바닥을 울리던 황후의 심장박동이 아직도 여운처럼 남아 있었다. 표현을 할 줄 모르는 여인이라고 생각했는데.

"폐하."

황제의 앞으로 려운이 다가와 고개를 숙였다.

"려운."

황제는 급히 손을 내리고 무슨 일이냐는 듯 려운을 물끄러미 바라보았다.

"폐하의 명대로 점쟁이를 문초하던 중 이상한 말을 듣게 되었습니다."

"이상한 말이라니."

"일단 천기전으로 가서 말씀드려야 할 것 같사옵니다."

려운이 주위를 경계하듯 목소리를 낮추었다.

황제는 려운의 뜻을 이해했다는 듯 고개를 끄덕이곤 천기전으로 가려다, 이내 발걸음을 멈추었다.

그는 뒤를 돌아 닫힌 문을 뚫어져라 응시했다.

생각하지 않으려 해도, 신경이 쓰인다.

아무래도 지난번 황후와 천 우 형님이 함께 저자에 갔던 기억이 거슬렸기 때문이었다. 그것이 자신이 황후에게 상처를 주었기 때문이라는 걸 잘 알고 있었지만…… 그 이유야 어찌 되었든.

그는 등 뒤 문지방 너머 황후와 천우가 함께 있는 모습을 상상하지 않으려 애썼다. 그러나 여전히 입술을 바싹 타들어 갔고 어쩐지 발길이 떨어지지가 않았다.

"폐하, 왜 그러십니까."

황제의 표정을 이상하게 여긴 려운이 문 쪽과 황제를 번갈아 바라보며 물었다.

"……아무것도 아니다."

한동안 메마른 입술을 달싹이던 그는 하는 수 없이 아무것도 아니라는 듯 고개를 세차게 저었다.

그리고 은근한 쓰라림을 꾹꾹 눌러 담은 채 천기전으로 향하는 그였다.

'괜한 걱정일 것이야. 괜한……'

이라고 끊임없이 되뇌면서.

*　　*　　*

"어디 다친 곳은 없으십니까."

천 우가 걱정스러운 얼굴로 황후를 살펴보았다. 황후는 그런 천 우의 시선을 느끼지 못한 것처럼, 그 자리에서 움직이지 않고 한 곳만을 응시하며 말했다.

"저를 그저 방 안에 가두어 두기만 하더군요."

"가두어만 두었다……."

"소리를 질러도 소용이 없는 것을 보니 인적이 드문 곳 같았습니다."

"그렇다면 금군들이 어찌 황후 마마를 찾을 수 있었습니까."

천 우가 찻잔을 내려놓으며 말했다. 황후는 예리한 천 우의 물음에 잠시 멈칫했다.

그러나 이내 그녀는 단전에 두 손을 가지런히 모아 쥔 채 침착하게 답했다.

"그건 저도 잘 모릅니다. 황제 폐하께서 저를 어떻게 찾으신 건지, 저 또한 의문일 뿐이지요."

생각보다 담담한 그녀의 대답에 천 우는 한쪽 눈썹을 치켜 올렸다. 분명 그가 빠뜨리고 있는, 혹은 예상치 못하는 무언가가 있을 거라고 생각했지만 황후는 있는 그대로의 진실을 말하는 것처럼 빈틈이 없었다.

하지만 그녀는 이미 눈이 보였으니, 진정한 진실을 알고 있을 것이었다. 그런데도 굳이 거짓말을 하는 이유가 무엇일까.

천 우는 보일 듯 말 듯하게 미간을 좁혔다. 어찌 되었든 황후가 돌아왔으니 홍 재상의 세력이 커지는 것을 그녀가 막은 셈이었다. 재연이란 신녀는 새로운 황후가 되지 못했으니까.

그렇게 되면 휘의 힘이 아직은 남아 있다는 것이었다. 그리고 그것은 천 영과의 계획에 차질이 생겼다는 뜻도 되었다.

"정녕 누가 마마를 납치한 것인지는 모르시는 겁니까."

천 우가 다시 물었다.

황후는 대답을 하기에 앞서, 찻잔을 천천히 입에 가져가 차를 한 모금 넘겼다. 어딘가 이상한 느낌. 어느 순간부터 나타나 그녀와 황제를 날카롭게 파고드는 천 우에게서 황후는 불현듯 묘한 긴장감을 느꼈다.

'입술에⋯⋯.'

무심코 황후를 바라보던 천 우의 시선이 황후의 입술에 닿았다.

차를 한 모금 마신 황후의 입술에 아주 작은 찻잎 조각이 묻어 있었다. 천 우는 그것을 보고 피식 웃었다.

입술에 무엇이 묻어 있는지도 모른 채, 두 눈을 천천히 깜박이고 있는 황후의 모습이 재미있었기 때문이었다.

"후⋯⋯. 보고만 있는 것은 예의가 아니겠지요."

이내 천 우가 가는 손가락을 뻗어 황후의 입술을 부드럽게 문질러 주었다. 황후는 갑자기 닿은 낯선 촉감에 두 눈을 크게 떴다.

하마터면 천 우를 바라볼 뻔했다.

"입술에 찻잎 조각이 묻어 있었습니다."

천 우는 씨익 웃으며 그녀의 입술에 닿았던 손가락을 가만히 응시했다. 꽤 부드러운 입술. 나쁘지 않은 촉감이었다.

황후는 잠시 멍하니 아무런 말도 하지 않았다. 황제 폐하를 보내길 잘했다는 생각부터 들었다. 만약 황제 폐하께서 보셨다면 어찌 되었을지, 또 불같은 성격을 어찌 감당해야 했을지 간담이 서늘해졌다.

허나 입술에 어떤 것이 묻어 있었다면 그대로 모른 채 있기도 부끄러운 상황이었다.

그녀는 혼란스러워진 머릿속을 애써 정리하곤 재빨리 은후의 물음에 대답했다.

"충격의 여파가 컸던 것인지 분명히 들었던 목소리도 아직은 기억이 나질 않습니다. 얼굴은 제 눈 때문에 당연히 보지 못했지요."

"그렇군요."

천 우는 황후의 대답에 다시금 여유로운 표정으로 차를 한 모금 홀짝였다.

그러나 이면에서는 매서운 눈빛으로 황후의 눈을 가만히 응시하고 있었다.

'눈이 보이지 않아 보지 못했다는 것은 거짓말일 터. 혹 황후와 천 휘 사이에 내가 모르는 어떤 일이 있었던 건가.'

이내 천 우는 다시 찻잔을 입으로 가져가려다 멈칫했다.

'휘가 황후와 함께 황궁 내 역모 세력들을 내치기 위한 계략이라도 짰다면……. 헌데 황후가 휘를 도울 만큼, 서로의 감정을 확인한 계기라도 있었던 건가.'

천 우의 머리가 지끈거려 오기 시작했다. 황후를 마지막으로 보았던 날.

저잣거리에서 휘와 황후는 서로에게 이끌리는 마음은 있었어도, 그것을 내보이지는 못하고 있었다.

휘가 눈물을 보일 만큼, 감정의 골이 깊어졌다 하여도 황후는 다를 수 있었다.

'무엇일까. 내가 놓치고 있는 것이.'

아무래도 미심쩍은 구석이 많아 황후에게서 뭔가를 알아내고자 만남을 청한 것이었다. 그러나 도리어 머릿속이 복잡해져 버렸다.

천 우는 좀 더 골똘히 생각하기 위해 찻잔을 내려놓았다. 그리고 자리에서 일어나며 말했다.

"다행입니다. 황후 마마께서 무사히 환궁하셔서. 단지 그것을 확인하러 온 것뿐인데 휘가 너무 과민반응을 하는 듯하여, 제가 부러 독대를 청한 것이니 곡해하지는 않으셨으면 합니다."

그러자 황후도 찻잔을 내려놓고 옅은 미소를 띠며 말했다.

"천 우님은 원래 그런 분이 아니셨습니까."

"이런. 부정은 하지 않겠습니다."

황후의 대답에 천 우는 자신도 모르게 피식 웃었다.

그리고 한순간 놓아버린 긴장감에 당황해 버린 그였다.

그는 황후를 유심히 바라보았다.

어딘가 달라졌다. 이전의 황후와는 다른 느낌. 조금 밝아진 것 같기도 하다.

이런 여인에게 어쩌면 상처를 줄지도 몰랐다. 눈물을 흘리는 그녀를 다시 지나칠 수 있을지, 확신할 수가 없었다. 비가 내리던 그날처럼 이제는 다시 옷을 덮어주지 못할 테니까.

"그럼 이만 가보겠습니다. 편히 쉬셔야 하는데 제가 마마를 고단하게 만든 것은 아닌지 모르겠군요."

"괜찮습니다. 누군가 저를 생각하여 찾아와 준다는 것은, 참으로 오랜만입니다."

"……?"

"저는 늘 혼자이지 않았습니까."

황후의 시린 한마디에 문득 천 우의 코끝이 아려 왔다. 그저, 이용하기 위해서였다. 휘에 관해 알아내고, 휘를 아프게 하려고 일부러 그녀와 가까이하려고 했다.

"혹…… 기다리셨습니까."

"무엇을 말입니까."

"납치를 당하셨던 동안 휘가 와주기를."

"……."

황후는 아무런 말도 하지 않았다. 다른 모든 물음에는 쉽게 대답할 수 있었지만, 이 질문에 대한 대답만큼은 어떤 답이 나올지 그녀 자신도 알 수 없었다.

"궁금했습니다. 여인들은 왜 그토록 누군가를 기다리는지. 설사 그 누군가는 올 마음이 없더라도 말입니다."

천 우는 의미심장한 한마디만을 남긴 채 저벅저벅 밖으로 나섰다.

잠시 흔들린 거라 생각했었다. 오랫동안 황후를 보지 않아도 괜찮았으니, 앞으로도 괜찮을 거라 생각했다.

아니, 차라리 영영 돌아오지 않았다면 서로에게 좋았을 거라 잔인한 합리화를 하기도 했었다. 헌데…… 그녀를 다시 마주했을 때, 문득 자신이 그녀를 그리워하고 있었다는 것을 깨달았다.

정신을 차려야 했다. 아우의 연인이자, 아우를 무너뜨릴 열쇠가 될 수도 있는 여인이었다.

"후……."

천 우가 나가고 난 뒤, 황후는 깊게 심호흡을 했다. 이보다 더한 긴장감도 견뎌냈지만 숨이 막힌다는 것은, 여전히 고통스러운 일이었다.

언제나 알 수 없는 말만을 하면서, 감정을 쉽게 드러내지 않는 분. 황후는 문득 천 우가 했던 말을 떠올렸다.

─황후란 운명이 원래 그리 녹록지만은 않은 것이지요.
억지로 엮은 인연은, 쉽게 엮이지 않으니까요.

억지로 엮은 인연. 그 한마디를 꺼내던 천 우의 입가에서 씁쓸함이 묻어났던 것은 우연이었을까.

그리고 그는 덧붙였었다. 누군가를 기다리고 있다면, 소용이 없는 일이라고. 마치 그러한 심정을 잘 아는 것처럼.

천 우가 나간 문을 바라보며 황후는 나직이 중얼거렸다.

"천 우님의 말씀대로 기다리고 있는 것은 소용이 없습니다. 허나, 천 우님께서 모르는 것이 있지요."

이윽고 백 재상과 더불어 황제의 모습을 떠올린 그녀의 눈동자가 맑게 빛났다.

"기다리고 있던 누군가를 직접 만나러 가는 것이, 더 현명한 방법이라는 것을."

*   *   *

"만일 오늘 황후가 돌아오지 않았더라면, 재연이 황후로 책봉
되었을까."

천기전으로 향하던 황제가 지나가는 듯 말했다. 그러자 뒤에
서 황제를 따라가던 려운은 물끄러미 황제의 뒷모습을 바라보
았다.

이내 려운이 보이지 않는 웃음과 함께 무심하게 답했다.

"어제까지만 해도 폐하께서는 받아들이겠다 하셨습니다."

"그건……."

황제가 려운을 돌아보았다. 려운은 잠시 머뭇거리다 황제의
앞에 가까이 다가섰다.

"압니다. 황좌란 늘 그런 것이지요. 독단적이어야 할 때도 있
지만, 독단적일 수 없는 때가 더 많은 자리가 아닙니까."

황제는 아무런 말이 없었다. 그저 묵묵히 깊숙한 곳에 감추고
있던 무거운 짐을 려운에게 보인 것만 같은 기분이었다. 황제의
가슴 한구석으로 왠지 모를 쓸쓸함이 밀려들었다.

려운이 진지한 눈빛으로 말을 이었다.

"폐하께서 제게 연화와 닮은 그 아이에게 약조를 대신 지키고
있다 하셨지요. 재연을 위해서가 아니라 저를 위해서 그리 말씀

하신 것, 알고 있었습니다."

황제가 물끄러미 려운을 바라보았다. 려운을 바라보는 그의 눈동자에는 깊은 슬픔이 담겨 있었다.

"처음에는 이해할 수가 없었습니다. 폐하께서도 그 아이가 연화가 아니라는 것을 알고 계셨고, 더 이상 연화를 향해 가슴이 뛰지 않는다 하셨기 때문이지요. 허나 재연을 바라보던 저의 눈빛을 폐하께서 보신 것은 아닐까, 그리 생각했더니 모든 의문이 풀렸사옵니다."

"……."

"연화와의 약조를 빌미 삼아 저를 이해해 주고 계셨던 것이 아닙니까……."

려운이 짧게 탄식했다. 그저 호위일 뿐인 신하에게 너무도 깊은 마음을 쓰시는 황제 폐하.

이해가 가지 않는 분이라며 답답해한 것이 미안할 만큼 차오르는 눈물은, 늘 한 치의 흐트러짐도 없었던 무인을 흔들리게 만들었다.

눈앞에 옛 연인과 닮은 여인을 두고도 마음 하나 바로 잡지 못하는 어리석은 황제이면서, 어찌 황후 마마를 기다릴 자격이 있냐며 감히 속으로 외쳤던 것이 부끄러웠던 순간이었다.

"그 이야긴 그만두거라."

황제는 그런 려운의 모습을 보지 못한 것처럼, 다시 뒤를 돌아 걷기 시작했다.

궁을 거닐다, 혼자 우두커니 서 있던 려운을 본 적이 있었다.

재연이 신녀로 입궁한 지 얼마 되지 않았을 때쯤, 다른 신녀들과 함께 웃으며 지나가던 그 아일 려운이 바라보고 있었다.

홍 재상이 데려온 아이라며 경멸하다가도, 려운은 하나뿐인 누이와 너무도 닮은 그 아이에게서 눈을 떼지 못했다.

그리고 그 후로도 그렇게 가끔씩, 황제는 려운이 재연을 멍하니 바라보고 있다는 것을 깨달았다.

연화가 아니라는 것을 알면서도 그 아일 지켜보고 있는 려운을 위해서, 황제가 아닌 벗으로서 눈을 감아 주었다.

황제인 자신에게 재연을 멀리하고, 경계하라 이르던 녀석이 오히려 재연을 바라보며 연화를 추억하는 것 같았으니까.

재연이 연화를 닮아 흔들린 적은 있었으나 마음을 준 적은 없었다. 허나 그저 궁 안에 내버려두었던 것이 결국 화근이 되어 버렸다.

그것은 명백히 처신을 제대로 하지 못한 황제 자신의 잘못이었지만 후회하지는 않았다. 려운은 그럴 만한 가치가 있는 존재였으니까.

누이를 잃었음에도 한결같이 자신의 곁을 지킨 벗이자, 신하였다. 언제나 차가웠던 자신의 곁에서 그 냉기를 묵묵히 견딘 녀석이었다.

황제는 뒤돌아서서 려운을 위로해 주지 못한 것에 대해 쓴웃음을 지었다.

'려운아. 누구나 떠나간 사람을 그리워하는 것은 마찬가지다. 내게는 사랑이 떠나간 것이라면, 너에게는 하나뿐인 혈육이 떠나간 것이 아니냐. 허나 이제 와 너를 생각하여 그러했다는 사실이 무슨 소용이 있겠느냐. 그래도 모든 잘못은 황제인 나에게 있는 것을.'

*　　*　　*

"어서 그 점쟁이에 관한 것을 말해 보거라."

천기전으로 돌아온 황제는 어서 이야기를 꺼내보라는 듯 려운을 재촉했다. 다른 이야기를 통해 어두워진 분위기를 깨고 싶었다.

조용한 공간. 넓디넓은 천기전의 중심에 선 려운은 줄곧 떨구고 있던 고개를 들었다.

그리고 늘 그래 왔던 것처럼 가지런한 자세로 곧바로 말을 꺼냈다.

"그 점쟁이에게 백 재상에 집에 있던 연유가 무엇인지 물었으나 처음에는 입을 열지 않았사옵니다. 그러다 고문에 못 이겨 한마디를 꺼냈사온데, 자신은 홍 재상의 명에 따른 것뿐이라는 말만 되풀이했습니다."

"홍 재상? 그 점쟁이와 홍 재상이 연관이 되어 있다는 말이냐."

"아무래도 그런 것 같사옵니다."

"백 재상의 집에서 나오던 점쟁이가 홍 재상과도 연관이 있었다……."

황제가 뭔가 이상한 낌새를 눈치챈 듯 골똘히 생각에 잠겼다. 백 재상이 황후의 눈을 멀게 만들었다는 것을 알기 전까진, 홍 재상을 의심했었다.

허나 백 재상과 홍 재상은 모종의 관계를 유지하기엔 서로의 거리가 너무도 멀었다.

좌일성과 우일성의 수장.

권력의 균형을 유지하기 위해선 서로의 견제가 필요한 자리였기 때문이었다.

황제는 두 눈을 감고 기억을 더듬어 백 재상과 홍 재상이 처음 만나던 날까지 거슬러 올라갔다.

그리고 그가 전에도 의심했던 한 가지 사실을 떠올렸다.

"려운."

"예, 폐하."

"홍 재상은 한 해 전 황후의 간택 당시, 눈이 먼 현 황후를 적극적으로 간택하도록 밀어붙이지 않았느냐."

"그러하옵니다."

"황후의 아비는 백 재상이었고."

"당시 백 재상은 정치와는 무관한 거상일 뿐이었습니다. 황후의 아비라는 명목으로 재상의 자리에 오른 자입니다."

"백 재상도 그 점쟁이를 알고, 점쟁이는 홍 재상의 명에 따르고 있었다면…… 백 재상, 점쟁이, 그리고 홍 재상. 이 세 사람이 모두 하나로 엮여 있다는 뜻인 건가. 대체 무엇 때문인 거지."

황제가 두 눈을 가늘게 여몄다. 그때, 려운이 뭔가 생각이 났다는 듯 말했다.

"홍 재상이 지금의 황후 마마를 간택하길 청하였던 그 시기를 미루어 보니, 폐하께서 본래 하나였던 천일성을 좌일성과 우일성의 2성으로 개편하셨던 때입니다."

"해서, 하나였던 재상의 자리도 두 개로 늘어났지. 그리고 그때 본래 재상이자 권력의 핵심이었던 자는……."

"홍 재상이옵니다."

"……!"

황제의 눈썹에 힘이 들어갔다.

홍 재상의 힘을 억누르기 위해 일부러 2성을 만들고 또 다른 재상을 들인 것이었다.

그런데 그 새로운 재상이, 홍 재상이 밀어붙인 황후의 아비였다.

그렇다면 이미 그들은 재상으로서 만나기 전부터 서로 엮여 있었다는 뜻.

이내 황제는 려운과 눈을 마주쳤다. 그리고 홍 재상을 떠올리며 어느 한 곳에 시선을 고정했다.

"그 점쟁이가 홍 재상의 명에 따랐다고 했다면 홍 재상의 명에 따라 무엇을 했는지, 반드시 알아내거라."

*   *   *

"어서 제나라로 돌아가거라."

"싫습니다."

객주 안에서 은후가 팔짱을 낀 채 다은을 차가운 눈으로 바라보았다.

그러나 다은은 그런 은후의 시선에 아랑곳하지 않은 채 큰 눈을 깜박일 뿐이었다.

"너는 내가 왜 이곳에 왔는지 모르는 것이냐."

은후가 깊은 한숨과 함께 미간을 좁혔다. 그러자 다은은 서운한 기색이 역력한 표정으로 은후에게 조막만 한 얼굴을 들이밀었다.

"제가 설마 마마께 방해가 될까 염려하시는 것입니까. 저는 그저 이곳에 마마와 함께 있다가 같이 돌아가고픈 마음뿐인데, 어찌 마마께서는 그리 경을 치십니까."

이내 다은의 눈에 눈물이 가득 고이기 시작했다. 소의 눈처럼 크고 맑은 그녀의 눈에서 눈물이 뚝뚝 흘러내렸다.

그러자 은후는 머리가 아프다는 듯, 한 손으로 이마를 감싸 쥐었다. 이래서 더욱 다은을 제나라로 돌려보내고 싶은 것이었다. 한없이 챙겨 주어야만 하는 그녀를 신경 쓸 겨를이 없었다.

"울지 말거라."

은후는 하는 수 없다는 듯 낮은 목소리와 함께 다은을 안아주었다.

세상 그 어떤 귀한 집 여식보다도 곱게 자란 아이.

다은은 제나라의 황제가 될 은후와 혼례식을 치러 그의 비이자, 황후가 될 여인이었다.

어릴 적부터 곧잘 따르기는 했으나, 이제는 어엿한 여인이 되었음에도 귀찮을 만큼 은후를 따라다녔다.

그러나 그녀는 은후에게 그저 친누이 같을 뿐, 은후는 그녀가 한 번도 여인이라는 생각을 해본 적이 없었다.

"마마께서 저를 울게 만드시잖아요."

다은이 은후의 가슴에 얼굴을 묻으며 볼멘소리로 말했다.

"네가 걱정이 되어서 그러는 것이다. 이곳이 제나라가 아닌 이상, 너를 제대로 보호할 수 없을지도 몰라."

은후는 다은을 달래기 위해 그녀의 머리를 부드럽게 쓰다듬으며 나직이 말했다. 그러나 다은의 고집은 늘 그렇듯 절대 꺾을 수가 없었다.

"저는 제 알아서 잘 지낼 자신이 있습니다. 그러니 제발 돌아가라 하지 마세요."

"윤다은!"

"만일 자꾸 제게 돌아가라 강요하시면, 제운객주의 주인이 여기 서 있는 서은후, 즉 제나라의 황태자마마라는 것을 온 천나라 사람들에게 알릴 것입니다."

"……."

은후가 숨을 깊게 들이마셨다 내쉬었다. 다은의 겁박이 두려운 것이 아니었다. 돌아갈 마음이 전혀 없어 보이는 그녀에게 더 이상의 강요는 소용이 없을 거란 생각이 들었기 때문이었다.

은후는 다은을 품에서 떼어 놓고 진지하게 말했다.

"너는 내가 제나라의 황제가 되기를 바라지 않는 것이냐."

"바라지 않다니요. 마마께서는 당연히 제나라의 황제가 되실 분입니다."

"그러기 위해서, 나는 천나라에서 해야 할 일이 있다고 했다."

은후의 단호한 말에 다은이 입술을 삐죽였다. 그러나 그녀는 곧 매서운 눈빛으로 은후를 바라보며 싸늘하게 말했다.

"……알고 있습니다. 허나 하도 이상해서 찾아온 것입니다."

"이상하다니."

"그 일을 벌써 끝내고 돌아오셨어야 할 마마께서, 이리 오랫동안 천나라에 계시는 것 말입니다. 천나라 황제와 동맹을 맺고 오는 일이, 그리 어려운 일이었습니까? 마마께서는 제나라의 황태자이십니다."

"너……."

은후는 말문이 막혔다. 늘 그랬듯 다은은 순진한 모습 이면에 언제 베일지 모르는 칼과 같은 서늘함을 가지고 있었다.

다은의 말대로 예정보다 오랫동안 천나라에 머물고 있었다.

황제의 자질을 입증하기 위한 시험의 일종이었다. 외교 관계를 위해 천나라와 동맹을 맺고 오라는 아버님의 명.

그것을 받들기 위해 만나야 할 천나라 황제와의 사이도 이리저리 얽혀 꼬일 대로 꼬여 버렸다.

그 연유가 천나라에서 만난 어떤 여인 때문이었다는 것을, 다은이 알 리 없었다.

은후는 천나라에서 머문 시간 동안 결심했다. 황제가 되기로.

어쩔 수 없이 떠밀려 되는 황제가 아닌, 진정한 황제가.

그래서 제나라에 돌아가지 않은 채 계속 이곳에 머물고 있었던 것이었다. 제나라의 황태자와, 천나라의 황제로서 제대로 다시 천나라의 황제를 만나기 위해.

은후는 머리가 어질한 느낌이 들어 두 눈을 감았다 떴다.

"나라간 동맹을 맺는 일이 쉬운 일이라고 생각하는 것이냐."

"저는 마마를 믿으니까요."

다은이 해맑게 웃었다. 제나라에서 벌써 돌아왔어야 할 그를 하염없이 기다렸지만, 깜깜무소식이었다.

자유분방한 분이기는 해도, 제 할 일에 흐트러짐이 없는 분이었다. 그런 분이 이리 시간을 지체하는 것이 이상했다.

그래서 집안의 반대를 무릅쓰고서라도 은후에게 찾아온 것이었다. 혹시 천나라 여인에게라도 빠진 것은 아닌지 직접 두 눈으로 확인하기 위해.

다은이 차갑게 웃었다. 그리고 이내 언제 그랬냐는 듯, 천진난

만한 표정으로 두 눈을 깜박이는 그녀였다.

"마마를 찾아오느라 그 거대하다는 천나라 도성도 제대로 돌아보지 못했습니다. 그러니 천나라 구경, 시켜 주세요."

"안……."

딱 잘라 고개를 저으려 했던 은후는 또다시 울먹이는 다은의 표정에, 보지 않겠다는 듯 뒤를 돌아서서 낮게 말했다.

"지금은 고단할 테니 좀 쉬고, 해가 지면."

"흐음."

그러자 다은이 눈을 가늘게 뻗었다.

그리고 의미심장한 눈빛으로 은후를 응시하며 입꼬리를 올렸다.

"갑자기 왜 그러는 것이냐. 불안하게."

언제 마음이 뒤바뀔지, 그 속을 알 수 없는 다은이었다.

왠지 모를 불안함을 느낀 은후가 다은을 뚫어져라 쳐다보았다.

"……!"

이내 다은이 은후의 옷깃을 잡아당겨 그녀의 앞으로 그를 밀착시켰다.

은후의 코가 그녀와 닿을 듯 말 듯 아슬아슬한 거리를 유지했다.

이내 서로의 숨소리가 들릴 만큼 가까운 거리에서 다은이 작게 속삭였다.

"전혀 고단하지 않지만,"

그리고 은후의 입술에 살포시 자신의 입술을 포개는 그녀였다.

"......!"

은후가 놀란 눈으로 다은을 바라보았지만, 다은은 눈웃음을 지으며 그의 입술 위에 자신의 입술자국을 남겼다.

이윽고 다은이 살며시 포개었던 입술을 떼었다. 그리고 은후와 입을 맞춘 입술을 매만지며 담담하게 말했다.

"이걸로 봐드리지요, 마마."

은후는 혼이 빠진 듯 잠시 멍하니 서 있었다.

이내 가까스로 정신을 차리고 입술을 손으로 문지르자, 붉은 빛깔의 입술연지가 묻어나왔다.

"윤다은!"

은후가 다은을 차갑게 노려보았다. 그러나 다은은 그런 은후의 반응이 익숙하다는 듯 능청스럽게 고개를 저었다.

"갑자기 고단해졌습니다. 그러니 어서 자리를 비워 주세요."

은후는 깊게 심호흡을 한 뒤, 밖으로 나가기 위해 뒤돌아섰다. 그리고 어금니를 꽉 물며 조용히 말했다.

"당했군……."

저 아이를 누가 고귀하고도 단아한 대갓집 여식이라고 할 수 있을까. 어찌 사내의 입술을 거리낌 없이…….

은후는 상상하고 싶지 않다는 듯 고개를 저었다.

겉으로 보기에 고집은 있어도 한없이 여리고 순수한 아이였다. 허나 잠시 긴장을 늦추는 순간 의미심장한 미소와 함께 사람을 쥐락펴락하는 면이 있었다.

은후가 짧은 한숨과 함께 다시금 입술을 문질렀다. 더 이상 다은에게 빈틈을 보일 수는 없었다. 정혼 상대이더라도 은후에게 다은은 그저 누이 같은 아이일 뿐, 그 이상도 그 이하도 아니었다.

그래서 더욱 화가 나는 것이었다.

일단 천나라 구경을 시켜준 뒤, 잘 구슬려 어떻게 해서든 제나라로 돌려보내야 할 것 같았다. 천나라에 있는 동안, 제나라에서 그랬듯 따라다니며 귀찮게 하고 신경 쓰이게 할 것이 분명하니까.

"아무튼 순진한 분이시라니까."

다은은 그런 은후의 뒷모습을 재미있다는 듯이 바라보며 입가에 미소를 띠었다.

혼인을 약조한 사이가 아니었다면 감히 입술에 손조차 대지 못할 분.

황태자마마께서는 눈치채지 못한 것 같았다. 자신이 그의 여인이라는 것을 상기시키기 위해, 일부러 천연덕스럽게 입술 자국을 남겨놓았다는 것을.

은후가 제나라로 돌아오기만 한다면 그녀는 곧 황후가 될 몸이었다. 그래서 은후도 그녀를 함부로 대하지 못했다.

　물론 은후가 자신을 함부로 대하지는 않지만 그가 자신을 누이로만 여긴다는 것을, 그리고 귀찮아한다는 것을 다은도 알고 있었다.

　그래도 어차피, 모든 것은 그녀의 뜻대로 이루어질 것이었다. 이제껏 그녀가 가지지 못한 것은 없었으니까.

　이윽고 만족스러운 얼굴을 한 다은이 제나라 식으로 꾸며진 객주의 방 안을 둘러보았다.

　그러다 여인의 것으로 보이는 옷가지가 방 안쪽 침상 위에 개어져 있는 것을 발견한 그녀였다. 자신을 위해 준비한 것이라기엔 치수도 맞지 않고 새 옷도 아니었다.

　다은은 옷을 집어 들고 이리저리 살펴보며 매서운 눈빛으로 중얼거렸다.

　"제발, 내 예감이 틀렸으면 좋겠는데."

제4장

핏방울

　"리아야."

　"예, 마마?"

　황후의 머리를 비롯한 온 몸에 두른 온갖 화려한 장신구를 떼어내던 리아가 황후를 그녀를 물끄러미 바라보았다.

　"조금, 빨리 부탁해."

　해가 중천에 떠 있는 오후였지만, 이길 수 없는 고단함이 몰려들어 황후의 눈꺼풀을 짓누르고 있었다.

　"나 침상에 좀 누워야겠어."

　"아……. 마마, 잠시만 기다리세요."

　리아는 서둘러 장신구들을 떼어내 정리하고, 황후의 침상으로 달려가 이부자리를 정돈했다.

"마마, 어서 누우세요."

황후는 희미한 미소와 함께 침상으로 다가가 몸을 뉘었다. 눕자마자 저릿한 느낌이 어깨를 타고 발끝까지 전해졌다. 무거웠던 눈꺼풀은 황후가 눈에 힘을 풀자마자 눈동자를 덮었다.

리아가 황후의 가슴께까지 이불을 덮어주었다. 그리고 그녀가 잠들 때까지 기다려 주기 위해 그 자리에 서서 황후를 지켜보았다.

어느덧 황후의 새근거리는 소리가 들려왔다. 창백한 얼굴로 잠이 든 황후를 바라보던 리아는, 슬픈 미소를 지으며 나직이 말했다.

"마마……. 탕약에 관해서 저도 수백 번, 수천 번도 말하고 싶었습니다. 마마께 탕약을 드리지 않으면 백 재상님께서 저를 죽이겠다고 겁박을 하셨고, 저는 미천한 목숨 하나 부지하고자 제게 이로울 '리'에 아이 '아', 리아라는 이름을 지어 주신 마마께 큰 죄를 저질렀습니다……."

문득 툭, 떨어지는 눈물에 리아는 입을 막고 얼른 눈물을 닦아냈다. 그러나 그동안 황후를 속이며 가슴앓이를 했던 시간들이 머릿속을 스쳐 지나갔다. 지독했던 죄책감이 폭풍처럼 밀려들어와 눈물을 만들었다.

툭. 투둑─. 투둑…….

눈물들이 한없이 방울져 떨어지기 시작했다. 리아는 얼른 뒤를 돌아서 나가려고 했지만, 이내 여린 목소리가 그녀의 발길을 붙잡았다.

"리아야."

"마, 마마."

리아가 황후를 돌아보았다. 황후가 힘겹게 두 눈을 뜨고 리아를 애잔히 바라보고 있었다.

황후는 옅은 숨을 내쉬곤 마른 입술을 뗐다.

"리아. 너는 그저 내 눈이 보인다는 것, 그리고 그 탕약을 주신 것이 아버님이라는 것. 이 두 가지만 모른 척해 줘. 내가 탕약을 먹지 않은 날, 아버님께 알리지 않은 것처럼. 그리고 내 두 눈이 보인다는 것을, 아버님께 알리지 않은 것처럼."

"마마, 그걸 어떻게……."

"나는 그것만으로도, 네가 나쁜 아이가 아니라는 것을 알고 있었어. 그리고 방금 네 진심을 들었으니, 더더욱. 그러니 한 번만. 딱 한 번만…… 용서할게."

황후가 다시 힘겹게 두 눈을 감았다. 리아가 무릎을 꿇었다. 그리고 두 손바닥이 닳도록 빌었다.

"잘못했습니다. 마마. 정말 잘못했습니다. 마마의 눈에서 더 이상 눈물을 볼 수가 없어서……. 눈이 보이는 것을 그 누구보다도 좋아하셨던 마마께, 더 이상 탕약을 드릴 수가 없어서……."

감겨 있던 황후의 눈에서 눈물이 사르륵 배어 나왔다. 믿었던 아이에게 한 해 동안이나 속아 왔던 것을 생각하면 그 분노를 참을 수가 없었지만, 리아의 마음을 모르는 것이 아니었다.

아버지의 겁박과 두려움. 한 해 동안 탕약에 눈을 멀게 하는 약재를 넣었을 때 느꼈던 죄책감들이 리아를 얼마나 괴롭게 만들었을지, 황후는 이해하려고 노력했다.

"마마. 쉬셔야 하는데 제가 주책없이 눈물을 보였습니다. 저는 이만 나가보겠습니다."

불현듯 리아가 눈물을 닦으며 자리에서 일어났다. 그러자 황후가 나지막이 말했다.

"앞으로는 나를 믿어, 리아야."

"……?"

"나는 천나라의 황후니까."

"마마……."

"그러니 더 이상 내 아버님을 두려워하지 마. 나는 이전의 눈먼 허수아비가 아닌, 진짜 황후가 되었으니까."

황후는 그 한마디를 끝으로 더는 아무런 말도 하지 않았다. 부들부들 떨리는 손으로 입을 막은 리아는 조용히 황후를 두고 밖으로 나갔다. 그리고 문을 닫으며 문에 기대어 서며 말없이 고개를 떨구었다.

'마마. 다시는, 마마를 아프게 하지 않겠사옵니다. 제 목숨을 바쳐서라도, 마마를 지킬 것입니다. 마마의 말씀대로 마마를 믿고, 죽는 한이 있더라도 마마의 곁에 있을 것입니다.'

*   *   *

어느덧 날이 저물었다. 황후가 돌아왔다는 소식에 궁은 온통 황후에 관한 이야기들로 술렁거리고 있었다.

달빛 하나 새어들지 않을 만큼 울창한 잎들이 퍼져 있는 나무 아래, 한 여인이 우두커니 서 있었다.

휘릭―

탁―

그리고 그녀의 앞에, 인적이 드문 궁정 후원 쪽 담을 넘어 온 국영이 어둠 속에서 모습을 드러냈다. 드넓은 황궁에서 병사들의 눈을 피하면서 이곳으로 오기 위해 죽을 고비를 여러 번 넘기고 나서야 당도한 것이었다.

"무슨 일로 부르신 것입니까."

국영이 주위를 경계하며 물었다. 그런 국영을 초점 없는 눈동자로 바라보던 재연이 갑자기 그의 넓은 가슴팍에 얼굴을 묻고 흐느끼기 시작했다.

"흑흑흑……. 흑흑……."

유난히 구슬프게 들려오는 그녀의 울음소리에 국영은 가슴이 찢어지는 것만 같았다.

홍 재상이 그녀를 사가로 데리고 들어온 첫 날.

국영은 재연의 곱고 아름다운 자태에서 눈을 뗄 수가 없었다. 마치 복사꽃이 핀 것과 같은 그녀의 여린 뺨이 맑은 분홍빛으로 물들어 있었다.

기녀라 하기엔 너무나도 고귀한 여인 같았다. 조금은 거칠게 생긴 자신의 얼굴이 걱정되어 쉽게 다가설 수조차 없었다.

곧 궁으로 갈 거라 말하던 여인. 홍 재상의 사가에서 궁으로 가기 위한 준비를 하며 짧은 나날을 함께 했었다.

그리고 시간이 지날수록, 가슴에 불이 번진 것처럼 은은히 타오르던 불꽃은 어느덧 거대한 불길이 되어 그의 심장을 태우고 있었다.

언젠가 황후가 될 거라는 것을 알고 있었음에도, 미천한 자신은 결코 바라볼 여인이 아니라는 것을 알고 있었음에도 가슴에 품어 버렸다.

그래서였다. 그녀를 지키라는 홍 재상의 명에 따라 황궁에까지 들어갔고, 황제의 곁에서 언제 떨어질지 모르는 목숨을 움켜쥐고 있었다. 황제를 감시하며 재연을 지켜보는 것이 유일한 낙이었다.

재연이 아무리 자신을 무시하고, 멀리해도 그는 묵묵히 그녀의 곁을 지키고 있었다.

려운을 필두로 천호영이 자신을 쫓고 있다는 사실도 알았지만, 엄청난 위험을 무릅쓰고 재연의 부름에 무작정 달려왔다.

그런데 그녀에게서 이슬 같은 눈물이 한두 방울씩 떨어지고 있었다.

"왜 우는 것입니까."

"나……."

"예. 말씀하십시오."

"가지고 싶어. 너무, 가지고 싶어."

"아씨……."

"황후의 자리도, 황제도 너무 가지고 싶어. 헌데, 황후가 돌아와 버렸어. 그 아무것도 아닌 눈먼 황후가! 보란 듯이 다시 궁으로 돌아왔다고……."

황후가 돌아왔다는 사실로 인해 계획이 틀어질지도 몰랐으나, 어차피 그녀는 눈먼 허수아비일 뿐이었다.

아직 황제가 재연에게 흔들리고 있다면 후궁으로라도 밀어붙일 수 있었다.

하지만 황제는, 재연을 돌아보지 않았다. 그래서 재연은 더욱 서러운 것이었다.

"그깟 허수아비 황후를 바라보는 황제 폐하의 눈빛이 달라졌어. 그리고 나를 보는 눈빛도 함께."

재연이 떨리는 입술을 세게 깨물었다. 조금만 독해지면 가질 수 있을 거라 생각했던 황제의 마음이 한순간의 연기처럼 사라져 버린 것 같았다.

그리고 다시 돌아온 황후를 바라보는 황제의 눈빛이 달라졌다는 것을 직감적으로 느꼈다. 그 연유를 알 수 없었다. 황후는 그저, 납치되었다 돌아왔을 뿐이었다.

'그런데 어찌하여…… 황제의 첫 연인인 연화를 닮았다면서 나라는 존재는 이제 아무것도 아닌 한낱 신녀가 되어 버린 것이야!'

이젠 기녀도, 신녀도 아닌 어정쩡한 위치가 되어 버린 것 같았다. 그러한 생각이 그녀를 보이지 않는 나락으로 떨어뜨렸다.

국영도 홍 재상을 통해 이미 알고 있었다. 황후가 다시 돌아왔다는 것을. 그리고 재연이 황후로 책봉되지 못했다는 것을.

한순간 안도감이 밀려들었던 것은 부정할 수가 없었다. 허나…… 재연이 너무나도 서럽게 울고 있었다.

"제가 어찌해드리면 되겠습니까."

국영의 입술이 갈라졌다. 혹시 재연에게 무슨 일이라도 생긴 것은 아닐까 바싹 타들어 가는 입술을 적실 틈도 없었다.

재연이 고개를 들어 국영을 바라보았다.

"없어지게 해줘. 내 눈앞에서."

"……!"

국영의 눈동자가 거세게 흔들렸다. 젖은 눈망울이 재연을 하염없이 바라보며 그녀의 말이 진심이 아니길 바라고 있었다.

'황후를…… 제 손으로 시해하라는 말입니까.'

그러나 재연은 악에 받친 눈으로 고개를 끄덕였다. 그리고 국영이 절대 빠져나갈 수 없도록, 그의 가슴을 세차게 두드리는 그녀였다.

"그러지 않음, 내가 죽을 것 같아."

*   *   *

"으음……."

황후가 몸을 뒤척였다. 희미하게 뜬 눈 사이로 빛이 들어오지 않는 것을 보면, 어느새 날이 어두워졌다는 뜻이었다.

낮잠을 너무 오래 자 버렸나. 황후는 몸을 웅크린 채 무심결에 고개를 돌렸다.

"……!"

그러다 낯익은 누군가의 얼굴이 그녀를 바라보고 있자, 황후는 놀란 눈으로 마른 입술을 달싹이기 시작했다. 뭔가 말을 해야하는데, 목소리가 나오지 않았다.

"잘 잤소?"

황제가 싱긋 웃으며 말했다. 그의 낮은 목소리가 유달리 맑게 들려오는 것을 보면 꿈은 아닌 것 같았다.

그는 황후가 누워 있는 침상 앞에 의자를 놓고 앉아 그녀를 가만히 바라보고 있었다.

"언제부터 앉아계셨던 것입니까."

황후가 침상에서 몸을 일으켰다. 치장을 하지 않은 긴 생머리가 그녀의 어깨 위에 차분히 내려앉았다.

방금 일어나 부스스할 법한데도 황후의 모습은 너무나도 청초해 보였다.

황제는 그런 그녀의 모습에 한동안 넋을 놓고 그저 바라만 볼 뿐, 아무런 대답도 하지 않았다.

"폐하."

황후가 황제를 다시 한 번 불렀다.

황제는 그제야 그녀 쪽으로 그의 몸을 좀 더 가까이 기울였다.

긴 속눈썹이 도드라진 황제의 그윽한 눈길이 황후의 눈동자에 담겼다.

이윽고 황제가 은근한 미소를 지으며 입술을 뗐다.

"천 우 형님과 한 이야기가 궁금해 달려왔는데, 그대가 잠에 빠져 있다기에."

"그럼 얼마나 오랫동안 계신 것이란 말입니까."

곰곰이 생각해 보던 황제가 씨익 웃었다.

그리고 황후에게 조금 더 가까이, 얼굴을 가져다 대며 속삭이는 그였다.

"한 두 시진 정도?"

천진한 황제의 대답에 황후의 입술이 벌어졌다.

이내 다섯 시진이란 시간을 곱씹어 보던 그녀는 미간을 찌푸리며 말했다.

"폐하께서는 그리 할 일이 없으십니까?"

"할 일이 없다니. 지금 황제인 나를 한량 취급하는 것이오, 황후?"

"그런 것이 아니라……."

의자에 오랫동안 앉아 있는 것이, 불편하셨을 것 아닙니까. 황후가 흘러내린 머리카락을 귀 뒤로 넘기며 한숨을 내쉬었다.

"폐하의 심중을 알 수가 없어서 그러는 것입니다."

황후가 볼멘소리로 중얼거렸다. 황제는 그런 황후가 귀엽다는 듯 피식 웃으며 말했다.

"이제는 나도 좀 알 수 없는 사내가 되어 보려고."

불현듯 황제의 미소를 마주한 황후의 가슴이 두근, 뛰기 시작했다.

여린 심장의 박동이 서서히 동심원을 그리며 그녀의 가슴을 두드리기 시작했다.

"해서, 원래는 그냥 천기전으로 돌아가려고 했소."

황제는 그런 그녀의 마음을 아는지 모르는지, 부드러운 목소리로 그녀의 귓가를 울렸다.

"헌데 어찌하여 돌아가지 않으신 겁니까."

황후는 자신도 모르는 사이에 얼굴이 붉어져 버렸을까, 살짝 고개를 숙이곤 물었다.

그러자 귀 뒤로 넘겨두었던 그녀의 머리카락이 다시금 흘러내렸다.

황제는 흘러내린 그녀의 머리카락을 물끄러미 응시했다. 그러다 조심스럽게 그녀의 귓가로 손을 가져가는 그였다.

"왜냐하면……."

잠시 뜸을 들이던 황제가 부드러운 손길로 그녀의 머리카락을 귀 뒤로 넘겨 주며 말했다.

"그대의 잠든 모습이 너무 어여뻐서."

황제의 녹아들 듯한 한마디가 황후의 가슴에 스며들었다. 그
의 그윽한 눈길이 황후를 가만히 응시했다.

　　그의 눈빛이 너무도 따스해서, 어두운 밤임에도 눈부신 햇살
이 비추는 것만 같았다.

　　기분 좋은 떨림이 그녀의 심장을 파고들었다. 황후는 무언가
에 홀린 것처럼 아무런 생각도 들지 않았다.

　　"해서……."

　　문득 황제가 무언가를 말할 듯 말 듯 입술을 달싹였다.

　　"……?"

　　황후는 고개를 비스듬히 기울여 황제가 말을 이어 하길 기다
렸다. 황후를 바라보는 그의 깊은 눈동자가 별빛을 담은 것처럼
반짝였다.

　　이윽고 황제가 황후의 눈을 바라보며 조심스럽게 그녀의 뺨
을 어루만졌다.

　　"그대의 잠든 모습이 너무도 어여뻐서……."

　　황제의 촉촉이 젖은 입술이 그녀의 시선에 닿았다.

　　"정말 견디기 힘들었는데."

　　"……!"

　　황후가 두 눈을 깜박이며 황제를 응시했다. 그녀의 뺨을 어루
만지던 그의 손길이 잠시 뜸을 들였다. 이내 아슬아슬한 긴장감
이 감돌았다. 이윽고 그의 손이 천천히 내려와 그녀의 흰 목선을
부드럽게 쓸어내렸다.

"폐하……?"

황후가 놀란 눈으로 그를 물끄러미 바라보았다. 황제는 진지한 눈빛으로 손가락을 뻗어 황후의 입술을 매만졌다.

"폐하."

황후는 몸이 얼어붙은 듯 그 자리에서 움직일 수가 없었다. 그를 밀쳐내야만 할 것 같은데, 그에게 사로잡힌 이 순간이 그것을 허락하지 않았다.

"쿡……."

잔뜩 긴장한 기색이 역력한 황후의 표정을 바라본 황제가 웃음을 터뜨렸다. 황제는 손가락을 떼곤 아무 일도 없었다는 듯, 몸을 기울여 그녀의 어깨에 얼굴을 묻었다.

"전에, 그대의 품에 이렇게 쓰러졌던 기억이 나."

황제의 낮은 목소리가 그녀의 귓가에 닿았다. 황후는 당황했던 얼굴을 거두고, 안도의 한숨을 쉬었다. 그러나 그것도 잠시, 다시금 황후의 얼굴이 붉게 달아올랐다. 황제가 자신의 품에 안겨 있었다.

황후는 혹시라도 빠르게 뛰는 심장박동 소리가 그에게 들릴까, 마른침을 넘겼다. 둘 곳 없어진 그녀의 손이 머뭇거리듯 그의 어깨 주변만을 맴돌았다.

"그때와 지금은, 얼마나 달라졌을까."

황제가 나직이 중얼거렸다.

황후는 문득 어렴풋이 남아 있는 그날의 기억을 떠올렸다. 수

면가루가 든 술잔을 대신 마시고, 황제가 잠에 빠져들었던 그때.

"그때는……."

그때와 다른 것이 하나 있다면,

'황제 폐하가 제 곁에 있다는 것입니다.'

황후가 두 눈을 감았다.

"폐하께서 배불뚝이에 대머리일 거라 생각했습니다."

"뭐라고?"

"또한, 그때도 제가 폐하께 더 이상의 장난은 그만두시라고 했던 것 같습니다."

황후가 그녀의 품에서 황제를 떼어내며 말했다. 황제는 황당해하는 얼굴로 그녀를 바라보았다.

황후는 옅은 미소와 함께 옷섶을 여몄다.

하마터면, 들킬 뻔했다. 속도 모르고 달아오르는 얼굴과, 점점 더 빠르게 뛰는 심장을.

"이제 그만 돌아가세요."

황후가 창가로 다가서며 말했다. 별들이 하나둘 박혀 있는 밤하늘이 유독 아름다웠다.

어차피 보이지 않을 거라고 올려다보지 않았던 하늘을, 지금은 마음껏 바라볼 수 있다는 사실이 너무도 좋았다.

그리고 그를 바라볼 수 있다는 것, 마음 놓고 그의 곁에 있을 수 있다는 사실이 가슴을 한없이 설레도록 만들었다.

서늘한 바람이 붉어진 뺨을 식혀 주듯 달아오른 볼을 훑고 지나갔다.

"배불뚝이에 대머리라니."

황제가 미간을 찌푸리며 되물었다. 그리고 황후의 뒤로 천천히 다가가는 그였다.

사르륵, 사르륵. 비단 자락이 바닥에 스치는 소리가 은은하게 울려 퍼졌다. 그러나 황후는 가만히 하늘을 바라보는 것에 심취해 그가 다가오는 것을 느끼지 못했다.

"사람의 눈동자 속에는 깊은 호수가 있다던데."

이윽고 황제가 그녀의 뒤에 섰다. 그리고 손으로 황후의 두 눈을 가리며 말했다.

"그땐, 그대가 그런 나의 눈동자를 보지 못하였기 때문에……내가 배불뚝이에 대머리일 거라 생각했던 걸지도."

저음의 부드러운 목소리가 황후의 귓가를 간질였다.

갑자기 다가온 어둠이 낯설고, 심장을 쿵쾅거리게 만들었지만 황후의 입가에는 희미한 미소가 묻어났다.

"글쎄요. 지금도 폐하의 눈동자 속에서 깊은 호수를 보지 못한 것 같습니다만."

"한마디를 안 지는군."

황후가 자신의 눈을 감싼 황제의 손등을 어루만졌다. 따뜻한 그녀의 손이 닿자, 황제는 자신도 모르게 움찔했다. 이내 황제는 그녀의 눈에서 손을 떼고 황후를 돌려세우며 물었다.

"밖에 나가지 않겠소."

"지금 말입니까……?"

황제가 고개를 끄덕였다. 이 밤에 말입니까? 황후는 고개를 갸웃했다.

"황궁 밖에 그대와 몰래 나가고 싶었거든."

"허나 지금은……."

"이건, 내 청인데."

황제가 천 우를 떠올리며 씩 웃었다. 그리고 그의 말뜻을 알아들은 황후 또한 어쩔 수 없다는 듯 옅은 한숨을 내쉬었다.

"이제부터, 시작이오."

황제가 씩 웃었다.

"무엇이 말입니까."

황후는 어째 불안하다는 표정으로 그의 입술에 시선을 모았다. 이내 황제가 싱긋, 눈웃음을 지으며 황후의 손목을 붙잡았다.

"숨바꼭질."

*　　　*　　　*

"후."

황제가 안도의 한숨을 내쉬었다. 지나가는 궁인들에게 들키지 않기 위해 최대한 몸을 숨기고 황궁을 빠져나오는 건, 여간 힘든 일이 아니었다.

황후와, 황제가 몰래 황궁을 빠져나오다니.

정문을 통하지 않고 황궁을 빠져나가려면, 황궁 뒤편에 자리한 숲을 지나야 했다. 달빛조차 잘 새어들지 않을 만큼 외진 숲길을 걸어 나오다 보니 정말 황궁의 밖이었다.

"여기서 조금만 더 가면 저자가 나오지."

황제가 조용히 속삭였다.

"헌데……."

황후가 황제의 머리카락 사이에 붙은 나뭇잎을 보고는 두 눈을 깜박였다. 황제 역시 황후의 어깨 위에 붙어 있던 나뭇잎을 발견했다. 이내 서로를 바라보던 둘은 웃음을 터뜨렸다.

잠행을 위한 옷으로 갈아입고 나오기는 했지만, 풀과 나무가 무성한 곳을 헤치고 나오다 보니 둘의 모습은 그다지 단정하다고는 할 수 없는 모양새였다.

누구라도 마주칠까, 급한 마음에 서두른 발걸음 때문인지 신마저 더러워져 있었다.

황궁에서 허리를 꼿꼿이 세우고 어깨를 펴야 했던 자신들이 지금은 평소에는 상상도 할 수 없었던 꼴을 하고 있는 것이, 퍽 신기하고도 흥미로웠다.

"전에도 이렇게 잠행을 나오신 겁니까."

황후가 피식 웃으며 물었다. 그러자 황제는 크흠, 헛기침과 함께 보일 듯 말 듯하게 고개를 끄덕였다. 당당히 궁을 빠져나온 것이 아니라 모양새가 그리 멋있지는 않았기 때문이었다.

"헌데 그때는 이런 모습이 아니었던 것 같사온데."

황후는 황제의 머리카락 사이에서 나뭇잎을 떼어주며 말했다. 미소가 담긴 그녀의 입술선이 곱게 휘어졌다.

"이런."

황제는 황후의 손에 들려 있는 나뭇잎을 발견하곤, 자신의 머리를 매만졌다. 그리고 그도 황후의 어깨 위에 붙어 있던 나뭇잎을 털어내 주며 대답했다.

"그땐 려운이 있었지."

려운이 길을 내어주며 함께 걸어갔기 때문이었다.

"그러고 보니, 지금은……."

황후가 주위를 둘러보았다.

"셋이 움직이면 눈에 띌 가능성이 크기 때문에 조금 늦게 따라붙을 것이오."

"아."

황후가 그의 말에 수긍하듯 고개를 천천히 끄덕였다. 이윽고 황제가 황후의 어깨를 붙잡으며 말했다.

"그럼, 가 볼까."

그리고 함께 걸어가는 그들의 뒷모습을, 누군가 응시하고 있었다.

* * *

"천나라 저자도 제나라와 다를 것이 없는 것 같군요."

은후와 함께 저잣거리를 걷던 다은이 중얼거렸다. 그러나 은후는 다은과 나란히 걸으며 침묵을 유지할 뿐이었다.

"마마. 좀 즐거운 기색이라도 보이시면 어디가 덧나십니까."

다은은 뾰로통한 표정과 함께 아랫입술을 물었다. 그러자 은후는 그제야 무슨 말을 했냐는 듯 다은을 바라보았다.

"뭐라고?"

"마마!"

"잠시 딴생각을 하느라 못 들었다."

"됐습니다. 그나저나, 마마께서는 제나라에 언제쯤 돌아오실 생각이십니까?"

"글쎄."

"절 오래 기다리게 하지는 마세요."

조용히 말하는 다은의 눈가에 어두운 그림자가 드리워졌다. 은후는 다은을 물끄러미 바라보며 무슨 뜻이냐는 듯 눈으로 물었다.

그러자 다은은 곧 해맑게 웃으며 담담하게 답했다.

"그야, 제가 마마를 기다리기 힘드니까요."

은후는 다은을 알 수 없다는 듯 고개를 저었다. 그러다 문득 마주친 국밥집이 그의 눈에 들어왔다.

은후는 그곳에 이끌려 앞으로 더 이상 나아가지 못하고 그 자리에서 발길을 멈추었다.

"그러니까 마마께서는 하려던 일들을 하루빨리 처리…… 마
마?"

혼자서 붉은 입술을 움직이며 걸어가던 다은은 자신의 곁에
은후가 없다는 것을 깨닫고 뒤를 돌아보았다.

그는 어느 한 곳에 발이 묶인 듯 멈추어 서서 멍하니 한 지점
을 응시하고 있었다. 이내 은후가 한동안 그곳에서 눈을 떼지 못
하자, 다은도 그곳을 향해 시선을 돌렸다.

국밥집? 이윽고 다은이 은후에게 다가와 물었다.

"갑자기 왜 그러시는지요."

"……."

"마마?"

다은이 두어 번 불러서야 은후는 다시 제정신을 차린 듯 그녀
를 바라보았다. 다은은 자꾸만 혼자 다른 생각에 잠기는 은후를
이상하게 여겼다.

"국밥…… 먹어 보겠느냐."

은후가 다은을 향해 조심스럽게 물었다. 그러자 다은의 눈이
동그랗게 변했다.

다은은 두 눈을 가늘게 뜨고 국밥집을 가만히 노려보더니, 기
가 차다는 듯 입술 안쪽을 깨물었다.

"마마, 마마처럼 귀하신 분이 천한 먹거리일 뿐인 국밥을 드시
겠다니요."

다은이 가당치도 않다는 듯 눈살을 찌푸렸다.

그렇잖아도 해가 기운 때라 배가 고프긴 했지만 아무리 배가 고파도 그렇지, 한낱 백성들이나 먹는 국밥을 입에 댈 수는 없었다.

　"국밥이 어때서 그러느냐."

　은후가 차갑게 대꾸했다. 다은의 반응을 예상했기 때문에 별다른 기대 없이 물어본 것이긴 했으나 역시나였다.

　"국밥이 어떻다니요. 방금 전에 말씀드렸다시피 국밥은······."

　"되었다. 가자."

　은후가 듣기 싫다는 듯 다은의 말허리를 잘랐다. 그리고 다시 멈추었던 발길을 떼는 그였다.

　월과 함께 국밥을 먹었던 곳이었다. 그리고 그녀와 함께 앉았던 평상 또한 보이는 것 같았다.

　비록 그 자리에는 이제 두 번 다시 함께 앉을 수는 없겠지만.

　은후가 실소를 지으며 가던 길을 계속 걸었다. 그리고 얼마 지나지 않아, 그는 한 시전 앞에 또다시 멈추어 설 수밖에 없었다. 얼떨결에 떡장수가 되어 보기도 한 곳.

　저곳에서 잠시나마 월과 함께 있었던 시간들이 잔상처럼 남아 그를 흔들고 있었다.

　'정신 차려, 서은후.'

　은후가 마른침을 넘겼다. 그리고 아무렇지 않은 얼굴로 다은을 돌아보려 했으나, 자꾸만 그 시전에서 눈을 뗄 수가 없었다.

　월을 보낸 지 하루도 채 지나지 않았는데 왜 이러는 것일까.

은후의 차가운 모습을 처음 마주한 다은은 어느새 멀리 떨어진 그를 바라보며 두 주먹을 꽉 쥐었다. 그는 또다시 다른 한 곳을 멍하니 응시하고 있었다.

이내 다은이 성큼성큼 은후에게 다가와 싸늘하게 말했다.

"더 구경할 것도 없을 것 같습니다. 그냥 제운객주로 돌아가시지요."

은후는 그동안 마치 다른 사람이 된 것처럼 변해 있었다. 감정 없는 눈빛과 차가운 말투. 평소 그에게서 찾아볼 수 없는 모습이었다.

"미안하다."

은후가 낮은 목소리로 말했다. 누구에게 미안하다고 하는 것일까. 그의 눈에는 다은이 아닌, 월의 모습이 보이고 있을지도 모르는 일이었다.

그러나 미안하다고 말하는 그의 슬픈 눈빛이, 다은의 가슴에 박혔다.

다은은 한동안 아무 말도 할 수가 없었다. 자신에게만큼은 언제나 강인하게만 보였던 그가, 이렇게 상처받은 얼굴을 하고서 미안하다고 말하다니.

대체 그간 천나라에서 무슨 일이 있었기에. 그 연유는 알 수 없었지만 다은은 순간 자신이 너무 과민반응을 한 것일까, 고개를 돌리며 조용히 말했다.

"마마께서 제게 미안해하실 만큼 큰 잘못을 하셨습니까."

다은이 보이지 않게 숨을 내쉬곤 앞서 걸어가기 시작했다. 은후는 다은을 보필하고자 말없이 그녀의 뒤를 따랐다.

다은은 길을 걷다 지나가게 된 분전 앞에서 다양한 색들의 분가루를 구경했다. 그러다 곁에 같이 놓여 있던 장신구들을 발견하자, 그녀는 어색해진 분위기가 싫어 은후에게 말을 걸었다.

"천나라 장신구가 그렇게 예쁘다 들었사온데, 확실히 제나라 장신구와는 또 다른 멋이 있는 것 같습니다. 어디, 하나 골라 주시겠습니까."

은후가 다은의 곁으로 저벅저벅 다가왔다. 그리고 그들의 곁으로 낯익은 두 사람 또한, 멀리서 다가오고 있었다.

*　　*　　*

"멀리 나가 보았자, 결국 저잣거리군."

황제가 볼멘소리로 주변을 둘러보며 중얼거렸다. 황후는 간만에 나온 저잣거리가 오히려 새롭게 느껴졌다.

눈이 보이지 않았을 때, 또는 언제나 긴장감이 가득한 상태에서 이곳을 걸었기 때문이었다. 이렇게 소소한 여유를 느끼며 거리를 구경하고 백성들 사이에 녹아든 적은, 아마 없었던 것 같았다.

"그럼에도 불구하고, 어찌 잠행을 나서자 하신 것입니까."

황후가 맑은 눈동자로 황제를 물끄러미 바라보았다. 황제는 황후와 함께 나란히 저잣거리를 걸으며 이야기꽃을 피우기 시작했다.

"그대와 함께 모든 순간을 다시 시작하려고."

아무리 넓어도 형식과 틀, 그리고 한정된 공간만이 허락된 궁.

비록 멀리 벗어나지는 못했지만 형형색색의 등과 기운찬 소리들, 코끝을 자극하는 다양한 향들이 가득한 이곳을 황후와 함께 거닐고 싶었다.

어쩌면 천 우와 함께, 어쩌면……. 너무도 믿고 싶지 않지만 제나라의 황태자와 함께 걸었을지도 모를 이 길을…… 마지막으로 자신이 그녀와 함께 걷고 싶었다.

"묻고 싶은 것이 있는데."

황제가 잠시 멈칫했다. 서은후. 제나라의 황태자. 황후가 돌아오지 않으면 그녀를 놓으라 말했던 자였다. 황제는 두 눈을 가늘게 뜨고 그의 모습을 떠올렸다.

"무엇인지요."

황제가 잠시 생각에 잠긴 사이 황후는 황제를 가만히 올려다보았다. 그러자 황제는 입술을 달싹이다 곧 말문을 열었다.

"서은후란 자에 대해 얼마나 알고 있소."

"갑자기 그에 대해서는 왜 물으십니까."

무거워진 마음에 그녀의 낯빛이 어두워졌다. 황제는 그 순간을 놓치지 않았다. 황후는 왠지 모르게 슬픈 눈빛을 하고 있었다. 그러자 황제는 혹시라도 황후의 기분이 가라앉았을까, 담담하게 물었다.

"그대가 그동안 그자와 함께 있었다고 하니까."

황후는 잠시 고민을 하더니 그녀 역시 이내 담담하게 답했다.

"자세히는 모릅니다. 제운객주를 잠시 운영하고 있다는 것 외에는."

"정말 그것 말고는 모르는 것이오?"

황후는 그에 대해 모르는 건가. 황제가 한쪽 눈썹을 치켜 올렸다.

"그저, 저에 대해 아무것도 묻지 않고 도와주신 분입니다."

은후를 위한 마지막 배려였다. 그가 황태자라는 것을 황제께서 알게 된다면, 자신을 도와준 순수한 그의 마음을 곡해할지도 몰랐다.

"참. 이거."

황제가 품 안에서 무언가를 황후에게 건네주었다. 무언가를 받아든 황후는 커진 눈으로 그를 바라보았다. 날개 한쪽이 떨어진, 나비 머리꽂이. 황후는 자신도 모르게 픽 웃어버렸다.

"아주 잘…… 가지고 계셨군요."

"당연하지. 내가 얼마나…… 이런."

황후가 그의 눈앞에 내보인 머리꽂이는 날개 한쪽이 부러지고 없었다. 너무 오랫동안 만져서 부식이라도 된 건가. 품 안에 있던 도중 잘못하여 부러진 건가. 황제는 머리꽂이를 이리저리 바라보며 미간을 좁혔다.

"그럼, 이리 따라오시오."

황제는 황후의 손목을 잡고 어디론가 그녀를 이끌었다. 황후는 한 손에 나비 머리꽂이를 꼭 쥔 채 그에게 이끌려 따라갔다.

주변을 돌아보며 한참을 걷던 황제는 무엇인가를 발견하고는 해맑은 미소를 지었다. 그리고 그녀를 이끌어 그곳으로 성큼성큼 가기 시작했다.

"폐하."

불현듯 황후가 황제를 불렀다.

"이제 거의 다 왔소."

그러나 황제는 마음이 급해 그녀의 목소리를 흘려 넘기고 계속 앞으로 걸어갔다.

"폐하!"

황후가 황제를 다시 한 번 불렀다. 그러나 황제는 원하던 곳에 당도하고 나서야, 그 자리에서 발걸음을 멈췄다. 그리고 입가에 한가득 미소를 띤 채, 갖가지 화려한 장신구들을 가리키며 말했다.

"자, 어서 골라 보시오."

은은한 불빛을 내는 등에 반사되어 영롱한 빛깔을 자랑하는 장신구들이 줄지어 늘어서 있었다. 다양한 색의 가락지부터 연꽃문, 국화문, 나비문 등이 달린 머리꽂이들이 보는 이들의 눈길을 사로잡을 만큼 아름다움을 뽐내고 있었다.

"……."

그러나 황후는 깊은 한숨만을 내쉴 뿐이었다. 황제는 그제야 황후를 제대로 바라보았고, 그녀의 한쪽 신이 어디론가 사라져 있는 것을 발견했다. 그리고 주위를 둘러보자, 저 멀리 황후의 꽃신 한 짝이 우두커니 벗겨져 있었다.

"미안하오. 대신 내가 직접 가져다줄 테니, 잠시."

황제가 피식 웃으며 황후의 신을 가지러 발길을 떼었다. 그런 그의 뒷모습을 바라보자, 황후는 또다시 웃음이 났다.

그리고 그때, 옆에서 마지못해 다은에게 어울릴 만한 장신구들을 골라 주려던 은후가 흔들리는 눈동자로 황후를 마주했다. 황후는 황제를 바라보며 미소 짓고 있었다.

"찾았다."

황제가 황후의 신을 집어 들고 씩 웃었다. 신을 손에 쥔 채 기울였던 몸을 일으켜 그녀를 바라보던 순간, 갑자기 어디선가 화살이 날아들었다. 그리고 그 화살은 황후의 뺨을 스쳐 한 점포를 지탱하고 있던 나무기둥에 박혔다.

갑자기 분 서늘한 바람에 황후가 뭔가 이상한 낌새를 느낀 듯 주위를 돌아보았다. 그리고 그 순간, 누군가 그녀의 심장을 노리고 다시금 활시위를 당기고 있었다.

이윽고 팽팽히 당겨진 활에서 화살이 맹렬하게 벗어나기 시작했다.

그리고 그 화살은, 재빠르게 황후를 감싸 안은 은후의 등허리에 꽂혔다.

"다행이다······."

은후의 나직한 음성이 황후의 귓가에 스며들었다. 화살이 등에 박혀 살을 에는 듯한 고통을 주고 있었음에도 은후는 그녀를 더욱 세게 끌어안았다.

황후는 부들부들 떨리는 손을 천천히 그의 등가로 가져갔다. 등줄기를 타고 흐르는 핏방울들이 그녀의 손끝에 닿았다.

"어째서······."

피로 물든 자신의 손을 마주한 황후의 입술이 바들바들 떨렸다.

은후는 고통을 애써 참는 듯 이를 악물었지만 숨을 내쉴 때마다 그의 숨소리는 점점 더 거칠어졌다.

"꺄아악!"

황후를 감싸 안은 채 화살에 맞은 은후를 발견한 다은이 비명을 질렀다. 다은은 덜덜 떨리는 입술을 다물 수가 없었다. 등에 꽂혀 있는 화살이 너무도 끔찍해서, 그녀의 심장이 찢어질 것처럼 아파 왔다. 날카로운 화살촉을 통해 새어 나오던 핏방울이 어느덧 그의 등을 적시고 붉은 음영을 남기며 번지기 시작했다.

"어째서······. 어째서 제 대신······."

황후의 눈동자가 회색빛으로 물들었다. 마치 이 순간이 현실이 아닌 꿈인 것만 같아서, 그녀는 시간이 멈춘 듯 그 자리에서 움직일 수조차 없었다.

정말로 이 순간이, 꿈이길. 제발, 꿈이길.

믿을 수 없는 현실을 마주한 그녀에게서 뜨거운 눈물이 창백한 볼을 타고 흘러내리기 시작했다.

"황후!"

은후에게 안겨 있는 황후. 그리고 그에게 박혀 있는 화살. 숨이 턱 막히듯, 황제의 눈동자에 두 사람의 모습이 담겼다. 그의 동공이 중심을 잃은 채 거세게 흔들렸다.

황제는 빠르게 황후와 은후가 있는 곳으로 달려왔다. 그리고 뒤늦게 나타난 려운이 황제의 뒤를 따랐다.

"황후, 다친 곳은 없소? 어디 아픈 곳은?"

황제는 실성한 사람처럼, 두서없이 그녀에게 묻기 시작했다. 그의 이마에 맺힌 땀방울이 아래로 떨어져 내렸다.

"폐하……."

황후가 초점 없는 눈빛으로 황제를 바라보았다. 황제는 넋을 놓아 버린 그녀의 표정을 마주하고는 쓰디쓴 침을 넘겼다.

황제를 발견한 은후는 가까스로 정신을 놓지 않은 채 그를 쳐다보고는 싱긋 웃었다. 그리고 조용히 말했다.

"……이번엔 제가 빨랐습니다."

이내 은후는 황후의 어깨에 얼굴을 묻은 채 축 늘어지듯 쓰러졌다. 힘이 풀려 무거워진 그의 몸을 품에 안게 된 황후의 두 눈이 커졌다.

"안 돼. 안 돼……."

그제야 그녀가 정신을 차리고 은후를 붙잡았지만, 은후는 이미 눈을 감은 뒤였다. 끈적한 피가 점점 더 은후의 등 위를 물들이고, 황제는 화살을 뽑으려 손을 뻗었다.

"안 됩니다, 폐하."

그리고 그때, 려운이 황제를 저지했다. 함부로 화살을 제거했다간 출혈이 더욱 심해질 수 있어 위험했다.

"일단 황궁으로 데려가 어의에게 맡기셔야 할 것 같습니다."

은후의 상태를 확인한 려운이 침착하게 말했다. 그리고 은후의 등에 박힌 화살을 바라보던 그가 문득 멈칫했다.

"이 화살은……."

"본 적이 있는 화살이냐."

"그것이, 아직은 확실한 것이 아니라 섣불리 답할 수는 없을 것 같사옵니다."

"폐하. 이대로, 죽는 건 아니겠지요? 제발 그렇다고 해 주십시오. 제발……."

황후가 황제의 옷깃을 붙잡았다. 피로 물든 그녀의 손가락이 가늘게 떨리고 있었다.

"황후……."

이 상황을 어떻게 받아들여야 할지, 황제는 그 자신조차도 무척 혼란스러울 뿐이었다. 만일 서은후가 황후 대신 활을 맞지 않았다면, 지금 피를 흘리고 있을 사람은 황후였다. 허나 이자는……. 황후를 마음에 두고 있던 자.

"마마!"

다은이 은후에게 다가와 두 손으로 은후의 얼굴을 감쌌다. 땀으로 젖은 다은의 손바닥에 차가운 냉기가 닿았다.

"마마? 마마!"

다은은 점점 더 거세게 떨리는 손으로 은후의 얼굴을 어루만졌지만, 은후의 몸은 더욱 창백하게 변해 갔고 차갑게 식어가기 시작했다.

"아아악……! 마마!"

다은의 절규가 저잣거리에 울려 퍼졌다. 저자에 있던 사람들은 이미 이 상황을 지켜보며 웅성거리고 있었다.

"려운. 어서 이자를 황궁으로 데려가거라."

황제가 조용히 말했다. 그러자 려운은 고개를 끄덕이고는 황후의 품에서 은후를 데려갔다. 그러자 다은이 그의 앞을 가로막았다.

"지금 마마를 어디로 데려가려 하시는 겁니까! 당신들은 대체 누구시지요?"

"이분은……."

그러자 려운이 황제를 바라보며 머뭇거렸다. 황제는 괜찮다는 듯 고개를 끄덕였다.

"이분은 황제 폐하시다."

"예……?"

다은이 놀란 눈으로 황제를 바라보았다. 황제의 강인한 눈빛이 그녀의 눈을 응시하고 있었다.

"이자를 황궁으로 데려가 치료할 수 있도록 할 터이니, 걱정 말거라."

"허나, 저분은……!"

"알고 있다."

황제가 짤막하게 답했다. 다은은 어찌 된 영문인지 하나도 알 수가 없었다. 그러나 일단은 황궁으로 은후를 데려가겠다는 말에, 그를 놓아 줄 수밖에 없었다. 자신이 어쩔 도리가 없었기 때문이었다. 당장 객주에 연락할 방법도, 그를 옮길 방법도 없었다.

다은이 말없이 자리를 비켜 주었다. 떨어지지 않는 발걸음이, 그녀의 마음을 한없이 무겁게 만들었다.

'제나라의 황태자라는 분이, 어찌 이런 모습이시란 말입니까.'

힘없이 축 늘어진 은후의 모습에 눈물과 분노가 뒤엉겨 다은의 머릿속을 헤집고 있었다.

이내 다은은 매서운 눈빛으로 황제를 마주하곤 차갑게 말했다.

"저도 따라가야겠습니다. 저도 황궁으로 데려가 주십시오. 저는 이분과 혼인을 약조한 사이입니다."

"……!"

황후가 놀란 눈으로 다은을 물끄러미 바라보았다.

'혼인을 약조한 여인이었다니…….'

"려운, 어서 데려가거라."

다은에 말에 황제는 고개를 끄덕이며 려운에게 눈짓했다. 려운은 근처에 그가 타고 왔던 말이 있는 곳으로 향했다.

"아."

그러다 황제가 잠시 잊고 있었다는 듯 황후를 바라보았다.

"황후. 저 여인과 함께 그대도 황궁으로 돌아가시오."

"……?"

황후가 흔들리는 눈빛으로 황제를 바라보았다. 황제는 최대한 마음을 가다듬고 두 눈을 감았다 떴다. 그리고 조용히 말했다.

"말, 탈 줄 알 거라 믿소."

황후는 전에 그가 말을 제대로 못 탄다 핀잔을 주면서도, 말 타는 법을 가르쳐 주었던 것이 생각났다. 더불어 제운객주에 머물 때 은후 또한 말 타는 법을 가르쳐 주었었다.

"허나……."

"려운에게 말해, 말을 한 필 더 구하고 저 여인을 태워 함께 황궁으로 돌아가시오."

"폐하."

"제발!"

"……."

"그대를 잃으면, 나는 살 수 없어."

황제가 황후의 어깨를 붙든 채 떨리는 목소리로 말했다. 겉으로는 언제나 냉철하고 강인한 그였지만 황후의 목숨이 정말로 위태로웠던 순간, 그 순간을 떠올리면 어느새 그는 한없이 약해진 자신을 발견했다.

"알겠습니다."

그의 눈빛이 너무나도 간절해 보여서, 황후는 더 이상 아무런 말도 할 수가 없었다. 이내 그녀는 고개를 끄덕이고는 다은에게로 향했다.

은후가 아니었다면 자신은 지금쯤 영원히 두 눈을 감아 버렸을지도 몰랐다.

어떤 자가 목숨을 위협했는지는 몰라도, 이대로 가만히 당하고만 있을 수는 없었다. 이제 자신은 더 이상 예전의 가녀린 황후가 아니었다.

그녀는 마음을 굳게 먹었다. 그리고 눈물자국을 닦아낸 채 침착해지려 애썼다.

일단 은후를 살리는 것이 먼저였으니, 황제의 말대로 그녀는 황궁으로 최대한 환궁하기 위해 서둘러 움직였다.

황후와 그 일행이 사라진 것을 바라본 황제는 려운이 그들의 호위를 맡아 줄 수 있을 거라 믿고, 불안한 눈빛으로 사람들이 모여 있는 곳에서 벗어났다. 그리고 화살이 날아온 방향을 되짚어 보며 활을 쏜 자의 행적을 찾기 위해 빠르게 움직였다.

그는 이곳저곳으로 시선을 옮기며 발걸음을 옮겼다.

은후의 등의 박힌 화살의 각도로 볼 때 화살의 깃이 비스듬히 위로 향해 있었으니, 그것은 분명 높은 곳에서 화살을 쏘았다는 뜻이었다.

황제는 고개를 들어 위를 바라보았다. 화살이 날아온 방향을 더듬어 그 주변을 응시하던 황제는 사람이 올라가 활을 쏠 수 있을 만한 자리를 몇 곳 발견했다.

이내 그는 그 위에서 활이 날아온 쪽으로 시선을 옮기다, 한 점포를 지탱하고 있는 굵은 나무 기둥에 박혀 있던 화살을 찾아내었다.

그는 곧장 그 자리로 가서 화살을 뽑아들었다. 은후의 등에 박혀 있던 화살과 같은 것이었다. 잘못 날아간 화살. 그리고 다시 날아온 화살. 이것은 필시 황후의 목숨을 노렸다는 뜻.

그는 손에 든 화살을 그 어느 때보다도 차갑고, 싸늘한 눈빛으로 바라보았다. 그리고 이내 그 화살을 우드득, 부러뜨려 버렸다. 활을 쏜 자는 이미 행적을 감춘 채 사라지고 없었다.

이런 일에 능숙한 자임에 틀림없었다.

황제가 이를 악물었다. 황후를 찾은 지 얼마 되지도 않아 또다시 이런 일이 생기다니. 그는 이번에야말로, 자신의 반대편에 서 있는 자들을 확실히 제거하리라 굳게 다짐한 채 부러진 화살을 꽉 쥐었다.

*　　　*　　　*

"실패했군……."

화살을 쏜 채 처음부터 끝까지 모든 것을 지켜보고 있던 국영은 두 눈을 감았다. 혹여나 정체를 들킬까 그는 활을 쏘고 난 뒤 재빨리 지붕에서 내려와 몸을 숨기고 있었다.

재연에게 무슨 말을 해야 할까. 그는 입술을 깨물었다. 목숨을 바쳐서라도 지키고 싶었던 여인을 위해, 목숨을 내걸고 활을 쏘았지만 그마저도 실패해 버렸다.

이제 황제는 황후를 죽이려 한 자를 끝까지 찾으려 할 것이었다.

가뜩이나 황제가 자신을 찾고 있을 터인데, 황후의 죽음을 사주한 사람이 재연이란 사실마저 알게 된다면. 어쩌면 재연이 위험해지기 전에 자신이 나타나야 할지도 모를 일이었다.

이내 국영은 입 가리개를 스윽 올려 얼굴을 더욱 단단히 가리고 어디론가 향했다.

* * *

"저를 부르신 연유가 무엇입니까."

홍 재상이 하원전 안을 두리번거리며 불안한 눈빛으로 물었다. 그의 앞에는 의미심장한 미소를 짓고 있는 천 우와, 어두운 표정의 천 영이 있었다.

이윽고 홍 재상을 가만히 응시하던 천 우가 여유롭게 입술을 뗐다.

"이번에 재연이란 신녀를 황후로 만들지 못해 심려가 크겠소."

"……!"

천 우의 여유로운 미소와 달리, 홍 재상의 입술은 가늘게 떨렸다. 도대체 무슨 꿍꿍이인 것인지, 그는 이 두 명의 천 씨 형제를 번갈아 보며 그 속셈을 알아차리기 위해 애썼다.

천 우는 그런 홍 재상의 반응을 지켜보며 말을 이었다.

"어머니 곁에서 그리 자리 하나를 얻어 보려 애를 쓰시더니, 어느새 재상이 되었더군."

"그건……."

"홍 가(家)는 대대로 황제의 호위를 맡아온 가문. 그런 가문 출신으로 이 나라의 재상이 되었으니, 참 아이러니한 일이지."

"하고 싶으신 말씀이 무엇인지요."

천 우가 그의 심중을 곧바로 드러내지 않은 채 계속해서 돌려 말하자, 홍 재상이 이를 악물곤 물었다.

천 우는 그제야 무언가를 제대로 말할 시간이 왔다는 듯 씨익 웃었다.

"어차피 재연을 황후로 들이려던 것은, 재상으로서의 자리를 확고히 하기 위한 것일 터."

"……."

"영원히 천나라의 재상으로 머물고 싶다면……."

"……?"

"나를 천나라의 황제로 만들어 줘야겠소."

"……!"

홍 재상의 얼굴이 하얗게 질렸다. 주름진 그의 눈가에 미세한 떨림이 일었다. 홍 재상은 잠시 자신이 잘못들은 것은 아닌지 두 눈을 빠르게 깜박였다.

"지금 무어라 하셨습니까?"

그런 홍 재상의 반응을 예상했다는 듯, 천 우는 담담하게 답해 주었다.

"곧 천 휘가 더 이상 황제 자리에 앉아 있을 수 없는 날이 오면, 내가 천 휘의 형제로서 섭정을 할 수 있도록 도와주면 된다는 뜻이오."

*　　*　　*

"마마……."

다은이 침상 위에 누워 있는 은후의 손을 붙잡으며 흐느꼈다. 은후는 화살을 뽑아낸 뒤 지혈을 위해 천을 둘러 상처를 압박하고 있었다.

"어찌 타국에서 이런 꼴이시란 말입니까. 어찌 마마께서……."

다은은 아직 충격이 가시지 않은 듯, 두 눈을 감고 있는 은후를 붙잡고 눈물을 주체하지 못했다.

황후는 쉽사리 그에게 다가가지 못하고 은후와 다은에게서 몇 발자국 떨어져 그를 가만히 바라보고 있었다. 더 이상 다가갈 수가 없었다. 그에게 손을 뻗어보려 했지만, 자신 때문에 은후가 저리 되었다고 생각하니 너무도 무겁게 밀려드는 죄책감에, 발이 떨어지지가 않았다. 은후의 도움만을 받고, 정작 그에게는 아무것도 해 준 것이 없었는데, 그는 또다시 자신의 목숨을 구해 주었다는 사실이 그녀를 미치도록 괴롭게 만들었다.

"황후."

환궁하자마자 황후가 있는 곳으로 찾아온 황제가 그녀의 어깨에 손을 올리며 그녀를 불렀다.

황후는 자신의 손을 황제의 손등 위에 올리며 고개를 돌렸다.

"걱정 마시오. 깨어날 테니까."

"정말입니까. 정말…… 그는 살 수 있는 겁니까."

"내가 보았던 바로는, 꽤 강한 자요. 버틸 수 있을 것이오."

"제발……."

황후는 아픈 가슴을 쓸어내리며 황제의 가슴에 얼굴을 묻었다. 황제는 그녀를 한 팔로 감싸 안으며 눈앞에 누워 있는 은후를 가만히 응시했다. 그의 가슴팍이 어느새 젖어 버렸다.

이 여인의 눈에서 더 이상 눈물이 나지 않게 하려 했는데. 어째서, 또다시 눈물을 보고야 만 것일까.

서은후. 저자가 침상에 누워 있는 이 상황 속에서도, 황제는 황후가 다른 사내 때문에 우는 것에 마음이 아팠다. 너무도 이기적인 생각이라는 것, 잘 알고 있었다. 허나, 가슴이 저릿하다는 것이 이런 느낌일까.

그는 황후가 더 이상 우는 모습이 보기 싫어 그녀를 데리고 은후가 누워 있는 방에서 발걸음을 옮겼다.

은후의 곁에 혼자 남겨진 다은은 흐르던 눈물을 닦고 두 사람이 나간 자리를 응시했다.

방금 나간 분이 황제라면, 그 옆에 서 있던 여인은 황후일까. 황후이든 황제의 여인 중 하나이든 그것은 중요하지 않았다.

그녀는 이내 너무도 떠올리기 싫었던 그 순간을 다시금 떠올렸다.

은후가 그 여인을 위해 대신 활을 맞았다. 한 치의 망설임도 없이 그 여인을 감싸 안았다.

다은은 참을 수 없는 분노에 휩싸였다. 꽉 쥔 손등 위로 핏줄이 터질 듯 불거져 올라왔다.

역시, 천나라에서 자신이 모르는 무슨 일이 있었던 것이 분명했다. 아리따운 황후와, 제나라의 황태자마마 사이에.

* * *

"내가 그대를 데리고 나간 것이 잘못이었소."

황제가 황후를 침상 위에 앉히며 나직이 말했다. 황후는 슬픔이 얼룩진 눈동자로 황제를 바라보고 있었다. 어쩌면 그녀의 눈을 다시는 보지 못했을 수도 있다고 생각하니, 그는 아직도 가슴이 철렁 내려앉은 것만 같았다.

황후는 터져 나오려는 눈물을 애써 억누르며 입술을 꾹 다물었다. 정말로 은후가 죽으면 어쩌나 하는 생각이 그녀의 머릿속에서 떠나지 않았다.

받기만 한 채, 아무것도 해 준 적이 없었다. 그런데 이제는 그의 목숨까지 앗아가려 하고 있었다.

"제 목숨을 노리던 자가 있었습니까."

황후는 떨어지지 않는 입술을 겨우 떼며 물었다.

"……아무래도 그런 것 같소."

황제의 눈빛이 어두워졌다.

이내 황제는 그녀를 끌어안으며 낮은 음성으로 말했다.

"허나, 내가 말했지 않소."

온전히 느껴지는 그녀의 심장박동에, 그는 안도의 한숨을 내쉬었다.

이윽고 그가 두 눈을 감으며 나직이 말했다.

"그대는, 내가 지켜 준다고."

황후를 겨우 달래어 그녀가 잠이 들 때까지 지켜보고 나온 황제는 그제야 숨을 깊게 내쉬었다.

연주전을 벗어나 애련정에 멈추어 선 그는, 언제나 밝은 빛을 비추는 달을 물끄러미 올려다보았다.

어디서부터 시작을 해야 할까. 황후가 돌아왔고, 이제 서서히 황궁을 바로잡아 가려고 하는데 또다시 황후의 목숨을 노리는 자가 나타나다니.

그리고 그로 인해, 제나라의 황태자가 위중한 상태에 **빠졌다**. 황후의 신을 가져다주기 위해 잠시 그녀의 곁에서 떨어진 사이, 날아온 화살을 막지 못했던 자신 대신 제나라의 황태자가 그녀를 감싸고 있었다.

분명 그가 황후를 구해준 것에 대해 가슴 깊이 고마워하고, 받아들여야 하건만…… 어찌하여 자꾸만 눈앞에서 사라지지 않는 서은후란 자가 거슬린다는 생각이 드는 것일까.

황제는 힘겨운 숨을 내쉬곤 한 손으로 이마를 짚었다. 손바닥 안쪽에서 미열이 느껴졌다.

그리고 그런 그의 곁에, 어느새 려운이 다가와 섰다. 려운은 잠시 머뭇거리더니 이내 다른 이가 들리지 않을 만한 목소리로 속삭였다.

"그자가……."

려운의 말에 황제가 그 말이 사실이냐는 듯, 고개를 돌려 그를 바라보았다. 려운은 어두운 표정으로 고개를 끄덕였다.

*　　　*　　　*

침전으로 돌아온 황제는 가만히 앉아 은후를 떠올렸다.

황후가 알게 되면 얼마나…… 힘들어할까. 황제는 벌써부터 가슴이 저려 왔다.

비록 제나라의 황태자가 나서서 황후 대신 화살을 맞았다 할지라도, 황후는 자신 때문에 그가 그리 되었다 생각할 터였다.

서은후. 황후를 얼마나 생각하였으면, 한 치의 고민도 없이 날아오는 화살에 등을 내주었을까.

오랫동안 생각에 잠겨 있던 황제의 눈가가 어두워졌다.

그 마음이 어떤 것일지는 모르겠지만…… 황후의 목숨을 구해 준 대가로, 영영 그 마음을 모른 척하고 싶었다. 이제 와 불같이 화를 낸다고 해도, 이미 소용없는 일이었다. 앞으로 영원히 볼 수 없을 테니까.

황제는 짧은 한숨을 쉬며 피로한 눈가를 손으로 어루만졌다.

"폐하. 천 우 마마께서 오셨습니다."

문득 밖에서 천 우가 왔음을 알리는 환관의 목소리가 들려왔다.

황제는 피곤한 기색을 감추려는 듯, 두 눈을 감았다 뜨고는 대답했다.

"문을 열거라."

이윽고 열린 문 사이로 천 우가 들어섰다. 천 우는 황제를 마주하자 싱긋 웃고는 고개를 숙였다.

"황제 폐하를 뵈옵니다."

그러자 황제는 뭔가 이상하다는 듯 한쪽 눈썹을 치켜 올렸다.

"뜬금없이 황제 대접이라."

"황제 폐하께 황제 대접을 해드리는 건, 당연한 일이 아니겠습니까."

천 우는 생글생글 웃으며 여유롭게 대답했다. 황제는 어련하겠느냐는 표정으로 그가 온 이유를 물었다.

"어쩐 일이지."

"어쩐 일은. 잠이 하도 안 오기에, 너와 함께 차나 한잔하려고 온 것이다. 네가 솔잎차를 좋아한다고 하여, 내 특별히 솔잎차를 가져왔지."

천 우는 옆에 데려온 시녀가 들고 있는 솔잎차를 가리키며 말했다.

"솔잎차."

황제가 피식 웃으며 중얼거렸다. 언제나 있어도 없는 것 같았던 형제…… 겉으로는 우애가 좋은 척하면서 실은 서로의 속사정도 모르는 슬픈 관계였다.

"나쁘지 않은 제안이군."

황제가 나직이 답했다. 갑작스럽게 너무도 복잡해진 머릿속을 정리하고 싶은 이 때, 차 한 잔 정도는 마셔도 되지 않을까.

이윽고 천 우가 눈짓을 하자, 시녀는 천천히 움직여 조심스럽게 탁상에 찻잔을 내려놓았다. 그리고 머리를 조아린 뒤, 유유히 문밖으로 사라졌다.

탁자 앞에 앉은 황제는 김이 모락모락 나는 솔잎차를 들었다. 천 우가 황제의 앞에 마주 앉으며 말했다.

"살다 보니 이런 날도 있구나, 싶지 않느냐."

문득 진지해진 천 우의 말투에, 황제는 입가에 가져가려던 솔잎차를 내려놓고 그를 빤히 쳐다보았다.

이내 황제의 눈이 가늘게 여며졌다. 그는 들릴 듯 말 듯한 목소리로 낮게 말했다.

"나는, 원래 이런 날이 있기를 바랐다고."

"……?"

천 우가 멈칫했다. 아우의 말이, 너무도 깊숙이 박혀 들어와서 그는 한동안 아무런 대꾸도 할 수가 없었다.

그런 천 우의 침묵을 알아채지 못한 듯, 황제는 아무렇지 않게 말을 이었다.

"그나저나 언제 돌아갈 작정이지. 너무 황궁을 오래 비워 두는 것 아닌가."

황제의 물음에 천 우는 가까스로 정신을 일깨우곤 다시 특유의 여유로운 말투로 답했다.

"영과 나는 뭐……. 사실 있으나 마나 한 존재가 아니겠느냐. 애초에 강력한 황권 같은 건, 관심이 없었으니까. 그래도 다행인 것은, 내가 없어도 나라는 잘 돌아간다는 것이다."

천 우는 찻잔을 한 모금 음미했다. 그리고 재미있다는 듯이 덧붙였다.

"……나와 영의 황궁에는, 홍 재상 같은 능구렁이가 없거든."

"하."

천 우의 말에 황제가 기가 차다는 듯 실소를 터뜨렸다. 평소 대놓고 말을 하는 천 우의 성격을 알고는 있었지만, 역시나 신경을 긁으려고 온 것이었나. 황제는 미간을 좁히곤 낮게 말했다.

"타국에 이리 오래 나와 있으니 모르는 것이 아니고?"

"쿡⋯⋯. 그럴지도."

천 우가 피식 웃었다. 강력한 황권에 관심이 없는 것이 아니라, 제후국과 비슷한 성격의 지나라와 해나라는 천나라가 있는 이상 그 기세를 떨치기가 어려웠다.

더구나 자신이 있을 자리는 작은 해나라의 황제 자리가 아니라, 천 휘가 서 있는 저 자리였다. 천, 지, 해. 이 세 제국을 통일한 황제가 되는 것이⋯⋯ 돌아가신 어머니에 대한 복수이자, 그의 목적이었다.

천 우는 다시금 솔잎차를 음미하며 그 향을 느꼈다.

이리도 좋은 향이, 휘의 입가에 퍼지면⋯⋯ 고통의 향이 되겠지. 그는 보이지 않게 쓴웃음을 지었다.

"휘. 차가 식지 않느냐."

천 우가 김이 서서히 사라져 가는 황제의 찻잔을 바라보며 말했다.

"아."

이윽고 황제가 천천히 찻잔을 들었다. 천 우의 입가에 희미한 미소가 묻어났다. 찻잔을 입에 가져가는 휘의 입술에 천 우의 시선이 고정되었다.

'휘……. 나는 너무도, 오랜 시간을 기다려 왔다.'

시간을 거슬러 아주 머나먼 옛날. 어린 나날을 함께 자란 정을 끊어버린 건, 고통스럽게 죽어간 누군가의 피 때문이었다. 그리고 다시 피로써, 형제라 남아 있던 정마저 끊어버리는 순간.

'그리고 너의 따뜻한 형이고 싶었다.'

솔잎차를 한 모금 넘기는 휘의 목젖이 위아래로 움직였다. 이내 그가 찻잔을 내려놓으며 옅은 한숨을 쉬었다.

반쯤 감긴 그의 눈 아래로, 너무도 들키고 싶지 않았던 힘겨움이 내비쳐졌다. 이제야 속마음을 말할 때가 온 것일까. 솔잎차의 따뜻한 기운이 몸 안에 퍼지자, 그는 노곤해진 얼굴로 나직이 말했다.

긴장감이, 이상하게도 스르르 풀리고 있었다.

"……천 우 형님."

"그래, 휘."

천 우가 황제의 눈동자를 의식하며 옅은 미소를 지었다. 휘의 기억 속에 이리 웃고 있는 표정을 남기는 것도 나쁘지 않을 것 같았다.

"나는 그날 일에 대해……."

황제가 목구멍 아래로 쓴 침을 삼켰다. 어찌 말을 해야 할까. 분명 아무런 위로도, 도움도 되지 않는다는 것을 잘 알고 있었다.

그리고 그것을 알고 있었기에…… 여태껏 제대로 꺼내지 못했던 말이었다.

그런데 문득, 황제는 자신의 몸이 한없이 무겁게 느껴졌다.

"휘. 갑자기 왜 식은땀을 흘리는 것이냐."

천 우가 걱정스러운 얼굴로 물었다. 황제는 손으로 이마에 맺힌 식은땀을 닦아내며 미간을 좁혔다.

"머리가 어질하긴 하군."

"뭔가 할 말이 있는 듯한데 힘들면 다음에 이야기해도 된다. 그만 네가 쉴 수 있도록 차는 이만 마시는 게 좋을 듯하구나."

"그러는 것이 좋겠어."

황제는 힘겹게 고개를 끄덕였다. 최근 피로가 겹치기는 했지만 이 정도까지는 아니었다. 천 우의 말대로 쉬는 것이 좋을 것 같았다.

황제의 기색을 살피던 천 우가 찻잔을 내려놓고는 천천히 자리에서 일어섰다. 그리고 황제의 귓가에 나직이 속삭이는 그였다.

"네 마음…… 다 알고 있다. 허나 어쩌겠느냐. 우리의 운명이 이리 서러운 것을."

황제는 천 우가 무어라 속삭였던, 머리가 너무도 어지러워 그의 말뜻을 깊게 이해할 수 없었다.

이내 황제는 가까스로 정신을 차리며 지친 몸을 이끌고 침상 가까이로 다가갔다. 위급한 순간에 들었던 긴장이 이제야 풀려 버린 탓인가.

침상 위에 누운 그의 눈이 점점 감기고 있었다. 이마에 맺힌 식은땀이 관자놀이 부근을 타고 흘러내렸다. 갑자기 왜 이러는 것일까. 황제는 정신을 차려보려 애썼지만 입술을 비롯한 온몸이 마비되는 것처럼 저리기 시작했다.

* * *

햇살이 아프다고 느낀 적은 처음이었다. 황후는 방 안으로 쏟아지는 햇살에 눈을 뜨고 멍하니 햇빛을 마주했다.

지켜주겠다는 황제의 말 때문이었을까. 은후에 대한 죄책감과 불안함을 잠시나마 잊어버린 채 잠에 들고 말았다.

그리고 일어나 보니 어느새 아침이었다. 황후는 간밤에 은후에게 무슨 일은 없었는지, 은후가 깨어났는지 확인하기 위해 침상에서 몸을 일으켰다.

"마마, 저 리아입니다."

그때, 밖에서 리아의 목소리가 들려왔다. 황후는 머리를 정돈한 채 침상에서 내려오며 답했다.

"그래, 들어와."

문이 열리고 리아가 다가왔다. 평소와는 달리 무척이나 어두운 얼굴을 한 리아를 바라본 황후는 뭔가 이상하다는 듯 고개를 갸웃했다.

"표정이 왜 그러니?"

"마마……."

리아는 황후에게 가까이 다가와 고개를 푹 숙이고 있었다. 황후는 무슨 일이냐는 듯 리아를 물끄러미 바라보았다. 리아는 오랫동안 머뭇거리며 쉽사리 입술을 떼지 못했다.

"할 말이 있으면 어서 해."

끝내 답답함을 느낀 황후가 리아를 재촉했다. 이윽고 리아가 쓴 침을 삼키며 힘겹게 말했다.

"마마를 구해주신 분께서……."

"……?"

"어젯밤 돌아가셨대요."

"뭐……?"

황후가 그 자리에서 털썩 주저앉았다. 다리에 힘이 풀려버려서 있을 수가 없었다. 강인한 사람이라, 분명히 버텨낼 거라 믿었다. 그리고 그가 깨어났을 때 정말로 미안했다고…… 정말로, 고마웠다고 다시 말해주려 했었다. 헌데…… 어째서…….

황후가 자리에서 벌떡 일어섰다. 그리고 은후가 있는 곳으로 가기 위해 발을 내디뎠다.

"마마!"

"그럴 리가 없어. 네가 잘못 들은 거야."

황후는 성큼성큼 빠르게 걸어가며 말했다. 리아는 그런 황후의 뒤를 쫓아가며 걱정이 가득한 말투로 대답했다.

"마마, 지금 마마께서는 눈이 보이시지 않는 상태세요. 주변의 눈들을 생각해서라도 조심히 움직이셔야 해요!"

"……말도 안 돼. 아니야. 그럴 리가 없어."

그러나 황후는 아무것도 들리지 않는다는 듯 더욱더 발걸음을 빨리할 뿐이었다.

이윽고 은후가 있던 방에 도착한 황후가 문을 열고 들어섰다. 그러나 그곳에는, 서늘한 바람만이 빈 공간을 훑고 지나갈 뿐이었다. 식어 버린 방안의 차가운 공기가 황후의 뺨에 닿았다.

그녀는 흔들리는 눈빛으로 은후가 누워 있던 침상으로 시선을 옮겼지만, 은후는 그 어디에도 없었다. 은후와 혼인을 약조한 사이라던 여인도 어디론가 사라져 버렸다.

황후는 은후가 있던 침상 쪽으로 가늘게 떨리는 흰 손을 뻗었다.

"아아……."

가슴 깊숙한 곳에서 끓어 오른 슬픔에 그녀의 목이 메어 왔다. 황후는 아무런 말도, 아무런 행동도 할 수가 없었다. 그 자리에서 얼어붙은 몸이 이내 딱딱하게 굳어 숨조차 쉴 수 없도록 만들었다.

"황후마마."

그리고 그런 황후의 뒤로 려운이 다가왔다. 황후의 기침 소식을 전해 듣고 황제에게 문안 인사를 가기도 전에 들른 것이었다. 려운의 기척에도 황후는 미동 없이 은후가 누워 있던 침상을 응시하고 있었다.

"그자의 시신은, 제나라로 옮겨졌다 합니다."

"제나라……."

은후가 했던 말들이 하나둘 그녀의 머릿속에 스쳐 지나가기 시작했다.

　　―그렇죠. 제나라죠. 제 본국이…….

　　―또한 저는 이곳 제운객주의 숨겨진 주인이자, 제나라
　　의 황태자이기도 하지요.

"그분이 제나라의 황태자이시라는 것, 알고 계셨습니까."

황후가 허탈한 표정으로 말했다. 그러자 려운은 주위를 둘러보더니 황후가 있는 곳으로 한 발자국 더 가까이 다가서서 답했다.

"예. 폐하께 들어서 알고 있었습니다."

려운의 대답에 황후는 그를 돌아보았다.

"허면 폐하께서도 알고 계셨단 말입니까."

"……그러신 것 같습니다."

려운은 조용히 대답했다.

그러자 황후는 그 길로 황제가 있는 곳을 향해 발걸음을 옮기기 시작했다. 리아는 재빨리 황후의 뒤를 따랐다.

*　　　*　　　*

"마마. 보는 눈이 많으실지 모르니, 여기서부터는 제 부축을 받으세요."

천기전에 들기 전, 리아가 주위를 두리번거리며 황후에게 속삭였다. 그러자 황후는 마음을 가다듬고 리아에게 의지해 천천히 발걸음을 옮겼다.

그리고 황제의 침전 안으로 들어선 황후는 그가 있는 곳의 문앞에 멈추어 섰다.

"황제 폐하께서 아직 기침하지 않으셨습니다."

문 앞을 지키던 환관이 조용히 말했다. 그러자 황후는 다시 돌아가야 할까, 고민에 빠졌다. 그러다 그녀는 이내 차분하게 대답했다.

"그럼 다음에 오겠네."

"예, 마마."

황후는 초점이 없는 눈으로 리아의 부축을 받으며 뒤를 돌았다. 아무리 묻고 싶은 것이 많아도, 황제 역시 많이 놀라지 않았을까. 더불어 이제와 황제에게 은후의 정체를 알고 있었냐고 묻는 것이 무슨 소용이 있을까.

그녀가 움푹 팬 두 눈을 감았다 떴다.

평소에 잠이 많지 않은 분이라 들었다. 그런 분이 아직 깨지 않았다는 것에 그녀는 의아한 기분이 들었지만, 또다시 떠오른 은후의 죽음에 그녀의 가슴이 무너져 내리고 있었다. 황후의 발걸음이 더욱 무거워졌다.

백지장처럼 하얘진 머리가 그녀를 멍하게 만들었다. 이제는 눈이 보였음에도, 초점을 잃은 눈빛으로 황후는 한 발자국씩 움직였다.

이윽고 황후가 천기전을 걸어 나오던 순간, 갑자기 궁녀와 환관들이 우르르 침전 안으로 달려가기 시작했다.

"무슨 일이지."

혹 보는 눈이 있을까, 황후는 뒤를 돌아보지 않은 채 차분한 목소리로 말했다.

"여기 계세요, 마마. 제가 다녀올게요."

그러자 리아는 붙잡고 있던 황후의 팔을 조심스럽게 놓고 천기전 안으로 뛰어 들어갔다. 리아가 없는 동안 황후는 그녀의 뒤에 줄지어 선 궁녀들과 함께 그 자리에서 꼿꼿이 서 있어야 했다.

"황후마마. 천기전에는 어인 일이십니까."

그리고 그때, 누군가 황후에게 다가와 말했다. 조회를 위해 입궐한 홍 재상이었다.

'홍 재상.'

황후는 목소리의 주인이 누구인지 알았지만, 차갑고도 싸늘한 눈빛으로 허공을 바라보았다.

이제 눈이 보인다는 것을 밝힐 날이 머지않았다. 그때까지만, 긴장감을 늦추지 않으면 되었다.

이윽고 낮은 그녀의 음성이 울렸다.

"누구십니까."

홍 재상이 두 눈을 가늘게 뜨고 황후의 눈동자를 유심히 바라보았다. 보이는 것인지, 보이지 않는 것인지 헷갈리는 눈동자. 전에는 황후의 눈이 보이지 않는다 확신했지만 어딘가 달라진 느낌이 드는 것이, 왠지 자꾸만 의심이 되었다.

홍 재상은 미간을 좁힌 채 입술을 삐죽이곤 답했다.

"제 목소리를 아직도 잘 모르시다니, 섭섭합니다. 소신, 홍규용이옵니다."

"그렇군요."

"황제 폐하께 문안 인사를 드리러 오신 것입니까."

홍 재상이 입가에 미소를 띠며 물었다. 내궁 안에 틀어박혀, 문안 인사는커녕 모습조차 잘 드러내지 않던 분. 확실히, 황후는 다시 돌아온 이후 무언가 달라졌다.

"그렇습니다."

황후가 짤막하게 대답했다.

"황후마마! 마마!"

불현듯 다급한 리아의 목소리가 홍 재상과 황후 사이에 흘렀던 무언의 긴장감을 깼다.

"헉……. 헉……."

리아는 숨이 찬 듯 가슴에 손을 얹고는 황후의 앞에 섰다. 황후는 홍 재상이 앞에 서 있음을 의식해 최대한 담담하게 서 있었다. 홍 재상은 한쪽 눈썹을 치켜 올리곤 리아를 바라보았다.

"마마. 폐하께서…… . 폐하께서…… ."

"폐하께 무슨 일이라도 생겼다는 말이냐."

홍 재상이 두 눈을 번쩍 뜨고는 물었다. 리아는 황후의 옆에 서 있던 홍 재상을 힐끔 보더니 말해야 하나, 말아야 하나 잠시 간 머뭇거렸다.

"어서 말해 봐."

그때, 황후가 그런 리아의 기색을 눈치채고는 괜찮다는 뜻을 내비쳤다.

그러자 이내 리아는 두 눈을 질끈 감은 채 소리쳤다.

"폐하께서 위독하십니다!"

제5장

검은 입술

"뭐?"

"방금 뭐라 하였느냐?"

리아는 하얗게 질린 얼굴로 두 손을 모아 입으로 가져갔다. 믿을 수 없다는 표정이었다. 리아가 덜덜 떨리는 입술로 말을 이었다.

"폐하께서…… 중독되셨다 합니다…….”

"중독이라니!"

리아의 말에 홍 재상은 그 길로 황제의 침전으로 뛰어갔다. 침전으로 향하던 홍 재상은 순간 천 우가 자신에게 했던 말을 떠올렸다.

—곧 천 휘가 더 이상 황제 자리에 앉아 있을 수 없는 날
이 오면, 내가 천 휘의 형제로서 섭정을 할 수 있도록 도와
　주면 된다는 뜻이오.

　침전 안으로 들어서던 홍 재상의 발걸음이 점점 느려졌다. 그
는 잠시 넋이 나간 듯 두 눈을 깜박였다.

　"대체 어떻게……."

　이윽고 홍 재상은 문을 벌컥 열고 황제가 있는 곳으로 다가갔
다.

　그리고 황후가 리아의 부축을 받으며 홍 재상의 뒤를 따라 침
전 안으로 들어섰다. 리아의 말을 듣고 그 자리에서 생각할 틈조
차 없었다. 은후도 죽었는데……. 은후도 눈앞에서 사라져 버렸
는데……. 황제까지 이럴 순 없었다.

　마른침을 가까스로 넘기고 황제의 앞에 선 황후는 식은땀을
잔뜩 흘린 채 두 눈을 감고 거친 숨을 몰아쉬는 황제를 보고 무
너져 내렸다. 하마터면 다시금 다리에 힘이 풀려 주저앉을 뻔했
지만 이를 악물고 리아를 붙잡은 채 버텨내었다.

　하지만 자신의 앞에서…… 황제가 죽어 가고 있었다.

　창백한 얼굴과 대비될 만큼 퍼렇게 변한 그의 입술이, 열꽃이
핀 목선을 타고 흐르는 땀방울이, 너무도 아릿하게 그녀의 가슴
을 도려내었다.

　심장이 서서히 굳어 가고 있었다. 더 이상 뛸 수 없도록 무언

가 쥐어짜는 것처럼 너무도 가슴이 저려, 억지로 참고 있는 눈물이 금방이라도 쏟아질 것 같았다.

황후는 눈이 보이건, 보이지 않건 당장이라도 황제의 앞에 달려가 그의 손을 붙잡아 주고 싶었다.

곧바로 이성을 잃고 그에게 달려가기 위해 리아의 손을 뿌리치려 했지만, 그 순간 그녀가 멈칫했다.

"……!"

가까스로 의식을 유지한 채 힘겹게 고개를 돌린 황제와 두 눈을 마주친 것이었다.

그녀의 흔들리는 눈동자가 황제의 흐린 눈동자와 시선을 마주했다.

그는 더 이상 다가오지 말라는 듯 두 눈을 천천히 감았다 떴다.

여기서 무너지면 안 된다는 눈빛.

그녀가 원했던 일을, 그녀가 가슴 아파 힘겨웠던 나날들을 이제 와 잃어버릴 수는 없다는 뜻이었다.

그리고 그런 그의 뜻을 너무도…… 너무도, 쉽게 알아들어 버린 황후는 그 어느 때보다도 잔혹하게 입술을 깨물었다. 붉은 핏방울이 황후의 아랫입술 위에 번졌다. 다시는 이 입술을, 그의 앞에서 깨물지 않으리라 다짐했는데.

여기서 모든 것을 잃게 되는 것일까.

'안 돼…….'

소리 없는 아우성이 그녀의 가슴 속에서 거칠게 문을 두드렸다. 당장이라도 손을 뻗어 그의 얼굴을 어루만지고 싶은 충동이 온몸을 부르르 떨게 했다.

그것을 참아내느라 갈비뼈가 으스러지는 것과 같은 통증이 온 신경을 타고 손끝에 퍼졌다.

"황제 폐하께서는…… 어찌 되신 것입니까."

황후는 이성을 유지하려 치맛자락을 꽉 움켜쥐었다. 부들부들 떨리는 손이 보이지 않도록 더욱 세게 힘을 주었다. 푸르스름하게 변한 입술은 잠시라도 긴장을 놓는다면, 덜덜 떨릴지도 몰랐다.

"황후마마."

황후의 물음에 황제의 상태를 보던 어의가 다가와 말했다.

"폐하의 온몸에 독이 퍼졌습니다. 독이 퍼진 시간이 꽤 지난 것 같아 제가 어찌 손을 쓸 수가……."

코끝이 너무도 시려 와 붉어졌다. 쏟아져 내릴 것 같았던 눈물이 툭, 볼을 타고 흘러내렸다.

"어찌 아무도 몰랐단 말입니까."

황후는 그제야 눈물을 떨어뜨렸다. 모든 상황을 듣고 나서 받아들여야 하는 이 상황이, 그녀는 너무도 신물이 났다. 힘겹게 견뎌왔던 한 해. 그리고 그를 떠난 시간. 그동안 너무도 멀리 돌아 이 자리에 왔는데.

"폐하께서 평소와 달리 늦게까지 기침을 하시지 않아 이상하긴 했사온데…… 황후마마께서 다녀가시고 얼마 지나지 않아 안에서 폐하의 신음 소리가 들려왔습니다. 저희는 단지 아직 침수에 드신 줄로만 알고…….”

지밀 궁녀가 고개를 숙인 채 황후에게 고했다. 황후는 리아의 팔을 붙잡은 채 천천히 황제의 곁으로 다가갔다. 가늘게 떨리는 그녀의 목소리가 침묵을 갈랐다.

“정말 어찌할 도리가 없다는 것입니까, 어의.”

“폐하께서 독을 이겨내시지 않는 이상…… 어렵사옵니다.”

어의가 고개를 푹 숙였다.

아무런 생각도, 아무런 감정도 없는 것 같은 이 순간, 무슨 말을 해야 할까. 어떤 표정을 지어야 할까.

“모두들 나가거라.”

이윽고 황후의 낮은 목소리가 천기전에 울려 퍼졌다. 혼란스러운 와중에도 황후를 가만히 지켜보고 있던 홍 재상이 궁녀와 환관들에게 눈짓을 보냈다.

하늘의 아들, 천자가 죽어 가고 있었다. 하늘의 가호를 받고 있는 천나라의 주인이 침상에서 몸을 일으키지 못하고 있었다.

홍 재상은 천기전을 나서면서 허탈한 웃음을 터뜨렸다. 제정신이 아니라 해도 과언이 아닐 만큼 계속 실성한 사람처럼 웃음이 나는 것이, 온몸에 소름이 돋았다. 자신은 차마 생각하지도, 할 수도 없었던 일을 이리 쉽게 해 버리다니…….

그는 그 길로 하원전을 향해 가기 시작했다.

＊　　＊　　＊

"마마!"

벌컥—

홍 재상이 하원전 문을 벌컥 열어젖혔다. 천 우는 여유롭게 차를 마시고 있었다. 천 영은 어디론가 아침 일찍 사라지고 없는 듯했다.

"늦었군."

마치 그가 올 것을 알고 있었다는 듯, 천 우가 나직이 중얼거렸다.

차를 즐긴다는 것이, 이리 괜찮은 것인지 그는 새삼 깨닫고 있는 중이었다.

신뢰를 무너뜨리기도, 쌓기도 좋은 것이 다과라 하지 않았던가. 그가 간밤을 떠올리며 비릿하게 웃었다.

"정녕 마마께서……."

홍 재상은 천 우의 앞으로 한 걸음, 한 걸음씩 다가서며 주름진 입술을 뗐다.

"허면, 내가 허투로 그리 말했을까 봐?"

천 우가 찻잔을 내려놓으며 말했다. 홍 재상과 눈을 마주친 천 우의 눈동자에선 푸르스름한 냉기가 감돌고 있었다.

"아무리 그래도, 어찌 천나라의 황제 폐하를……."

새 황제를 세우기 위해, 현 황제를 시해하려 하다니. 홍 재상이 문밖과 천 우를 번갈아 보며 말끝을 흐렸다. 그가 생각해도 이건 너무 급작스럽고도 위험한 일이었다.

반역죄로 몰려 멸문지화를 당할 것을 감수해야 할 일. 자신은 황제와 대립하는 한이 있더라도 최대한 머리를 굴려가며 그 선을 넘지 않으려 했다. 아슬아슬하더라도 목숨 줄을 유지하려면 그편이 더 나은 것임을 알고 있었기 때문이었다.

그가 침을 꿀꺽 삼키자, 덩달아 그의 턱수염도 함께 움직였다.

"그대는 이미 내 계획을 알고 있었으니 나와 한배를 타고 있는 것이나 마찬가지지."

천우가 씩 웃었다.

홍 재상은 사색이 된 얼굴로 입을 다물지 못했다.

"허나……."

비록 자신에게 영원한 재상의 자리를 내어주겠다는 말에 혹하기는 하였으나, 천 우를 돕겠다 확실히 말한 것은 아니었기에 여차하면 발을 빼려 했었다.

"어차피 엎질러진 물이니, 그대는 입만 다물고 있으면 되는 것이 아닌가. 그리고 조용히 재상의 자리를 지키면 되는 것이지. 물론,"

"……?"

"그건 내가 섭정을 할 수 있도록 도왔을 때 해당되는 말이오."

고민에 빠진 홍 재상의 미간에 힘이 들어갔다. 재연이 황후가 되는 것도 무참히 무산되어 버렸다.

더불어 현 황후와 황제가 서서히 황궁의 주인으로서 온전한 자리를 잡아가고 있는 이 시점.

황제는 다시금 강해지고 있었다. 이 상황대로라면 천나라의 재상이라는 자리는, 허울에 불과한 자리가 될지도 몰랐다.

백 재상 또한 황후가 돌아온 이상 마음대로 처치해 버릴 수가 없었다.

무엇보다도 천 우의 계략을 알아버린 상황에서 더 이상 헤어 나올 수 없는 수렁에 빠져 버렸다. 이왕 이리 되어 버린 거, 새로운 황제를…… 추대해 볼 것인가. 홍 재상이 아랫입술을 잘근 물었다.

"너무 오래 기다리게 하는군. 언제까지 천 휘와 그리 아웅다웅 말장난만 할 생각이었나."

홍 재상의 고민이 길어지자, 천 우가 찻잔을 손으로 이리저리 굴리며 말했다.

"현 황후는 어찌하실 생각이십니까."

이내 홍 재상이 날카로운 눈빛으로 물었다. 그러자 천우가 굴리던 찻잔을 멈추어 세웠다.

황후의 두 눈이 보인다는 것을 말해 주어야 하는 것일까. 어차피 허수아비 황후였으니 그녀는 있으나 마나 한 존재였다. 그러니 조금 더 욕심을 내본다면…… 그녀를 그대로 두어도 되지 않을까.

조금만, 아주 조금만 미루자는 생각. 어딘가 솔직하지 못한 마음이, 그의 입을 잠가 버렸다.

"현 황후 또한 내가 알아서 할 터이니, 걱정할 일은 없을 것이
다."

홍 재상이 턱수염을 어루만졌다. 그리고 무언가를 골똘히 생
각하던 그의 두 눈이 반짝이기 시작했다.

'새로운 황제를 등에 업고 또다시 재연을 황후로 앉히면······.'

그리 되기만 한다면, 자신의 앞을 막을 자는 없었다.

홍 재상이 입꼬리를 스윽 올렸다. 그리고 천 우의 앞에 공손히
고개를 숙이며 답했다.

"새로운 황제 폐하를 모십니다."

그리고 그는 자신과 뜻을 함께할 자를 모으기 위해 서슬 퍼런
두 눈을 빛냈다.

*   *   *

"폐하."

리아마저 황제의 침전을 나가고 이 공간에는 황후와 황제, 단
둘만이 남겨졌다.

"제발······ 정신을 차려 보십시오."

황후는 그제야 두 눈에 주었던 긴장을 내려놓은 채 그에게 손
을 뻗었다. 그리고 황제의 뺨을 조심스럽게 어루만졌다. 그의 땀
에 축축하게 젖은 손바닥이 너무나도 서늘했다.

황제를 바라보던 그녀의 두 눈에서 눈물이 방울방울 그의 팔에 떨어졌다. 억지로 참아냈던 눈물이 그녀의 흰 뺨을 타고 쏟아져 내렸다.

"으흐흑……."

황후가 무릎은 꿇은 채 그의 옆에 주저앉았다. 파랗게 변한 입술에 손가락을 가져다 댄 그녀의 손끝이 너무나도 시렸다.

그녀의 입술 사이로 가슴 속에 잠가 두었던 절규가 터져 나왔다.

"폐하……. 제발 제 곁을 떠나지 마십시오. 제발……."

"……."

"내가 당신을 떠났을 때 이런 기분이었습니까."

"……."

"내가 당신에게 아무런 대답도 하지 않았을 때…… 이런 기분이었습니까."

그녀가 황제의 가슴에 얼굴을 묻고 흐느꼈다. 대답이 들려오지 않으리라는 것을 잘 알면서도 자꾸만 묻게 되는 것이, 이것이…… 진정 현실인 것일까.

눈물로 젖어 버린 그의 가슴 아래 심장박동이 너무 여리게만 들렸다.

불꽃이 금방이라도 꺼질 듯 위태롭게 타고 있는 것처럼, 그의 심장이 서서히 죽어 가고 있었다.

"지켜 준다 하시지 않았습니까. 저를, 이 어둠 가득한 황궁에서 지켜 준다 하시지 않았습니까…….”

황후가 여전히 그의 가슴에 얼굴을 묻은 채 찢어지는 가슴을 삼켰다.

온몸에 불길이 번진 듯 열이 오르고, 타들어 가는 목구멍이 목소리조차 나올 수 없게 만들었다.

“……황후.”

그리고 그런 그녀의 귓가에, 너무도 낯익은 목소리가 닿았다.

“……?”

이윽고 황후가 고개를 들고 그를 바라보았다. 황후는 순간 앞이 보이지 않았다.

먹구름이 몰려들 듯 눈앞을 가로막은 안개 때문에, 그의 얼굴을 제대로 볼 수가 없었다.

“폐하, 정신이 드십니까. 제발 죽지 마십시오. 제발 견디십시오.”

힘겹게 두 눈을 떠 황후를 바라본 그는 희미한 미소를 지으며 말했다.

“다행이군. 그대 얼굴을 볼 수 있어서.”

쿨럭— 이내 황제가 피를 토해냈다.

“폐하!”

황후가 놀라 그의 입가에서 흐르는 피를 닦아내었다. 덜덜 떨리는 그녀의 손이 피로 물들어 버렸다.

“걱정하지 마시오.”

두려움에 가득 찬 황후의 눈동자를 바라본 황제가 목에 남아 있는 핏물을 삼키곤 나직이 말했다.

밤사이 죽을 만큼 괴로운 고통 속, 모든 것을 내려놓은 채 두 눈을 감아 버린다면…… 정말로 영영 눈을 뜰 수 없을 것 같았다.

허나, 죽을 수 없었다.

"나는……."

그가 온 힘을 다하여 천천히 황후의 뺨에 손을 가져갔다. 눈물이 엉켜 엉망이 되어 버린 그녀의 차가운 뺨을, 그가 어루만지며 말했다.

"……그대를 두고 죽지 않아."

새벽녘이었을까.

잠시나마 정신이 들었을 때, 그는 아무런 기력이 없었다. 한마디 말을 토해낼 기력조차도, 몸을 일으킬 기력조차도 없었다.

갑자기 자신이 왜 이러는 것인지 그 연유도 모른 채, 그는 시간이 지날수록 의식이 희미해져 갔다.

온몸이 땀으로 젖어버리고 서서히 굳어가는 느낌이 들었다. 이대로 잠들어 버린다면 영영 일어날 수 없을 것만 같았다.

그리고 그 순간……. 그의 머릿속에 황후의 모습이 스쳐 지나갔다.

누군가를 잃게 될까, 평생 두려워하며 살던 자신이었다.

자신이 없다면 혼자 남겨질 황후 생각에 그는 의식의 끈을 놓을 수 없었다.

그녀가 또다시 울까 봐, 이를 악물고 버텨내야 했다. 그녀가 자신이 없는 이 황궁에서 다시…… 냉궁에 갇혀 살게 될까 봐. 다시…… 혼자가 될까 봐.

해서, 안간힘을 써 외쳤다. 문밖까지 들릴 수 있도록, 최대한 목소리를 낸 것이었다. 그리고 황후가 오기를. 혹시 모를 일에 대비해, 황후의 얼굴을 볼 수 있기를…… 바랐다.

"기다렸소."

황제는 안도하는 얼굴로 마른 입술을 달싹였다. 그리고 덧붙였다.

"그대가 오기를."

그는 여전히 희미한 미소를 짓고 있었다. 가늘게 휘어진 그의 눈이 어쩐지 너무나도 아파 보여서, 가슴에 가시가 박힌 듯 그녀의 심장이 따끔거려왔다.

"제가 안 오면 어쩌시려 했습니까. 어찌 이리도 미련하게 밤사이 앓고 계셨단 말입니까."

황후가 그의 옷자락을 움켜쥐며 소리쳤다. 황제는 그런 황후의 손을 말없이 잡아 주었다.

"이제 좀 쉬고 싶은데. 이만 나가 주겠소."

"허나……."

황후가 절대 안 된다는 듯 고개를 저었다. 그러나 황제는 잡은 그녀의 손을 자신의 가슴에 얹으며 말했다.

"두려워 마시오. 나는 언제나, 그대의 곁에 있을 테니까."

＊　　＊　　＊

그새 비가 내렸던 것일까.

어느새 축축하게 젖어 있는 땅 위를 황후는 비틀거리며 걸었다.

"폐하께서는 괜찮으실 거예요. 분명 버텨내실 거예요. 그러니 마마……."

리아가 천기전에서 걸어 나오는 황후의 곁을 따르며 말했다.

황후는 자신이 지금 땅 위를 걷고 있는 것인지, 금방이라도 가라앉을 것만 같은 물 위를 걷고 있는 것인지 구별이 되지 않았다.

두 눈에는 황제의 죽어 가는 모습만 보일 뿐, 그 외 모든 것은 회색빛으로 바래 버렸다.

"마마께서도 무너지시면 안 됩니다."

리아가 마른 입술을 앙다문 채 그녀를 바라보았다. 황후는 눈이 멀었을 때보다, 자신의 운명을 한탄하며 절규할 때보다도 더 생기를 잃어버린 눈동자를 하고 있었다.

"나는 무너지지 않아."

줄곧 입을 다물고 있던 황후가 입술을 떼며 말했다. 바싹 타

들어 가 거칠게 갈라진 입술이, 유난히 핏기가 없어 보였다.

"내가 무너지면, 황제 폐하께서도 버티실 수 없을 테니까."

이내 황후의 두 눈에 힘이 들어갔다. 그리고 리아에게 의지하며 걷던 걸음을 우뚝 멈춰 세우며 말했다.

"리아. 오늘 밤, 대신들을 모두 대전으로 불러야겠다."

*　　*　　*

"갑자기 저희들을 이리 급하게 모으신 연유가 무엇입니까."

그날 오후. 홍 재상의 사가 내 은밀한 장소로 하나 둘 모인 대신들이 자리에 앉으며 물었다.

언제쯤 상서 직으로 복귀할까 모두 황제의 눈치만을 살피던 이부, 예부, 호부 상서와 과묵한 표정의 병부상서가 홍 재상의 앞에 들러 앉았다.

홍 재상은 시선을 옮겨 문이 완전히 닫힌 것을 확인하고는, 모여 앉은 대신들을 향해 조용히 속삭였다.

"자네들, 지금부터 나와 함께 큰일을 도모해 볼 텐가."

"큰일이라니요?"

대신들의 시선이 일제히 홍 재상에게로 모아졌다.

홍 재상은 머릿속으로 천 우를 떠올리더니 이내 씩 웃으며 말했다.

"새로운 황제를 세우는 일."

"예?"

홍 재상의 말에 귀를 기울이고 있던 상서들의 두 눈이 커졌다. 그리고 혹 잘못들은 것은 아닌지, 자신들의 귀를 의심했다.

"그렇잖아도 황제 폐하께서 위독하다는 소식을 방금 듣고 오는 길인데 그 말이 사실인 것입니까?"

호부상서가 두 눈을 동그랗게 뜨고는 홍 재상을 바라보며 물었다.

"내 방금 확인하고 오는 길이네."

홍 재상이 여유롭게 말했다.

"허······."

호부상서가 얼이 빠진 표정으로 두 눈을 감았다 떴다. 갑자기 멀쩡하던 황제 폐하께서 위독하시다니, 그는 웃어야 할지, 울어야 할지 아직 실감이 나지 않았다.

그때 이부상서가 손에 깍지를 낀 채 엄지손가락으로 손등을 매만지며 말했다.

"허면, 새로운 황제 폐하께서는 저희들을 다시 상서로 받아 주신답니까."

"뭐, 그대들이 대업에 협력한다면 그리 어려운 일도 아니지."

홍 재상은 천천히 고개를 끄덕였다. 이미 천 우와의 대화를 통해 같이 일을 도모할 만한 자들을 포섭해 놓겠다 말해놓은 뒤였다.

"오호."

가만히 듣고 있던 예부상서가 턱수염을 만지작거렸다. 현 황제에게는 더 이상 들어갈 틈이 보이지 않았다. 궁에도 마음대로 들락날락하지 못한 채 황제의 눈치를 보는 것도 이제 지쳤다.

재연이 황후가 되기만 하면 다시 상서 직으로 복귀할 거라 여겼건만, 그마저도 물거품이 되어버렸으니…….

비록 목숨이 달린 일이긴 했지만, 지금은 황제가 위독한 상태.

예부상서를 비롯한 나머지 상서들은 모두 깊은 고민에 빠졌다.

"재상님께서 말씀하시는 새로운 황제 폐하가 누구십니까."

병부상서가 고개를 비스듬히 들고 미간을 좁히며 물었다. 그러자 홍 재상은 잠시 뜸을 들였다. 그리고 조용히 말했다.

"천 우 마마일세."

모두의 입이 떡 벌어졌다. 그분이라면 황제의 형제. 그리고 이미 해나라의 황제가 아니신가.

"어째서 천 우 마마께서…….."

호부상서가 믿을 수 없다는 듯 되물었다. 그의 반응에 홍 재상은 고개를 저으며 답했다.

"천 우 마마께서는 천나라, 지나라, 해나라를 하나로 흡수해 다시 통일된 연나라를 재건할 계획이시네. 우리가 그것을 돕는다면…… 우린 연나라의 일등공신이 되는 것이야."

홍 재상은 몸을 기울여 입가에 미소를 띤 채 속삭였다. 그리고 덧붙였다.

"어떤가, 모두들 나와 손을 잡겠는가?"

그의 말에 모두들 침을 꿀꺽 삼켰다. 이내 그들은 일제히 천천히 고개를 끄덕였다.

"저희들이 무엇을 하면 되옵니까?"

"황후가 오늘 밤 모든 대신들을 대전에 소집했다 하더군. 일단, 황제 폐하께서 위독한 것을 빌미로 섭정 문제를 거론하자고. 위급한 상황이니 그대들을 임시로 상서 직에 복귀시켜도 괜찮겠지."

*　　　*　　　*

"정녕 황후마마께서 대신들에게 급히 입궐하라는 명을 내리셨다고?"

"예."

"폐하께서 위독하시다는 말이 사실인가 보군."

수족에게서 황후의 명을 전달받은 백 재상이 미간을 찌푸렸다. 갑작스러운 비보로 인해 황궁이 소란스러워졌다는 사실을 안 것은, 조회에 황제가 나타나지 않아 헛걸음을 했다고 투덜대며 사가로 돌아오고 난 뒤였다.

"헌데 황후마마께서 어찌…… 대신들의 앞에 혼자 나타나시겠다 했단 말인가. 눈도 성치 않으신 분이."

백 재상은 재연의 황후 책봉 직전, 기다렸다는 듯 나타난 황후의 모습을 떠올리며 낮게 중얼거렸다.

아비인 자신이 보기에도 월은 어딘가 많이 달라져 있었다. 그날 월을 다시 본 순간, 왠지 모를 두려움이 엄습해 소름이 돋기도 했었다.

백 재상이 입술을 비틀며 매서운 눈으로 다시금 중얼거렸다.

"대체 무슨 생각인 거냐. 월아."

눈이 멀었다 하기에는 너무도 총명한 눈빛이었다. 초점이 없어 보이는 것 같긴 하나 그 흐릿한 눈동자로 모든 것을 꿰뚫어보고 있는 것만 같았다.

백 재상은 어두운 얼굴로 황궁에 갈 시간이 오기를 기다리기 시작했다.

*　　*　　*

폭풍과도 같았던 하루가 지고 어느새 날이 어두워졌다. 황후가 자신들을 불러 모았다 하니, 대전에 모인 대신들이 저마다 한마디씩을 하며 웅성거리고 있었다. 오후에 비가 지나간 뒤라 그런지 대전은 여느 때보다 소리가 잘 울렸다.

"황후마마 드십니다."

이윽고 환관의 목소리와 함께 대전의 문이 열렸다.

바닥에 사르락, 스치는 그녀의 치맛자락 소리와 함께 황후가 한 걸음, 한 걸음 안으로 들어서기 시작했다.

대신들은 황후의 등장에 일제히 머리를 조아린 채 예를 표했다.

황후가 황제 대신 제좌에 앉았다. 초점 없는 눈빛으로 허공을 바라보는 그녀의 붉은 입술이 빛에 반짝였다.

"황후마마."

이내 백 재상과 홍 재상이 맨 앞에 서서 다시금 머리를 조아렸다.

"내가 그대들을 이리 불러 모은 연유에 대해서는 모두들 짐작하고 있으리라 생각합니다."

황후가 붉은 입술을 떼었다. 그녀의 귀에 걸려 있던 귀고리가 옅게 흔들렸다.

"폐하께서 위독하시다 들었습니다."

백 재상이 앞서서 말문을 열었다.

"아직 원인은 밝혀내질 못했으나, 폐하의 몸에 독이 퍼져 있다 합니다."

"독?"

"독이라니!"

"폐하께서 어찌하여 독을 드셨단 말입니까? 혹 누가 폐하의 음식에 독이라도 탔다는 것입니까?"

황후의 말에 자세한 사정을 몰랐던 대신들이 다시 웅성거리기 시작했다.

황후가 조용히 미간을 찌푸렸다. 그녀도 줄곧 황제의 몸에 어떻게 독이 퍼지게 되었을까, 끊임없이 생각을 하고 있던 중이었다.

저들의 말대로 누군가 일부러 독을 타지 않는 이상, 폐하께서 독을 드실 리 없을 터.

대체 누가, 황제 폐하의 목숨을 노리고 독을 넣었단 말인가.

평소 드시던 수라에 문제가 있었다면 기미상궁이 알아차렸을 것이다. 그렇다면 수라가 아닌, 다른 것을 아무런 의심 없이 드셨다는 뜻.

혹시나 싶어 리아에게 황제 폐하께서 전날 드신 모든 것들에 대해 알아오라 명을 해 두었으나, 황후는 또다시 밀려드는 불안감에 한없이 초조할 뿐이었다.

그러나 마음을 굳게 먹으려 주먹을 꽉 쥔 황후의 손등에 핏줄이 불거져 올라왔다. 지금은 황제를 살리는 것이 더 중요했다.

이내 무겁고도 날카로운 황후의 목소리가 대전에 울려 퍼졌다.

"해서, 대책을 세우기 위해 그대들을 이 자리에 부른 것입니다."

그녀의 목소리에 웅성거림은 한순간에 사라져 버렸다. 황후는 이곳에 오기 전, 어의를 따로 불렀다.

―정녕 손쓸 방법이 없단 말입니까.

―그것이…… 한 가지 있긴 있사옵니다.

─그것이 무엇입니까?

─해독제를 찾는 것이옵니다. 허나 저도 처음 보는 독인
지라, 그 해독제가 무엇인지 알 수가 없어 그리 말씀드렸던
것입니다.

그녀는 어의와의 대화를 떠올리곤 두 눈에 힘을 주었다. 그리
고 대신들을 향해 한 글자, 한 글자가 명확히 들리도록 또렷하게
말했다.

"황제 폐하가 깨어나실 수 있는 유일한 방법은, 해독제를 찾는
것입니다."

"해독제……."

백 재상이 나직이 중얼거렸다. 다른 이들은 몰라도 백 재상 자
신에게만큼은 황제의 생사가 중요했다.

어찌되었든 황제의 장인이자 황후의 아비로 이 자리에 서 있
는 것이었으니.

"독을 넣은 자가 누구인지 밝혀내야 하지 않겠습니까?"

문득 백 재상이 물었다. 그러자 차분하게 대답하는 황후였다.

"밝혀내야지요. 제가 꼭 밝혀낼 것입니다. 허나 지금은 해독
제를 찾는 것이 우선입니다. 다만 누군가 황제 폐하의 목숨을 노
리는 자가 있다는 뜻이니, 천자궁 내 경계를 강화해야겠습니다.
앞으로 저 외엔 그 누구도 황제 폐하를 뵐 수 없을 것이니 그리
아십시오."

홍 재상이 두 눈을 가늘게 떴다. 황후가 무슨 꿍꿍이로 자신들을 불러 모은 것인지 아직 그 의중을 파악하지 못해 못내 불안해하던 그였다. 무엇보다도…… 지금의 황후는 예전의 황후가 아니었다.

천부궁에 틀어박혀 발걸음 소리조차 내지 않던 차가운 여인이, 지금은 제좌에 앉아 황후의 위엄을 드러내고 있었다.

황후가 보지 않는 척 그들을 스윽 훑어보았다. 황제 폐하의 편은 하나도 없는…… 너무나도 삭막한 이 황궁.

그녀는 환궁 이후, 자신의 두 눈이 보이지 않았다면 몰랐을 사실들을 하나둘 눈여겨보고 있었다.

재연을 황후로 책봉하려는 움직임에서부터, 황제에게 드리워진 죽음의 그림자에 놀라는 척하면서도 조용히 지켜만 보는 대신들.

그들은 그저 어찌하면 더욱 큰 권력을 손에 쥘 수 있을까 전전긍긍하는 자들일 뿐이었다.

그리고 그때, 그녀는 이 넓디넓은 궁 안에서 외로운 것은 자신뿐이 아니라는 것을 깨달았다.

황제, 그 또한 외로운 사람이었음을.

또다시 머릿속에 그려진 황제의 얼굴에, 그녀는 나약해져 버릴까 아랫입술을 세게 물었다. 아릿하게 느껴지는 통증이, 그녀의 정신을 더욱더 선명하게 일깨워 주었다.

"그리고 그 해독제를 찾는 자에게는,"

이윽고 황후가 입술 위 의미심장한 미소를 그리며 말을 이었다. 그러자 두 재상을 비롯한 대신들은 황후의 입술로 시선을 모았다.

그녀는 곧 백 재상을 재상이라는 자리에서 쳐내 버릴 생각이었다. 아무리 아비라 해도 딸의 두 눈을 이리 만들어 놓은 사람을, 절대로 무사히 둘 수 없었다.

그리고…… 어차피 서로 보이지 않는 권력을 위해 움직인다면.

황후인 자신이 앞서서 권력을 이용하는 수밖에.

"재상의 자리를 주도록 하지요."

*　　　*　　　*

"이제 되었습니까. 원하신 대로 처리한 뒤, 이곳으로 모셔온 것입니다."

어둠이 짙게 깔린 방 안. 한 여인이 침상 위에 누워 있는 누군가의 곁에 다가가 원망이 담긴 목소리로 말했다.

"누구를 위한 선택이셨습니까."

이를 악물고 서 있음에도 아직까지 가시지 않는 두려움에, 여인의 목소리는 미세하게 떨리고 있었다.

달빛 한 줌만이 새어드는 차갑고도 고요한 공간. 여인은 흰 천으로 감겨져 있는 사내의 가슴을 가만히 응시했다.

그의 고통이 마치 자신의 가슴에 전해진 듯, 이를 악문 그녀의 두 눈에 핏발이 섰다.

그녀는 차마 그를 오랫동안 바라보지 못한 채, 가슴 깊숙한 곳에서 차가운 숨결을 토해내며 침상 옆에 주저앉았다.

"어찌하여 제 생각은 조금도 안 해주시는 겁니까. 제가 우는 건, 보이시지 않는 겁니까……."

원망이 가득 담긴 커다란 눈망울. 다시금 그를 바라본 그녀의 머릿속에는, 한없이 피어나는 분노와 슬픔이 한데 엉겨 그녀의 정신을 흩뜨려 놓고 있었다.

이내 그녀의 눈에서 구슬 같은 눈물이 한두 방울씩 떨어졌다.

이윽고 침상 위에 누워 있던 사내가 천천히 감았던 두 눈을 떴다.

그가 잇새로 번지는 신음 소리를 애써 누르며 천천히 몸을 일으켰다. 그리고 천천히 손을 뻗어 그녀의 눈물을 닦아주며 말했다.

"……울지 말거라, 다은아."

"저를 항상 울게 만드시는 건, 마마라 하지 않았습니까."

다은이 은후의 손을 밀어내며 말했다.

갑작스러운 움직임에 은후는 자신의 등허리로 고통이 밀려드는 것을 느꼈다.

그러나 아픈 기색을 감추기 위해 양 미간을 좁히곤 애써 입술을 굳게 다무는 그였다.

이윽고 그가 굳게 다물었던 입술을 뗴었다.

"다은아."

따뜻하면서도 낮은 목소리.

다은은 문득 서러움이 밀려들었다. 언제나 모든 것이 귀찮다는 듯 자유분방함을 추구하며 사시던 분.

다은이 몸을 돌려 은후를 똑바로 바라보았다.

그녀의 커다란 눈망울 속에는 은후에 대한 원망이 가득 담겨 있었다. 다은의 붉은 입술 사이로 새어나온 날카로운 한마디가 은후의 가슴을 파고들었다.

"어째서 그 여인을 위해, 목숨을 내거셨던 것입니까?"

은후는 한동안 아무 말도 하지 않았다. 그러다 이내 단호하게 말했다.

"……그 여인은 천나라의 황후다."

천나라의 황후. 다은이 입술을 앙다물었다. 어렴풋이 짐작하고 있었다. 그 여인의 위치를 정확히 알게 된 것은 황궁에 오고 나서였다.

경황이 없어 처음부터 제대로 예를 갖출 수는 없었다. 함께 말을 타고 가면서도 아무런 말도 하지 않았다. 아니, 할 수 없었다.

"마마 또한 제나라의 고귀하신 황태자이십니다."

"너는 그저 모른 척 가만히 있거라."

"마마!"

"나는…… 내가 해야 할 일을 했을 뿐이다."

은후의 눈 밑이 어두워졌다.

월에 대한 마음은, 이미 접고 또 접었다. 접혀지지 않는 마음을 애써 접으려 수백 번, 수천 번을 노력하며 그렇게 접었다.

"천나라 황제의 신임을 얻으려면, 그보다 더 좋은 방법이 있겠느냐."

"……!"

은후의 말에 다은이 멈칫했다. 자신이 아는 마마는, 이런 분이 아니었는데.

다은이 자리에서 일어났다.

"그러다 정말 목숨을 잃기라도 했으면 어쩌시려 했습니까."

"누군가의 신임을 얻으려면 때로는 목숨을 걸어야 할 필요도 있다. 그 기회를 얻는 것이 오히려 쉽지 않을 뿐."

천나라 황제를 떠올린 은후의 입가에서 비릿한 미소가 묻어났다.

"정말 단지 그뿐이신 겁니까?"

다은이 두 눈에 힘을 주었다. 그의 입술은 웃고 있는데 눈은 자신을 바라보지 못하고 있었다.

문득 은후는 자신의 가슴 깊은 한구석을 들켜버린 것 같은 기분이 들었다

정말 단지 그뿐이었다. 단지, 천나라 황제의 신임을 얻을 수 있는 방법이라 생각해 등을 내준 것뿐이었다.

그는 아무것도 생각하지 않으려 두 눈을 감았다.

그러나 눈앞에 깔려버린 어둠 속에선 어째서……

거짓말을 하지 못하는 것일까.

무의식속에서 떠올린 황후의 모습이, 그의 머릿속 안개 사이에서 희미하게 그려져 있었다.

등을 파고든 화살의 고통보다, 황후의 등에 박혀 있었을 화살을 보는 고통이…… 더 클까 봐. 그녀의 웃는 모습을 영영 볼 수 없을까 봐.

그것이 두려웠던 것인지도 모른다.

그가 보이지 않게 고통스러운 숨결을 토했다. 그러나 이내 단호하게 말하는 그였다.

"……그뿐이다."

"헌데 어찌하여 목숨을 잃은 것처럼 위장하라 명하신 것입니까."

그저 다시는 황후의 앞에 나타나고 싶지 않아서. 나타나고 싶어도 나타나지 않기 위해서, 죽어버렸다 거짓말을 한 것이었다.

황후의 얼굴을 보지 않았던 시간들 동안은 그나마 견딜 만했었다.

그러나 다시금 황후의 웃는 얼굴을 마주하자마자 무너져 내리는 가슴은…… 애써 잊어보려 노력했던 마음을 무장해제 시켜버렸다.

창백했던 그의 얼굴이 점점 어두워지기 시작했다.

다은이 은후와 두 눈을 마주쳤다. 그러자 은후는 시선을 다른 곳에 둔 채 조용히 말했다. 다은에게는 이리 말해두는 것이 나을 것 같았다.

"내가 죽었다고 해야…… 이곳 천나라에게 제나라에 대한 큰 짐을 지울 수 있겠지. 단순히 감사의 인사로 끝날 것이 아니라. 제나라의 황태자인 내가 천나라 황후를 구하다 죽었고, 황제는 앞으로 그런 은인의 나라를 함부로 하지 못할 것이다. 죄책감에 빠져든 황후 또한 나의 본국인 제나라에 관한 것이라면 무엇이든지…… 두 발 벗고 나서지 않겠느냐."

"마마……."

다은이 흔들리는 눈빛으로 은후를 물끄러미 바라보았다.

너무도 차갑고, 감정이 없어 보이는 말투.

다은은 너무도 달라진 그의 모습에 그가 자신이 알고 있던 그 서은후가 맞는 것인지 의구심을 감출 수가 없었다.

"나는 곧 조용히 제나라로 돌아갈 생각이다."

"예? 허면 마마께서 이곳에 있던 시간들은……."

"결코 헛되지 않았다. 나는 내가 경험하고자 했던 것들을 경험했고, 원하는 것들을 모두 이루었다. 황제 자리를 위한 천나라와의 동맹 문제는…… 제나라로 돌아가면 사신을 보낼 생각이다."

*   *   *

"이제 모든 준비는 끝났다. 영."

천 우가 침상 위에 누워 있던 영에게 다가가 말했다. 영은 한쪽 팔을 이마에 댄 채 빛을 보기 싫다는 듯 두 눈을 가리고 있었다.

"헌데 방금 들은 재미있는 이야기가 하나 있다. 황후가 해독제를 찾는 자에게 재상의 자리를 주겠다 했다더군."

"재상의 자리라."

천 영이 팔을 내리고 두 눈을 떴다.

"그 독은 다른 나라에서 특별히 들여온 것이라 천나라에선 절대로 구할 수 없을 것이다. 허면 휘는······."

"곧 죽겠지."

천 영이 냉소적인 말투로 답했다.

"해서 홍 재상이 어제 섭정을 거론하려던 사이, 황후가 제좌에 앉아 제대로 된 황후 노릇을 하려 하니 재미있지 않느냐."

천 우가 고개를 비스듬히 기울이며 재미있다는 듯 미소 지었다.

천 영이 옅은 한숨을 내쉬었다. 그리고 천 우를 등진 채 돌아누웠다.

"그래 보았자, 여세는 내게 기울게 될 것이다. 황후를 지지하는 자는 아무도 없을 테니. 심지어 황후의 아비인 백 재상까지도 말이다. 참, 너는 내가 시킨 대로 잘 했느냐?"

"그 아이, 내일 아침에 입궐할 수 있도록 해놓았어."

"그래. 일이 어째 잘 풀리는구나. 내일이면…… 드디어 모든 것이 시작되겠지."

＊　　　＊　　　＊

하루, 하루를 견뎌내는 일. 더는 하고 싶지 않았다. 그러나 아무리 고통스러워도 아침은 늘 왔고, 햇살은 또다시 고통의 하루가 시작되는 것을 알렸다.

"으음……."

황후가 천천히 두 눈을 떴다. 밤새 황제의 침상 곁을 지키다 잠이 들었던 것일까. 눈을 떠 보니, 두 눈을 감은 채 아무런 미동 없이 침상 위에 누워 있는 황제가 그녀의 눈에 들어왔다.

황후는 그의 이마와 목선에 맺힌 식은땀을 닦아주려 손을 뻗었지만, 무언가 그녀의 손을 꽉 잡고 있어 그럴 수가 없었다.

"아……."

황후는 자신의 손을 잡고 있는 황제의 손을 물끄러미 바라보았다.

언제 잡았던 걸까. 아무 말 없이 맞잡은 손을 바라보던 황후는 반대쪽 손을 그의 손등 위에 얹었다. 그녀의 손 안에 남아 있던 따뜻한 온기가 그의 차가운 손등을 감쌌다.

"폐하. 조금만 견뎌내십시오. 제가 꼭 폐하를 살릴 것입니다."

황후의 나직한 목소리가 황제의 귓가에 닿았다. 황후는 알 수 없었으나 그사이 황제는 강한 정신력으로 독을 이겨내기 위해 버티고 있었다. 그는 의식의 끈을 놓지 않기 위해 그녀의 목소리에 집중하고 또 집중했다.

비록 입술을 뗄 힘조차 없어, 그녀에게 대답을 해주지는 못했지만 그는 대답 대신 그녀의 손을 꼭 쥐었다.

"······?"

황후가 고개를 들어 그를 바라보았다. 그리고 그녀 역시 그의 손을 꼭 잡으며 마른 입술을 뗐다.

"언젠가 폐하께서도 잠든 제게 이리 조용히 말을 건네신 적이 있으셨지요."

"······."

"실은 잠들지 않았었습니다."

"······."

"폐하의 한마디, 한마디가 좋아서······ 잠이 들 수 없었습니다."

"······."

그녀가 황제가 한 손으로 그의 이마의 머리카락들을 부드럽게 넘겨주었다.

"황후마마."

그때, 밖에서 황후를 부르는 환관의 목소리가 들려왔다. 황후는 고개를 돌려 문밖을 응시하곤 답했다.

"무슨 일이냐."

"조회를 위해 대신들께서 조당에 모였사옵니다."

"폐하께서 위중한 상태이신데 무슨 조회를……."

황후가 미간을 좁혔다. 이내 그녀는 황제를 바라보곤 차분하게 말했다.

"폐하. 잠시만 다녀올 테니, 절대 의식을 잃으시면 안 됩니다."

그녀는 그의 손등을 어루만지곤 잡고 있던 천천히 손을 빼내었다. 그리고 잠시 머뭇거리는 그녀였다.

이내 황후는 천천히 몸을 숙여 그의 이마에 짧은 입맞춤을 했다. 슬픈 눈빛으로 그를 바라보던 황후가 곧 밖의 리아를 불렀다.

"리아."

그러자 리아가 조심스럽게 안으로 들어와 자연스럽게 황후의 팔을 붙잡았다.

"조당으로 가자."

리아는 고개를 끄덕이곤 황후를 부축하듯 함께 발걸음을 옮기기 시작했다.

＊　　＊　　＊

"황후마마 드십니다."

황후가 리아와 함께 대전 안 조당으로 들어섰다. 황후의 등장에 대신들은 모두들 고개를 숙였다.

고개를 꼿꼿이 세운 채 창백한 얼굴로 대신들을 가로질러 걷던 황후가 제좌 앞에 서서 대신들을 마주했다.

초점이 없는 두 눈동자는 언제부터인가 여전히 그 연유를 알 수 없을 만큼 빛나고 있었다.

마치 자신들을 차갑게 바라보고 있는 것처럼.

이내 황후가 대신들을 향해 낮은 목소리로 말했다.

"갑자기 이리들 모인 이유가 무엇입니까."

황후의 물음에 대신들은 머뭇거리듯 서로의 눈치만을 보고 있었다. 그러자 늘 그렇듯 나서서 말하는데 거리낌이 없는 홍 재상이 먼저 주름진 입술을 뗐다.

"폐하께서 위중하시다는 것은 소신들도 잘 아는 사실이오나, 시급한 국정문제에 대해 두 손 놓고 있을 수는 없기에 간청드릴 것이 있어 이리 모였사옵니다."

홍 재상의 말에 모두들 고개를 끄덕였다. 백 재상은 어두운 얼굴로 바짝 타들어가는 입술을 달싹이고 있을 뿐이었다.

"간청할 것이 무엇입니까."

황후는 뭔가 이상한 낌새를 눈치챘다. 그리고 보지 않는 척하면서도 홍 재상을 유심히 바라보았다.

"황제 폐하를 대신해 누군가 섭정을 하셔야 할 것 같습니다."

"섭정이요?"

"예. 오래 전부터 본국에는 황제 폐하께 병 또는 그 밖의 사정이 생겼을 때 폐하를 대리해서 나라의 통치를 대신하는 제도가 있었지요. 지금이 그 섭정이 필요한 시기이옵니다."

"허면, 제가 폐하를 대신해 섭정을 하면 되겠군요."

황후가 담담하게 말했다. 그러자 홍 재상은 잠시 뜸을 들이는 듯하더니, 이내 조목조목 따져가며 대답했다.

"마마께서는 오랜 시간 동안 혼자 계시어 정치에 관해 아무것도 모르시질 않습니까. 더구나 눈 또한 성치 않으시니 상소를 읽으시고 옥새를 제대로 찍으실 수 있겠사옵니까."

"뭐라구요?"

기가 차다는 얼굴을 한 황후는 하마터면 홍 재상을 바라볼 뻔했다. 부들부들 떨리는 손에 힘을 주어 꽉 쥐었다.

훗날을 위해서 두 눈이 보인다는 사실은 나중에 밝히려 했는데 이런 식으로…… 말문이 막혀버리다니.

그녀는 순간, 자신의 두 눈이 보인다는 사실을 밝혀내고 싶다는 충동에 휩싸였다.

그러나 곧 마음을 굳게 먹는 그녀였다. 눈에 대한 비밀은, 모두를 한 번에 무너뜨릴 마지막 열쇠가 되어야 했다.

그녀가 매서운 눈빛으로 생각에 빠진 사이, 홍 재상이 조용히 덧붙였다.

"아뢰옵기 황공하오나 소신은 천나라의 충신으로서 현실적인 간언을 드린 것이옵니다."

그러자 나머지 대신들도 조용히 고개를 끄덕였다.

"허면, 그대들이 생각하는 사람은 누구입니까."

황후는 다시금 마음을 가다듬고 침착하게 물었다.

"저희가 생각하는 분은 바로…… 천 우 마마이옵니다."

"……!"

홍 재상의 말을 들은 황후의 머릿속이 하얗게 변했다. 갑자기 거론된 '천 우'라는 이름이, 한동안 깊은 물 속에 잠겨 있던 배가 수면 위로 떠오르듯 선명히 그녀의 머릿속에 각인되었다.

그리고 그때, 홍 재상의 맞은편에 서 있던 백 재상이 기어들어 가는 목소리로 말했다.

"마마, 저 또한…… 해나라의 황제 폐하시고, 현 황제 폐하의 형님이신 천 우님이 섭정을 하시는 것이…… 천나라를 위해 좋을 것 같사옵니다."

아버님까지. 황후가 자신도 모르게 실소를 터뜨렸다. 아버님이라면 그래도 황후인 자신을 끝까지 옹호해 주실 줄 알았다.

아니, 옹호까진 바라지 않아도 자신이 황후 자리에 온전히 앉아 있길 바란다면 적어도, 자신의 편을 들어주어야 하는 것이 아닌가.

불현듯 황후는 머리가 어지러웠다. 그녀가 한 손으로 이마를 짚었다. 굳이 반대를 해야 할 연유는 없었지만 왠지 모를 불안감이 자꾸만 들고 있었다.

그래서 쉽게 고개를 끄덕일 수가 없는 것이었다. 허나 홍 재상의 말대로 정치에 관하여선 아무것도 모르는 자신이 무작정 섭정을 할 수는 없는 노릇이었다. 황후는 한쪽 눈썹을 치켜 올리곤 마른침을 삼켰다.

"허나 천 우 마마께서도 다스리셔야 할 나라가 있지 않습니까. 지금도 꽤 오랫동안 자리를 비우신 것으로 알고 있는데."

황후의 물음에 홍 재상은 전에 천 우에게서 들은 대로 대답했다.

"천 우 마마의 해나라는 중앙집권인 천나라와 달리 각 영토를 제후들이 다스리고 있사옵니다. 천 영 마마의 지나라도 마찬가지구요. 해서, 두 분 마마의 나라들은 황제 폐하께서 자리를 비우셔도, 그 기간이 터무니없이 길어지지만 않는다면 그리 큰 문제가 되진 않습니다."

"……."

그의 말을 들은 황후는 더 이상 아무런 대꾸도 하지 않았다.

홍 재상은 그런 황후를 유심히 바라보더니 이내 몇 마디 더 덧붙였다.

"말씀드렸다시피 천 우 님께서도 너무 오랫동안의 섭정은 어렵사옵니다. 마마께서도 천나라와, 그런 천나라를 힘겹게 일구고 계신 황제 폐하를 위하신다면…… 받아들이심이 어떠하겠사옵니까."

천 우. 황후는 이러한 상황에서 어찌해야 할지 물을 사람이 자신의 곁에 아무도 없다는 것이, 너무나도 절망스러웠다.

분명 홍 재상의 말대로 천나라를 위해서 더 나은 길이 있다면 수긍해야 하는 것이 옳을 진데, 왜 이리도 불안한 것일까.

허나 좀 알 수 없는 구석이 있기는 해도, 황제 폐하를 생각하는 마음과, 냉철한 이성을 가진 천 우를 믿어 보아야 하는 것일까.

"……황제 폐하께서 기운을 차리실 때까지만입니다."

황후가 붉은 입술을 뗐다. 지금은 어떻게든 황제 폐하를 돌보고, 그가 독을 이길 방법을 찾는 것에 집중해야 했다.

그러나 천나라의 국정 또한 모른 척할 수는 없으니 당분간만 천 우에게 맡기는 것이, 지금으로선 최선의 방법일지도 모를 일이었다.

황후의 대답에 홍 재상의 입꼬리가 올라갔다. 새로운 재상은 무슨. 해독제를 찾기도 전에, 아마 황제가 바뀌어 있을지도 모를 일이었다.

백 재상은 뭔가 찜찜한 기분이긴 했지만 그저 묵묵히 입을 다물고 있을 수밖에 없었다. 그는 지난밤을 떠올리며 침을 꿀꺽 삼켰다.

─백 재상. 나를 도와주면, 황후의 자리만큼은 건들지 않겠다 약조하지.

─그것이 무슨 뜻이옵니까?

─나는 곧 이곳 천나라를 가질 생각이고 허면, 황후는 어찌할지 고민이오. 헌데 백 재상이 내게 적극적으로 협조한다면…… 후에 황후를 내 비로 맞아들이겠소.

—예? 마마께서 천나라를…….

—그리되면 백 재상 그대는 또다시 황제의 장인이 되겠
군.

그나마 이전까지는 황제가 있어 큰 소리도 낼 수 있었다. 그러
나 현재 황제가 위독한 상태에선 자신의 자리는 허울에 불과했
다.

온갖 수를 써서 지켜낸 이 자리를 다시금 지켜내려면, 천 우의
편에 서는 수밖에 없었다.

"허나, 천 우마마께서 아무리 섭정을 하신다 해도, 제가 이곳
천나라의 황후라는 것은 명심해야 할 것입니다."

황후가 단호하게 말했다. 그리고 그녀는 그 길로 조당에서 벗
어나 천 우에게로 향했다.

천 우가 이 사실을 모를 리는 없을 것이었다.

그는 무슨 생각을 갖고 있는 것인지, 앞으로 어찌 할 것인지
알아보려면 그를 만나보아야 했다.

*   *   *

"황후마마, 이곳엔 어인 일이십니까. 참으로 오랜만에 뵙는 것
같사옵니다."

마치 그녀를 기다리고 있었다는 듯, 열린 문 앞에서 정갈한 옷

차림을 한 천 영이 눈웃음을 지으며 맞이했다. 초점 없는 눈빛으로 허공을 바라보며 고개를 끄덕인 황후는 열린 문 안으로 천천히 발걸음을 옮겼다.

안으로 들어서자마자 느껴지는 익숙한 향이 순간 그녀를 멈칫하게 했지만, 이내 그녀는 그럴 리가 없다는 듯 속으로 고개를 저었다.

그리고 어서 빨리 천우를 만나야겠다는 생각에 굳게 다물고 있던 입을 열었다.

"천 우 마마께서는 어디 계십……."

그리고 순간.

그녀는 자신의 앞에 다가온 너무도 익숙한 얼굴에…… 할 말을 잃고 말았다.

"향……?"

"언니?"

"정말 향이야?"

황후는 자신의 앞에 서 있는 여인을 보고 믿을 수 없다는 듯 한동안 벌어진 입술을 닫지 못했다.

미세하게 흔들리는 그녀의 눈동자 속에 향의 모습이 담겼다.

"……!"

그리고 천 영이 멈칫했다.

'황후의 눈이…… 보였어?'

"언니……. 대체 그동안 어떻게 지낸 거야."

향이 황후에게 와락 안겨 그녀를 꼭 끌어안았다.

황후는 멍한 얼굴로 자신의 품에 안겨 있는 향을 물끄러미 바라보았다.

너무도 오랜만에 만나는…… 동생.

"향아."

"응, 언니."

이내 황후는 향을 꼭 끌어안고 얼굴을 묻었다. 그토록 그리웠던 가족의 품에 안긴 탓이었을까.

황후는 자신도 모르게 긴장이 스르르 풀려 하마터면 마음 놓고 소리 내어 울어버릴 뻔했다.

황제가 온전히 일어날 때까지 절대로 흘리려 하지 않았던 눈물.

황후는 복받쳐 오르는 눈물을 꾹 눌러 담고 또 담았다. 너무도 오랜만에 보는 동생이 반가워서, 그리고 그동안 볼 수 없었던 서러움이 밀려들어서 터져 나오려는 눈물을 애써 참으며 그녀는 향을 안았던 팔을 풀었다.

그리고 슬픈 눈빛으로 향을 마주하곤 향의 얼굴을 조심스럽게 어루만지는 그녀였다.

"나는 황궁에서 잘 지냈어."

황후가 입가에 희미한 미소를 띤 채 말했다.

'거짓말.'

향이 한쪽 눈에서 눈물을 한 방울 떨구었다. 황후의 웃는 얼굴과 그 위에 드리워진 검은 그림자가 겹쳐 보였다.

"언니."

문득 향이 굳은 얼굴로 월을 올려다보았다.

"……눈이 보여?"

"아."

황후가 그제야 자신이 긴장의 끈을 놓아버린 채 향을 바라보았던 것을 깨달았다.

그동안 그렇게 무수한 상황 속에서도 눈이 보인다는 것을 들키지 않으려 애를 썼는데.

너무도 오랫동안 보지 못했던 동생을 만나던 순간…… 그만, 그녀 안의 이성을 잃고 말았던 것이었다.

황후의 얼굴이 한없이 어두워졌다. 불안감에 휩싸인 그녀의 거친 입술이 무언가 말을 할 듯 말 듯 달싹이기 시작했다.

"저……."

이내 불안한 눈동자를 한 황후가 향과 천 영을 번갈아 바라보며 입술을 떼자, 불쑥 향이 월의 어깨를 붙잡으며 말했다.

"정말 눈이 보이는 거야? 정말?"

"그게……."

"그리고 저자…… 아니, 저분이 나를 언니와 만나게 해주신 거야."

"뭐?"

향의 말에 황후가 천 영을 바라보려다 멈칫했다. 그리고 어떻게든 의심을 피해 보려 눈이 보이지 않는 척 초점 없는 눈빛으로 허공을 응시하려 했으나, 누군가 문을 열고 유유히 안으로 들어왔다.

"황후마마?"

천 우가 황후를 바라보며 고개 숙여 인사하곤 싱긋 웃었다. 이내 그는 한자리에 모여 있는 천 영과 향, 그리고 황후에게로 시선을 주었다.

"천 우 형님. 황후마마께서……."

천 영이 입술을 지그시 깨물었다. 그는 황후의 눈이 보인다는 사실을 천 우에게 알려야 하는 것인지에 대한 갈등에 빠졌다.

분명 천 우에게도, 자신들의 계획에도 도움이 될 것이다. 그런 엄청난 약점을 잡은 것인데도…… 어쩐지 입술이 떨어지지가 않았다.

황후는 천 영이 천 우에게 눈에 대한 사실을 말하지 않기를 간절히 바랐다.

그녀의 가슴이 긴장감으로 가득 차 둔탁한 소리를 울리며 빠르게 쿵쾅거렸다.

이내 천 영이 입술을 뗐다.

"……형님을 뵙고자 하십니다."

"……!"

황후가 마른침을 넘겼다. 언제 밝힐지는 모르겠지만, 적어도 지금은 천 영이 모른 척 넘어가 준 것이었다.

"오실 줄 알았습니다."

천 우는 다시금 싱긋 웃으며 황후를 탁자 앞으로 안내했다. 황후는 눈이 보이지 않는 척 허공을 바라보며 한 걸음, 한 걸음 옮겼다.

그런 황후를 바라본 향이 이상하다는 듯 미간을 좁혔다. 그러나 이내 황후에게 뭔가 깊은 뜻이 있으리라 믿은 채 덩달아 눈에 관해 입술을 다무는 그녀였다.

탁자 앞에 앉은 황후가 초점 없는 눈빛으로 말했다.

"헌데 제 동생인 향이 어찌 이곳에 있는 것입니까."

"아. 그간 황후마마께서 오랫동안 동생을 만나지 못하셨다 들었습니다. 해서, 제가 입궐을 하실 수 있도록 도왔지요. 천 영을 통해서요."

"제 아버님도 아십니까."

"글쎄요."

천 우가 아차 싶었다는 듯 어색하게 웃었다. 그러자 황후는 두 눈에 힘을 준 채 나지막이 말했다.

"제 아버님께서 아시면……."

그동안 절대로 향을 만나지 못하도록 하신 분인데. 황후는 이게 어찌 된 일인지 알 수 없어 머리가 아파 왔다. 모든 것들이 한꺼번에 일어나고 있었다. 예상치 못한 일들이 한꺼번에 그녀에게 달려들어 자신을 혼란스럽게 만들고 있었다.

"그건 걱정 마. 아니, 걱정 마세요, 황후마마. 제가 알아서 말씀드릴 것입니다."

향이 황후에게 다가와 자신에 찬 얼굴로 말했다.

향은 백 재상이 위험하고도 무서운 인물이라는 것을 모르고 있었다. 황후는 그런 그녀에게 어떻게 말을 해야 할지, 답답할 뿐이었다.

"향, 일단 너는 연주전에 가 있어. 리아."

황후가 밖의 리아를 불렀다.

"예, 마마."

그러자 리아가 들어와 황후의 옆에 섰다.

"향을 연주전으로 데려다 줘."

"예. 아씨, 이쪽으로……."

리아 역시 갑작스러운 향의 등장에 황후 못지않게 놀랐지만, 이내 침착한 얼굴로 향을 데려가려 그녀에게 다가갔다.

향은 쉽사리 발길이 떨어지지 않았지만, 아까부터 어딘가 어두워 보이는 월에게 더 이상 이것저것 물을 수 없었다. 너무도 반가운 언니와 몇 마디 나누지도 못한 채 다른 곳으로 가야 한다는 사실이 향은 무척 불안했다. 또한 지금 이 순간이 꿈인 것만 같아 의심이 되기도 했지만, 결국 그녀는 월을 믿기로 했다.

이윽고 향이 리아를 따라 하원전을 나섰다.

향이 가고, 하원전 안에는 천 우와, 천 영. 그리고 황후가 남아 있었다.

"섭정에 관해 들으셨습니까."

황후가 조용히 말했다. 그러자 천 우는 한쪽 눈썹을 치켜 올린 채 여유로운 얼굴로 답했다.

"제게 대신들이 입 모아 청을 하더군요. 허나 저는 곧 해나라로 돌아가야 할 터입니다. 너무 시간이 지체되어 어서 환궁하라는 기별도 왔고."

"저 또한 방금 천 우 마마께서 황제 폐하의 빈자리를 대신해 잠시 섭정을 하실 수 있도록 윤허해 달라는 청을 듣고 오는 길입니다. 제가 대신 섭정을 하겠다 하였으나, 제가 정치에 관해 아무것도 모를뿐더러 눈 또한 멀었다고 무시하더군요."

황후가 냉소를 지었다. 더 큰 물고기를 위해 쓰라린 마음을 삼킨 채, 손에 쥔 작은 물고기를 놓아주는 것인 줄도 모르고 감히…….

"허면, 무리를 해서라도 황후마마께서 섭정을 해보시렵니까."

천 우가 의미심장한 미소를 지으며 물었다. 그러자 황후는 단호히 고개를 저었다.

"대신들이 저에 대해 그리 생각한다면, 제가 아무리 제좌에 앉아 있어 보았자 제대로 된 국정 운영이 어려울 것입니다. 그래도 마마께서는, 황제 폐하와 피를 나눈 형제가 아니십니까. 해서, 제가 그나마 유일하게 믿을 수 있는 분입니다."

황후의 말에 그의 동공이 미세하게 흔들렸다.

'피를 나눈 형제. 유일하게 믿을 수 있는 사람.'

그자가, 황제를 죽이려 했다는 사실을 알게 되면 황후는 어떤 표정을 짓게 될까. 그리고 휘는 어떤 표정을 지을까.

이내 그는 속으로 쓴웃음을 지었다. 그리고 더 이상 그녀에게 동요하지 않기 위해, 보이지 않게 이를 악물었다. 이윽고 황후가 짤막하고도 차갑게 말을 이었다.

"믿을 자 하나 없는 이곳에서 저는 황제 폐하께서 저리되신 진상을 규명하라 명을 내린 채 가만히 앉아 기다릴 수만은 없습니다. 해서 그 내막을 알아내는 것과 폐하를 간호하는 데 힘을 쏟을 것입니다."

*   *   *

황후는 지친 얼굴로 리아의 부축을 받으며 연주전으로 향했다. 별궁에서 꽤 먼 천부궁까지 한 걸음씩 내딛으며 드는 생각은 하나였다.

'이젠 어떻게 해야 할까.'

황후가 옅은 한숨을 내쉬었다. 황궁에 돌아오면, 이젠 모든 것을 밝히고 황제와 함께 새롭게 시작할 수 있을 줄 알았다.

가슴앓이 따위는 하지 않은 채, 눈물 따위는 더 이상 흘리지 않은 채…… 그리고 더 이상 차가운 황후가 되지 않은 채 웃으며 살 수 있을 거라 생각했다.

허나, 또다시 혼자가 되어 버렸다.

가시덤불로 가득 차 조금만 발을 내딛으면 가시에 찔려 버릴 만큼 위험하고도 어두운 이곳.

황궁에서 유일하게 기댈 수 있는 사람, 황제 또한 두 눈을 감은 채 일어나지 못하고 있었다.

이내 황후는 천부궁 입구를 지나 연주전 안으로 들어섰다.

"언니!"

내내 초조한 얼굴로 황후를 기다리고 있던 향이 황후를 보자마자 그녀에게 다가왔다.

"대체 그동안 왜 내게 아무런 기별이 없었던 거야?"

향은 금방이라도 눈물이 쏟아질 것 같은 눈을 한 채 물었다. 황후는 주위를 의식하곤 리아가 문을 닫은 것을 확인한 뒤 향에게 조용히 말했다.

"백 향. 잘 들어."

"……?"

영문을 모르는 향이 황후를 동그란 눈으로 바라보았다. 황후는 뭔가 결심했다는 듯 입을 꾹 다물었다 떼고는 말을 이었다.

"절대로 누구에게든 내 눈이 보인다는 것을 말하면 안 돼. 그리고 네가 황궁에 와서 나를 만났다는 사실도, 아버님께서 절대 알아선 안 돼."

"물론 내가 입궐했다는 사실은 비밀로 할 것이지만, 어째서 언니의 눈이 보인다는 사실을 비밀로 해야 해?"

"그건……."

황후가 머뭇거렸다. 이 아이에게, 너무나도 가슴 아픈 진실을 어찌 말해 주어야 할까.

"향. 곧 모든 것이 밝혀질 거야. 그때까지만 모른 척해줘. 그렇지 않으면 내가…… 위험해져."

"뭐? 어째서……."

"부탁이야."

"허면, 휘영은? 휘영도 언니의 눈에 대해서 알아 버렸을 텐데."

"휘영?"

황후가 누구를 말하는 것이냐는 듯 두 눈을 깜박였다.

"아. 그……."

"천 영 마마 말이니?"

"마마?"

향이 조용히 황후의 말을 곱씹어 보았다. 마마라면 황실 일가라는 뜻. 단순한 황궁 신하가 아닌 마마였다니…….

—휘영. 휘영이라 하오.

향은 천 영을 처음 만났던 날을 떠올렸다. 그리고 사흘 후. 봄비가 내리던 날. 사가 앞에서부터 마을 어귀까지 함께 달렸던 순간, 가슴이 뛴다는 것이 무엇인지 알게 해 준 사람. 그러나 그는 정체를 숨긴 거짓말쟁이 사내일 뿐이었다.

그리고 오늘 아침. 향은 그를 다시 만나게 되었다. 황후마마께서 만나고자 한다며 함께 입궐하자 찾아온 것이었다.

정체를 밝히지 않은 채 사라졌던 그날을 잊지 않고 있었으나, 향은 그에게 이끌리듯 그와 함께 황궁으로 향했다.

그에게 따지고 싶은 것도, 묻고 싶은 것도 많았으나 곧 입을 다물 수밖에 없었다.

　　―우린…… 다시 만나게 될 것이오. 그때, 모든 것을 말
　해 줄 테니, 지금은 아무것도 묻지 말아 주시오.

그의 눈빛이 너무나도 슬퍼 보여서, 향은 황후를 만날 수 있다는 생각에만 집중했다. 아니, 집중하려고 노력했다.

어찌하여 정체를 숨기려 했던 것일까. 향은 미간을 살짝 좁히곤 영의 모습을 떠올렸다.

"그분 이름이 천 영."

향이 나지막이 중얼거리자 황후가 고개를 끄덕이며 말했다.

"그래. 황제 폐하의 동생이셔. 지나라의 황제이기도 하시고. 그보다 그분은 어쩌지……."

황후가 아랫입술을 물었다.

"말도 안 돼."

황제 폐하의 동생이자, 지나라의 황제. 향은 놀란 눈을 감추지 못한 채 한동안 멍하니 그 자리에 서 있었다.

그러나 이내 황후의 고민을 알아챈 그녀는 두 눈을 가늘게 뜬 채 조용히 말했다.

"걱정 마세요. 황후마마. 제가, 그분을 잘 설득해 볼 것이니."

"네가 어떻게…… 헌데 너는 어찌 갑자기 궁에 올 생각을 다 했던 거야."

"언니를 만날 수 있다는 말에 온 거야. 아버님은 무슨 영문인지는 모르겠지만 그동안 내가 언니를 만나지 못하게 했어."

그 연유를 알고 있는 황후는 보이지 않게 치맛자락을 꽉 쥐었다. 향은 그런 월을 눈치채지 못한 채 말을 이었다.

"나 혼자 아버님 몰래 언니를 찾아가려 해 봐도 그 방법을 몰라 전전긍긍하고만 있었는데 오늘 아침, 그분이 찾아와 나를 황궁에 들어갈 수 있게 해 준다고 했어. 마침 아버님은 이미 입궐하신 뒤였고."

"천 영 마마께서 널 데리러 왔다고?"

황후가 뭔가 이상하다는 듯 되물었다. 갑자기 두 마마가 나서서 동생을 만나게 해 준 연유가 무엇일까. 또 자신에게 동생이 있다는 것은 어찌 알았을까.

워낙 뜬금없는 천 우의 성격을 생각하면 딱히 의심할 만한 상황은 아니었지만 황후는 자꾸만 불안하다는 생각이 들었다.

향은 황후를 안심시키듯 그녀의 팔을 붙잡고는 말했다.

"그래. 어찌 되었든…… 내가 그분에게 신신당부를 할 테니 걱정 마. 그분은 내게 빚진 것이 있어."

향은 허탈한 눈을 한 자신을 두고 멀리 떠나가 버린 그의 뒷모습을 기억했다.

"너도 보았느냐, 천 영."

황후가 온전히 하원전을 벗어난 것을 확인한 천 우가 입가에 미소를 띤 채 말했다. 향에게 어디서부터 자신의 정체에 대해 설명해 주어야 할지 고민으로 가득 차 있던 천 영은 고개를 들어 천 우를 물끄러미 바라보았다.

"무엇을?"

천 우는 그런 영을 똑바로 바라보곤 특유의 미소를 지으며 조용히 입을 열었다.

"황후의 눈 말이다."

"……!"

천 영은 귀신이라도 본 것처럼, 소스라치게 놀란 눈을 한 채 천 우를 바라보았다. 가늘게 떨리는 그의 입술이 진실을 되물었다.

"알고…… 있었어?"

"그래. 그냥 말해 주면 의심 많은 네가 믿지 않을 것 같아 일부러 황후의 동생을 데려오라 이른 것이다. 아무리 철저한 황후라도 갑자기 동생을 마주한다면 어찌될까."

천 우의 말에 천 영은 기가 차다는 듯 천 우의 앞으로 다가왔다. 그리고 말을 제대로 잇지 못하며 연신 두 눈을 빠르게 깜박였다.

"어찌 그렇다 해도 동생을 이용해⋯⋯."

그런 천 영의 반응이 이상한지 고개를 갸웃하던 천 우는 이내 싸늘하게 답했다.

"허면, 동생을 죽이려는 나는 무어라 말할 참이냐."

천 우의 차가운 한마디에 영의 말문이 턱 막혔다.

"천 영. 정신 똑바로 차리거라. 이제 너도 황후의 눈이 보인다는 것을 알았으니, 황후의 약점이 무엇인지 잘 알겠지."

"⋯⋯."

"헌데 나는 황후가 왜 모두를 속이고 있는지 궁금해. 그러니 네가 황후의 동생을 잘 구슬려 그 연유에 대해 알아보거라. 너는 앞으로도 백 향, 그 아이를 이용해야 한다는 뜻이야."

"⋯⋯."

어두운 그림자로 뒤덮인 천 영의 얼굴을 물끄러미 바라보던 천 우는 씨익 웃으며 말했다.

드디어 천나라 황궁이, 자신의 손에 들어오기 시작했다.

"이제 섭정 문제도 잘 해결되었으니 제좌에 앉아 내 본론을 밝혀 볼까."

제6장

마지막 선물

"폐하. 저는 이제 어찌해야 합니까."

황후가 황제의 곁에 서서 나직이 말했다.

아직 남아 있는 난관들을 혼자서 헤쳐 나가야 한다는 사실이, 그녀는 막막하게만 느껴졌다.

대신들의 앞에 천나라의 황후로서 당당히 나서고, 눈에 대한 모든 비밀을 밝히겠다 용기를 낼 수 있었던 것은 이제 혼자가 아닌 황제, 그가 곁에 있었기 때문이었다. 전엔 위태롭게 혼자 선 채 언제 나락으로 떨어질지 모른다는 두려움이 가득했다면, 이제 자신의 뒤엔 황제가 있었기 때문이었다.

시간이 지날수록 황제의 몸에는 검은 반점이 생겨나기 시작했다. 황후는 점점 더 죽어가는 황제를 지켜보는 것이 너무나도 두려웠다.

"황후마마."

"……?"

그런 그녀의 뒤에 려운이 조용히 다가와 섰다. 황후는 황제를 한 번 바라보고는 려운과 함께 보는 눈이 없는 곳으로 향했다.

"황제 폐하의 몸에 퍼진 독을 해독시킬 수 있는 해독제는 정녕 없는 것입니까."

황후가 지푸라기라도 잡는 심정으로 물었다.

"현재 백방으로 알아보고 있으나, 그 독에 대해 아는 이가 없었사옵니다. 폐하의 몸에 나타나기 시작한 검은 반점들을 보셨지요. 그 반점에 대해 물었더니 모두들 본 적 없는 희귀한 증상이라 했습니다."

"독에 대해 아는 이가 없다……. 혹, 약재를 들이는 곳까지 알아보신 것입니까."

"약재를 들이는 곳이라면, 어약원뿐만 아니라 천나라 내 약방들까지 모두 찾아보고 있는 중입니다."

"어약원이나 약방 말고도, 약재를 들이는 곳들이 있지 않습니까."

"다른 나라 약재까지 들여오는 곳이라면……."

"거대 객주나, 상단 같은 곳 말입니다."

황후가 조용히 덧붙였다. 그러자 려운이 옅은 한숨을 쉬며 말했다.

"허나 천나라의 이름 있다는 의원들도 모르는 증상을 그들이 어찌 알겠사옵니까."

려운의 말에 황후도 보이지 않는 한숨과 함께 입술을 깨물었다. 그러다 무언가 생각난 듯 두 눈을 번뜩이는 그녀였다.

"그들은 천나라 약재뿐만 아니라 다른 나라 약재들도 취급하고 있을 것입니다. 허면, 그 용도와 약효 정도는 알고 있어야 팔 수 있을 테니 좀 더 다양한 증상에 대해 알고 있지 않겠습니까."

려운이 깊은 생각에 잠긴 듯 미간을 살짝 좁혔다.

"일단 천나라 내에서 가장 크고 다른 나라 약재를 많이 취급하는 곳이라면……."

어딘가를 떠올린 황후의 두 눈가가 어두워졌다.

자신에게 많은 것을 준 곳.

그리고 은후의 빈자리가 남아 있는 곳.

"제운……객주."

* * *

"마마. 모든 준비를 마쳤다고 합니다."

침상 위에 누워 있던 은후의 곁으로 다은이 다가와 말했다. 그러자 은후가 두 눈을 감은 채 나직이 말했다.

"이제 내일이면 제나라로 돌아가겠지."

이내 그는 옅은 신음 소리와 함께 몸을 일으켜 침상 머리에 기대어 앉았다. 그가 몸을 움직이자 이불이 아래로 흘러내려 흰 천이 감긴 상반신이 드러났다.

"마마!"

은후가 무리하게 움직이는 것 같자, 놀란 다은이 그가 제대로 앉을 수 있도록 손을 뻗었다.

"괜찮다."

은후가 등 뒤에서 느껴지는 약간의 고통을 참으며 조용히 말했다. 이젠 제법 몸을 움직일 수 있었다.

다행히 화살이 깊게 박히지 않았고, 제나라의 약초 또한 효험이 좋은 덕분이었다.

"이제 몸을 움직이실 수 있는 것입니까."

다은은 너무도 빠른 은후의 회복력에 놀라움을 금치 못하면서도 안도의 한숨을 내쉬었다.

'역시 내 낭군님이시지.'

다은이 희미한 미소를 지었다.

"다행히도, 죽지 않았구나."

은후가 씁쓸하게 웃었다. 핏기 없는 그의 얼굴이 유난히 창백해 보였다. 메말라 거칠어진 입술 사이로 여린 숨이 내쉬어졌다.

"며칠 동안 누워만 있으니 답답한데."

이내 그는 침상에서 내려가기 위해 몸을 움직였다.

"마마! 지금 무얼 하시는 겁니까? 아직 몸이 완전히 회복된 것이 아니온데……. 더구나 내일 무사히 제나라로 돌아가려면 조금이라도 안정을 취하셔야 합니다."

다은은 화들짝 놀라며 절대 안 된다는 듯 그를 저지하려 했다. 그러자 차가운 눈빛으로 고개를 젓는 그였다.

"내 몸은 내가 잘 안다."

바람이라도 좀 쐬어야 살 것 같았다. 가만히 누워 있으면 온갖 상념이 자신을 찾아와 괴롭혔다. 그리고 그와 함께 떠오르는 누군가의 얼굴을 조금이라도 잊어 보려면…… 정신을 좀 깨워야 했다.

은후는 말리려는 다은을 신경 쓰지 않은 채 천천히 자리에서 일어났다.

다은은 은후의 고집을 꺾을 수 없다는 것을 잘 알기에 어쩔 수 없이 그를 부축하듯 팔을 붙잡았다.

은후가 자신의 팔에 감긴 다은의 팔을 물끄러미 바라보았다. 그러다 이내 아무 말 없이 천천히 한 걸음씩 밖으로 내딛는 그였다.

그는 객주의 후원으로 향했다. 어느덧 어둑어둑해지는 하늘 서편으로 노을이 지고 있었다. 이제, 천나라에서의 밤도 마지막이었다.

그가 다은의 부축을 받으며 후원 안으로 들어서려던 즈음, 서늘한 바람이 그의 뺨에 닿았다. 바람결이 그의 뺨을 어루만지고, 그가 들이쉬는 여린 숨에 감겨 가슴 속으로 스며들었다.

바람이 차다고 느꼈는지, 흰 천을 감은 탓에 상의를 입고 있지 않았던 은후를 걱정한 다은이 잠시 멈추어 섰다.

"마마. 바람이 찹니다. 제가 웃옷을 챙겨 나온다는 것을…….
예서 잠시만 기다리세요."

다은에 말에 은후는 말없이 고개를 끄덕였다. 다은은 은후가 걱정된다는 듯 뒤를 돌아보다 이내 서둘러 객주 안으로 뛰어갔다.

줄곧 누워만 있다 바람을 쐬어서일까. 뼛속까지 파고들었던 고통이, 어찌된 일인지 견딜 만해지고 있었다.

이내 은후는 조금씩 더 앞으로 걸어 나가기 시작했다. 그리고 후원 한가운데에 들어섰다.

그런 그의 눈에 누군가의 낯익은 뒷모습이 들어왔다.

은후를 등지고 서 있던 누군가가, 기척을 느낀 듯 뒤를 돌아보았다.

그리고 그 누군가를 바라본 은후의 심장이, 머릿속에서는 영영 잊으려 했던 사람을 기억하듯…… 그의 가슴을 울렸다.

"월……?"

"서은후……?"

은후를 마주한 월이 귀신이라도 본 듯 그 자리에서 털썩 주저앉았다.

바닥을 짚고 있는 손이 가늘게 떨렸다. 손바닥에 스며드는 땅의 습기가 유달리 차갑게만 느껴졌다.

손끝에서부터 가슴까지 뼛속을 파고드는 오한이 밀려들었다.

황후는 한동안 입술을 떼지 못했다.

은후 또한 거세게 흔들리는 눈동자 속 그녀에게서 시선을 뗄 수가 없었다.

그는 이내 자신이 아픈 몸이라는 것도 잊은 채, 그녀에게로 성큼성큼 다가갔다.

그리고 그녀를 일으키려 한쪽 무릎을 꿇었다.

"윽……."

그러나 등 뒤에서 밀려드는 고통은 그를 멈칫하게 만들었다.

"괜찮으십니까?"

놀란 황후가 고갤 들어 은후를 붙잡았다.

"그대가 어찌…… 이곳에 있는 것입니까."

은후는 애써 아무렇지 않은 척 고통을 숨기곤 낮게 물었다. 마주한 두 눈이 너무도 아파 보여서, 황후는 말없이 그의 눈동자를 바라보고 또 바라보았다.

그를 처음 만났던 그 날의 갈색 눈동자가 희미하게 빛나고 있었다.

"당신은, 죽었다고 했는데. 당신은……."

그녀는 혹 지금 이 순간이 허상은 아닐까 손을 천천히 들어 그의 얼굴을 어루만졌다. 어쩌면 은후를 처음 만났던 그 순간으로 돌아간 꿈을 꾸고 있는 것은 아닐까.

손끝에서 느껴지는 산사람의 온기.

심장을 파고드는 허탈감과 안도감이 그녀의 가슴 속에서 교차했다.

"어째서 제게 거짓말을 한 것입니까."

황후가 흰 천이 감긴 은후의 몸을 바라보며 떨리는 입술로 물었다.

"어째서, 제게 죽었다 거짓말을 하셨느냔 말입니다."

황후의 날카롭고도 한이 가득한 목소리가 객주 후원을 울렸다.

날이 선 칼에 베인 것처럼, 은후의 가슴에 생채기가 났다.

황후의 손길에, 서늘하기만 했던 주위의 바람에게서 어느새 온기가 느껴지고 있었다.

그러나 은후의 입가에선 냉기 가득한 말투만이 나올 뿐이었다.

"다신 그대를 보지 않으려고."

"……!"

황후가 커진 눈으로 은후를 바라보았다. 그녀의 눈동자 속 흐린 빛이 그의 눈앞에 아른거렸다.

"죽었다고 해야만, 다시는 그대 앞에 나타나지 않을 수 있을 테니까."

은후는 마음을 강하게 먹으려 마른침을 삼켰다.

'그대만 보면 미련을 버리지 못하는 내가…… 너무도 비참해지니까.'

쓰디쓴 모든 것들이 한꺼번에 목구멍을 타고 내려가는 것만 같았다.

"황후마마."

황후가 이해할 수 없다는 듯 고개를 저으며 은후에게 무언가 말을 하려던 사이, 려운이 다가왔다.

려운이 은후를 가만히 바라보았다. 이윽고 무겁고도 담담한 그의 한마디가 황후와 은후 사이에 흘렀던 정적을 깼다.

"결국…… 만나셨군요."

려운은 은후를 보고 그다지 놀라지 않는 눈치였다. 황후는 려운의 말을 듣고 은후와 려운을 번갈아 바라보았다.

은후의 얼굴이 어두워져 있었다. 은후는 천천히 자리에서 일어나 려운을 마주보고 섰다.

"황후마마."

려운은 은후와 두 눈을 마주치고는 곧 바닥에 주저앉아 있는 황후에게로 시선을 돌렸다.

그는 황후가 일어날 수 있도록 도와주려 했지만, 황후는 그의 손을 뿌리쳤다. 그리고 넋이 나간 얼굴로 가까스로 일어섰다.

은후는 그런 황후를 바라보지 않으려 노력했다.

"그새 나와 했던 약조를 잊은 것이냐."

이윽고 려운을 응시하며 낮은 목소리로 묻는 은후였다. 그의 차가운 눈빛이 려운을 가늘게 노려보고 있었다.

그러자 려운은 또다시 담담한 얼굴로 조용히 답했다.

"저는 약조를 지켰습니다. 황후마마께서 여기 오신 것은, 순전한 마마의 의지이십니다."

곧바로 제운객주에 다녀오겠다는 려운의 말에, 황후는 려운에게 앞장서라 명했다.

자신도 함께 가겠다는 뜻이었다.

황제를 살릴 수만 있다면 무엇이든지 서슴지 않겠다는 마음이었다. 또한 은후의 죽음에 아무것도 하지 못한 자신이 너무도 괴로워, 적어도 제운객주를 찾아가 직접 애도의 뜻을 표하려 했던 것도 있었다.

그리고 제운객주를 찾았다.

려운이 객주 행수를 만나는 동안, 그녀는 은후와 가장 많은 추억을 나누었던 객주 후원에 갔다.

이곳에서 그를 떠올리고, 그를 생각하고 그를 위해 자신이 어떤 것을 해줄 수 있을지 ……죄책감에 젖어 꽉 막혀버린 가슴을 두들기고 있었다.

'헌데 내 눈앞에 서있는 당신은 누구일까.'

그녀는 본래 의도와는 달리 차갑게 대꾸했다.

"저 또한 당신이 정말로 죽었는지, 확인하러 온 것입니다. 그리고 황제 폐하를 살리기 위해 온 것입니다."

원망해서는 안 된다는 것을 잘 아는데.

원망할 자격이 없다는 것을 너무도 잘 아는데.

'저를 보지 않으려 그런 거짓말을 했단 말입니까.'

서은후, 그가 너무도 원망스러웠다.

그의 몸 위에 감겨 있는 흰 천들이, 모두 자신이 남긴 상처를 가리기 위한 것 같아 황후는 그를 보는 것조차 괴로웠다.

억겁의 시간이 지나도 평생 가슴에 그를 묻고 살려 했다. 죄책감이 한없이 가슴을 짓눌러도 그를 절대 잊지 않으려 했다.

"……그러셨습니까."

은후가 조용히 답했다.

그녀를 보는 것만으로도 고통 따윈 잊은 듯 그저, 그저 따뜻한 느낌만이 가득했는데.

등 뒤의 통증보다 가슴에서 느껴지는 통증이 왜 이리도 아프게 느껴지는 것일까.

아무렇지 않은 척, 내색하지 않으려 꾹 다문 그의 입술이 갈라져버렸다.

이윽고 비릿한 맛이 은후의 입안으로 스며들었다.

그리고 그는 문득 스쳐 지나간 그녀의 마지막 말을 되뇌었다.

'황제를 살리기 위함이라고……?'

"해독제에 관해선 여쭤보았습니까."

황후가 은후에게 시선을 고정한 채 려운을 바라보며 물었다.

"이곳 행수에게 물어보니 온몸에 검은 반점이 생기는 독에 대해선 들어본 적이 없다고 합니다."

"……!"

해독제. 그리고 온몸에 검은 반점. 려운의 말에 은후의 표정이 굳어졌다.

"해독제라니요."

은후가 초점 없는 눈빛으로 황후를 바라보았다. 그림자가 드리워진 그의 눈동자는 무의식적으로 황후의 눈동자를 좇고 있었다.

"황제 폐하께서 위독하십니다. 이름 모를 독에 중독되어 사경을 헤매고 계시지요."

"……."

"황후마마."

려운이 황후를 불렀다.

그러나 황후는 아무것도 들리지 않는다는 듯 눈동자를 덮어버린 물결을 애써 누르며 말했다.

"당신도 죽었는데. 이제 황제 폐하마저 저를 떠나가려 합니다."

"……."

"해독제도 찾을 수가 없습니다. 이제 저는 또다시 혼자 남겨지게 되겠지요……."

"……."

"당신도 제 마음 속에서 죽은 사람이 되어 있기를, 바라니까."

황후가 차가운 한마디를 남긴 채 은후를 지나쳐 걸어갔다. 그러자 려운이 제나라 황태자에 대한 예의를 갖추고는 그녀의 뒤를 따랐다.

"월."

덩그러니 혼자 남겨진 은후가 천천히 뒤를 돌아섰다.

이젠 황후마마라 불러야 할 여인. 마지막으로 한 번만, 월이라 불러보고 싶었다.

황후가 멈칫했다. 그의 다정한 목소리가, 매몰차게 걸어 나가려던 그녀의 발걸음을 멈춰 세웠다.

"서은후. 아니, 이제는 황태자마마라 불러야하겠지요. 전에 저는 마마를 영원히 기억하겠다 했습니다."

정말로 죽은 줄로만 알고…… 정말로 이 세상에 없는 줄로만 알고 얼마나…… 가슴을 쥐어뜯었는데.

황제 또한 사경을 헤매고 있는 상황 속, 가슴 한구석에 박혀 있는 서은후란 이름이 너무도 미안해 울 수조차 없었는데.

"헌데 마마께서는, 제가 그렇게 보기 싫으셨습니까. 마마를 죽은 사람이라 여기게 만들 만큼."

강해지겠다고 마음먹은 순간부터, 이를 악물고 땅 위에서 아무렇지 않은 척 서 있으려 했다.

그러나 서은후 그는 죽은 줄로만 알았다. 그리고 황제는 죽어가고 있었다. 혼자 남겨지는 것이 싫어 강해지려 했는데, 또다시 혼자가 되는 것 같았다.

비틀거리는 몸 위를 서서히 덮어가는 두려움이 한없이 마음을 약하게 만들고 있었다.

황후는 냉기 가득한 공기를 헤치고 그에게서 멀어지려 발을 내디뎠다.

그러나 점점 더 느려지는 발걸음은, 그녀의 발을 묶고 뒤를 돌아서게 만들었다.

그녀가 은후를 바라보았다.

그녀의 눈동자 위에서 흔들리는 물결이 툭, 떨어져 볼을 쓸어내렸다.

황후는 빠른 발걸음으로 은후에게 다가갔다.

그리고 그를 껴안는 그녀였다.

"……!"

은후의 두 눈이 커졌다. 황후의 긴 머리카락이 그를 감싸고 어루만지듯 그의 팔을 스쳤다.

은후를 안은 황후의 심장과, 어느덧 주체 없이 뛰기 시작한 은후의 심장이 맞닿았다.

이리 안아 보니, 그의 심장이 뛰고 있는 것을 보니 정말로 그제야 그가 살아 있다는 것을 온전히 느낄 수 있었다.

"다 제 잘못입니다. 당신을 제 운명에 끌어들인 것도, 당신의 목숨을 앗아갈 뻔했던 것도 제 잘못입니다."

끝까지 모질지 못했던 건, 그가 자신을 속였다는 배신감보다 그가 살아 있다는 그 사실 하나만이 너무도 감사했기 때문이었다.

"헌데도 살아 있어 주어서 너무도 고맙다고 말해야 하는데……. 여전히 저는 제 감정만 생각하는 이기적인 여인이었나

봅니다."

따뜻한 온기가 그의 맨살에 닿았다. 그녀의 한마디, 한마디에 반응하는 자신의 몸.

이것을 어찌 눌러야 할까.

어찌 피해야 할까.

어찌…… 부정해야 할까.

툭—

은후와 껴안고 있는 황후를 본 다은의 손에서 은후의 겉옷이 스르르 떨어졌다.

부들부들 떨리는 어깨에 온 힘이 들어갔다.

*　　　*　　　*

한동안 잠적한 채 모습을 드러내지 않았던 국영이 홍 재상을 만나기 위해 조용히 그의 사가에 들어섰다.

"이젠 어찌해야 하는 거지……."

그가 나직이 중얼거렸다. 홍 재상 몰래 재연을 위해 거사를 행했건만 결국 모든 것은 실패로 돌아가 버렸다. 일부러 황제가 황후에게서 멀리 떨어져 있던 때를 노린 것이었는데.

처음 보는 사내가 갑자기 나타날 줄은 예상하지 못했다.

어느덧 깊은 어둠 속에 잠겨버린 하늘 아래.

사위는 어둠에 익숙해지지 않고서는 사물을 분간해내기 어려울 만큼 어두워져 있었다.

"……!"

사가 안으로 들어선 국영은 문득 뒤에서 느껴지는 시선에 재빨리 몸을 돌려 칼을 빼들었다.

누군가의 목을 겨눈 칼날이 달빛에 반짝였다.

"누구냐."

"뭐, 뭐 하는 거야?"

갑작스러운 경계에 당황한 재연이 말을 더듬으며 물었다. 시선의 주인이 재연이란 사실을 안 국영은 흠칫 놀라며 칼을 급히 거두었다.

"아씨셨군요. 헌데 어찌 그리 조용히 서 계셨단 말입니까."

"네가 딴생각 하느라 날 못 본 거지."

재연이 퉁명스럽게 대답했다.

"그러고 보니 아씨께서는 황궁에 계셔야 하시질 않습니까."

국영은 자신의 앞에 서 있는 여인이 재연이 맞는지 다시금 뚫어져라 바라보았다.

그러나 재연은 설명하기 귀찮다는 듯 국영을 만나면 가장먼저 물어보고 싶었던 한마디를 꺼냈다.

"그보다 어째서, 황후가 아직도 살아 있는 거야?"

"그게……."

황후라는 이름에 국영이 경계하듯 주위를 둘러보았다. 홍 재상의 사가에 오는 것도 죽을 각오를 하고 온 것이었다. 그동안은 도성 외곽의 거지촌에 몸을 숨기고 있었다.

천호영에 몰래 잠입하고, 황후가 도망치는 것을 보았음에도 묵인한 죄로 그렇잖아도 쫓기고 있던 몸.

너무도 깊은 수렁에 빠져버려 헤어 나올 수 없는 지경까지 다다라버린 것 같았다.

"황제가 황후를 보호할 수 없도록 일부러 서로가 떨어져 있을 때를 노렸습니다. 헌데 갑자기 어떤 사내가 황후를 대신해 화살을 맞는 바람에……."

"널 믿은 내가 어리석었지."

국영의 자초지종을 들은 재연이 한심하다는 얼굴로 한숨을 내쉬었다.

"그게 무슨 소리냐. 그리고 재연이 네가 어찌 사가에 온 것이냐."

그리고 그때, 사가로 들어오던 홍 재상이 둘의 앞에 멈추어 서며 물었다.

"……!"

"……!"

갑작스러운 홍 재상의 등장에 국영과 재연의 표정이 굳었다. 이윽고 재연이 침착한 말투로 답했다.

"하루 사가에 다녀오는 것을 허락받고 온 것입니다. 궁 안에서 가만히 눈만 뜨고 있는 것이 하도 답답해서요."

"네 이년……."

재연의 말뜻이 자신을 겨냥한 것이라는 것을 알아챈 홍 재상이 눈을 가늘게 뜨곤 입을 꾹 다물었다.

그러다 국영을 발견한 홍 재상은 재연과 그를 번갈아 바라보며 물었다.

"그간 잘 숨어 지냈더구나. 허나 황궁 근처엔 한동안 얼씬거리지 말라 더니, 나 몰래 이 아이와 내통을 하고 있던 것이냐?"

날이 선 홍 재상의 말투에 국영은 잠시 멈칫했으나, 이내 차분하게 대답했다.

"아씨를 지키는 것 또한 제 임무이니, 아씨가 잘 계시는지만 지켜보려……."

짝—!

국영이 말을 끝맺기도 전에 그의 뺨이 붉게 물들었다. 홍 재상은 들어 올렸던 손을 천천히 내리며 국영을 매섭게 노려보았다.

"이 아인 황후가 될 아이다. 네가 다른 맘을 품고 지켜볼 아이가 아니란 뜻이다."

고요했던 밤의 정적을 깬 아릿한 소리에, 재연이 놀란 눈으로 홍 재상을 바라보았다. 그리고 이내 국영의 붉어진 뺨을 바라보곤 두 손으로 입을 막는 그녀였다.

그러나 곧 재연은 두 눈에 힘을 주더니 홍 재상을 향해 날카롭게 말했다.

"제가 부른 것입니다. 황후 때문에 모든 것이 엉망이니, 제 눈앞에서 치워 달라 그리 말했습니다."

"뭐라?"

홍 재상이 재연을 홱 돌아보았다.

국영은 재연을 물끄러미 바라보았다.

누군가에게 처음으로 받은 옹호. 자신을 위해…… 나서주다니.

재연은 그런 국영의 시선을 모른 척, 말을 이었다.

"헌데 실패했다는 것이 문제일 뿐이지요."

그러자 홍 재상은 기가 차다는 듯 경을 쳤다.

"네 어리석은 행동에 저 녀석이 금군들에게 잡혀 모든 책임이 저 녀석을 부리는 내게 전가되면 어찌하려고 그런 무모한 짓을 했단 말이냐!"

"허나 성공했으면요!"

"어차피 황후 자리는 재연이 네게 넘어올 자리였단 말이다. 역시 천출은 머리가 항상 모자라지."

"뭐라구요?"

천출. 기생이었던 과거 신분을 영영 지울 수는 없겠지만…… 재연은 자신이 황후가 되고 나면 이 수모는 반드시 갚아 주리라, 굳게 마음먹었다. 그리고 가슴 속에서 끓어오르는 분노를 누르고 또 눌렀다.

홍 재상은 이내 국영에게로 시선을 돌렸다.

"국영 너는, 내게 따로 할 말이라도 있더냐."

"……없습니다."

그가 홍 재상에게 온 연유는 하나였다. 재연을 황후로 만드는 것도, 황후를 죽이는 것도 모두 실패로 돌아갔으니 이제 그만 자신과 재연을 놓아 달라 말하려 했다.

허나, 황후의 자리가 재연에게 넘어올 것이라니. 그새 또 다른 계획을 세웠다는 뜻.

자신은 언제든지 홍 재상에게서 도망칠 수도 있었다. 하지만 재연은 홍 재상의 손에 있는 한 언제 목숨을 잃을지 몰랐다. 그리고 그런 그녀를 두고 떠날 수 없기 때문에 여태까지…… 이를 악물고 버틴 것이었는데.

홍 재상은 국영이 탐탁지 않다는 듯 혀를 끌끌 차고는 어두운 그림자 속에서 입꼬리를 올리며 말했다.

"곧 새로운 황제가 추대될 것이다. 그때까지 재연이 너는, 조용히 신녀로서 네 역할만 잘 하면 되니 한 번만 더 이리 따로 움직인다면…… 가만두지 않을 것이야. 장국영 네 놈은, 어차피 이맘때쯤 부를 생각이었다. 곧 처리해야 할 자들이 한둘이 아니거든."

*　　　*　　　*

"황후마마. 편히 쉬십시오."

황궁에 당도하자, 려운이 황후를 연주전 앞까지 데려다주며 말했다.

결국 제운객주에서조차 해독제는 찾지 못했다.

다른 거대 객주들도 돌아보아야 하겠지만, 가장 많은 약재를 취급하는 제운객주에서조차 구할 수 없다면 상황은 더 어려워 졌다는 뜻이었다.

"······."

은후를 만난 뒤로 여전히 반쯤 넋이 나간 채 멍하니 허공을 바라보고 있는 황후에게, 려운은 더 이상 아무런 말도 하지 않았다.

"그럼 저는 이만 가보겠습니다. 황후마마. 해독제는 꼭 찾을 수 있을 것이니 희망을 가지십시오."

려운이 옅은 한숨을 내쉬곤 머리를 조아린 후 뒤돌아설 즈음, 황후가 그를 멈춰 세웠다.

"어째서. 제게 숨기셨습니까."

그녀의 말에 려운이 천천히 뒤를 돌아보았다.

"무엇을 말입니까."

"서은후가 살아 있다는 사실을."

려운은 언젠가 그녀가 자신에게 하문할 거라 생각했다. 그는 한동안 뜸을 들이더니, 곧 굳게 닫았던 입술을 떼며 말했다.

"주제 넘는 생각일지 모르겠지만 그 편이, 황후마마를 위해서도 황제 폐하를 위해서도 좋을 거라 생각했습니다."

"황제 폐하께서도 모르고 계셨다는 말이군요."

"그분이 제게 청을 하셨습니다. 조용히 궁을 빠져나갈 수 있도록 도와달라고. 그리고 황제 폐하와 황후마마께는 숨을 거두었다 전해 달라 하셨습니다. 저 또한 그분이 황후마마를 구해주셨기에 만류했지만, 결국 제게 이건 청이 아닌 제나라의 황태자로서의 명이라 하시더군요."

려운의 말에 황후가 입술을 깨물었다. 그리고 그녀의 머릿속에 은후의 가슴 저릿한 한마디가, 아프게 스쳐지나갔다.

─그대를 다신 보지 않으려고.

그녀는 가슴을 옥죄는 답답함에 가슴에 손을 가져갔다. 자신을 끝까지 나쁜 여인으로 만드는 사내.

그동안 자신이 너무나도 이기적인 여인이었다는 것을, 뼈저리게 느끼게 하는 사내.

이제는…… 미안함밖에 남지 않은 사내.

그리고 마지막까지 아픔만을 남겨주어야 한다는 사실이, 그녀는 너무도 괴로울 뿐이었다.

─저는 내일이면 제나라로 돌아갈 것입니다. 마지막이니, 월이라 불러도 되겠지요.

─돌아간다구요……?

─월. 천나라에서 그대와 있던 시간, 저는 후회하지 않습니다. 천나라의 황후마마를 돌볼 수 있었으니, 영광이라 생

각해야겠지요. 그리고 이젠 정말 마지막이라 여기고 한 가
지만 물어보아도 되겠습니까.

　—그것이 무엇입니까.

　—이렇게 미련을 버리지 못하게 될까 봐. 그대를 다신 보
지 않으려 했는데.

　—어서 말씀해보십시오.

　—만일, 정말 만일……. 그대가 혼자가 된다면, 내가……
그대의 곁에 설 수 있겠습니까.

　　　　　*　　　*　　　*

끼익—

　황제의 침전 문이 조용히 열렸다 닫혔다.

　온몸이 물에 젖은 듯 축 처진 황후의 무거운 몸이 조용히 치맛
자락을 스치며 황제의 곁으로 다가갔다.

　조용히 궁밖에 다녀오기 위해 한껏 긴장했던 마음을 내려놓
기도 잠시, 그녀는 다시금 밀려들기 시작한 불안한 마음에 연주
전에 있을 수가 없었다.

　무언가 달라지겠다는 생각으로, 황후로서 어깨를 펴고 나서
보려 발버둥 쳐보았지만 어쩐지 제자리걸음인 것만 같았다.

　식은땀을 흘리며 죽어가고 있는 황제를 바라보고 또 바라보
며 용기를 얻어 보려고도 했지만, 이제는 더 이상 버텨낼 독기

도…… 원망도 사라져가고 있었다.

황후가 긴 속눈썹을 아래로 내리깔며 조용히 흐느꼈다.

"황제, 당신이 곁에 없으니까."

마지막 대화를 나누었던 날 이후로, 아직도 황제의 의식은 돌아오지 않고 있었다.

이내 침상 위에 미동 없이 누워있는 황제를 내려다 본 그녀는 눈물로 얼룩진 눈가를 스윽 닦아내었다.

황후의 눈 안에서는 여린 촛불이 곧 꺼질 듯 위태롭게 흔들리고 있었다.

황후가 가는 손가락으로 그의 뺨을 어루만졌다. 손에 닿는 그의 피부의 촉감과 그나마 남아 있는 온기에, 그녀는 매일 밤 안도의 한숨을 내쉬었다.

그러나 핏줄 하나 보이지 않을 정도로 창백해진 그의 얼굴 아래, 검은 반점들이 점점 더 몸에 퍼지고 있었다.

점점 더 악화되어 가는 상황을 마주한 그녀의 손이 가늘게 떨렸다. 그녀는 늘 그랬듯 입술을 꾹 다문 채 이를 악물고 최대한 평정심을 유지하려 애썼다.

그리고 다른 생각을 해보려 일부러 그에게 말을 건네는 그녀였다.

"폐하께선 정말 바보십니다."

"……."

"제 대신 술잔을 마셨을 때도 이리 되셨으면 어쩌려고 그리 자존심을 세우셨습니까. 저는 그것도 모르고…… 폐하를 원망했는데."

그러나 다른 생각조차도, 그녀를 더욱 괴롭게 만들 뿐이었다.

그가 그녀의 삶에 들어오기 시작한 순간부터 지금까지의 모든 순간들이 그녀의 머릿속을 스쳐가기 시작했다.

방울진 눈물들이 원망과 추억들을 담고 아래로 떨어져다.

황후는 소매로 닦아내고 또 닦아내며 아무도 보지 않는 공간에서 소리 내지 않은 채 눈물을 쏟아내었다.

세상 모든 슬픔들이 자신에게만 존재하는 것도 아닐 터인데, 자신은 왜 계속 눈물을 흘리게 되는 걸까.

"……황후."

불현듯 누군가의 낮은 목소리가 그녀의 귓가를 파고들었다.

너무나 익숙하고도 가슴이 저릿해 오는 목소리.

갈라져 쉬었는데도, 영원히 듣고 싶은 목소리.

황후가 천천히 고개를 들어 목소리의 주인을 바라보았다.

그리고 황제의 한없이 깊은 눈동자가 그녀를 힘겹게 응시하고 있었다.

"황후. 이리 오시오."

움푹 들어간 그의 눈 아래 드리워진 검은 그림자에, 황후는 가슴이 저미어왔다.

"폐하, 정신이 드신 것입니까."

그의 부름에 황후가 황제의 얼굴 가까이, 그녀의 얼굴을 가져갔다.

뜨거운 그의 숨결이 황후의 뺨에 닿았다.

"폐하. 왜 그러시는 것입니까."

황후가 큰 눈망울을 감았다 뜨며 떨리는 목소리로 물었다.

그녀의 두려움 가득한 눈을 마주한 황제가 걱정 말라는 듯 희미하게 웃었다.

너무도 오랜만에 보는 그의 미소.

그의 미소 아래로, 숨소리는 점점 여려지고 있는 것 같았다.

"내가 청이 있는데."

이윽고 차가운 그의 손이, 황후의 가는 손목을 감싸 쥐었다.

"폐하……."

그리고 그윽한 눈길로 그녀를 바라보며 천천히 입술을 떼는 그였다.

마치 마지막 인사를 하는 것 같은 기분.

이내 고요한 공간 속 나직이 울려 퍼진 황제의 한마디가, 그녀의 온 몸을 휘감았다.

"이리, 내 옆에 누워."

"폐하……."

고통을 애써 감추고 있는 그의 온화한 미소. 그는 웃고 있는데 왜 자신은 미소를 지을 수가 없는 것일까.

얼굴을 가까이할수록 느껴지는 여린 심장박동 소리가, 황후는 너무도 아프게 느껴졌다.

"월."

황제가 부드러운 목소리로 그녀를 불렀다. '황후'가 아닌 그녀의 본래 이름인 '월'이라고.

"이리……."

쿨럭—

그가 그녀의 손목을 놓고 갑자기 피를 토해냈다. 지난번보다 많은 양의 피를 쏟아낸 그의 입가가 붉게 물들었다.

얼굴은 점점 더 하얗게 변해 갔고, 곧 땀이 비 오듯 쏟아지기 시작했다.

목 안에 고인 피가 그가 숨을 쉴 때마다 들끓어 여린 숨을 더욱 옥죄어 갔다.

"폐하!"

황후는 사색이 된 얼굴로 그의 입가를 닦을 만한 것을 찾았다. 그러나 주위에 닦을 만한 것은 없었다.

그녀는 곧 자신의 옷소매로 그의 입가를 닦아주며 덜덜 떨리는 손을 진정시키려 애썼다.

황후는 정신을 바짝 차리지 않으면, 눈물이 왈칵 쏟아질 것 같아서 두 눈을 질끈 감았다.

그리고 그런 그녀의 떨리는 손을 다시금 잡아주는 황제였다. 이윽고 나직한 그의 음성이 귓가에 닿았다.

"내 곁에 누워."

그의 눈이 너무도 슬퍼 보여서, 황후는 아무 말도 할 수가 없었다.

이윽고 그녀가 힘없이 고개를 끄덕였다.

*   *   *

"마마, 여기. 어서 입으세요."

다은이 멍하니 먼 곳을 바라보며 서 있는 은후에게 겉옷을 건넸다.

은후는 그제야 인기척을 느낀 듯 다은을 돌아보았다.

"너를 잊고 있었구나."

은후가 쓴웃음을 지으며 말했다.

다 보았을 텐데. 또 어찌 설명해야 할까. 그는 한숨을 쉬며 옷을 받아들고는 팔 위에 걸쳤다.

"마마께서 저를 잊고 계시는 것, 이젠 서운하지도 않습니다. 다만…… 자꾸만 천나라 황후에게 미련을 두고 계시는 것은, 서운하다 못해 화가 납니다."

"다은아."

"제 이름, 이제 그만 부르세요. 마마께서 저를 부르는 그 목소리가 너무도 좋아 저는 마마를 가슴에 품었습니다. 헌데 그 목소리엔, 마마의 마음까지 담겨 있지는 않다는 것을 이곳에 와서 새삼 깨닫고 있는 중입니다."

"……."

은후는 더 이상 할 말이 없었다.

이 아이에게 어찌 말을 해주어야 할까 고민하던 순간 다은이 스스로 알게 된 것이 오히려 다행이라 느꼈다.

다은은 은후에게 가까이 다가가 큰 눈으로 그를 바라보며 미간을 좁혔다.

"황후를 이용해 천나라와의 동맹을 맺을 것이라 말씀하셨습니다. 마마께서 황후를 대신해 화살을 맞은 것이! 모두 제나라를 위해서라고 말씀하셨습니다. 헌데 왜 제 눈에는 마마가 상처받은 모습만 보이는 것일까요."

"……."

"제나라를 위해 죽은 것처럼 꾸미신 것이 아니라, 천나라 황후를 다신 보지 않으려 그런 것이라구요? 그 여인에 대한 미련을 버리지 못하게 될까 봐?"

"모두 들었느냐."

멀리서 지켜보았기에 자세한 대화 내용은 알 수 없었다. 그러나 그의 단호한 감정이 실려 너무도 또렷이 들려온 한마디가 그녀의 가슴에 박혔다.

　　─이렇게 미련을 버리지 못하게 될까 봐. 그대를 다신 보
　지 않으려 했는데.

그리고 그의 한마디가 가슴 속에서 팽글팽글 돌던 순간.

황후와 그가 껴안고 있는 모습은 그녀가 그동안 해 왔던 의심에 쐐기를 박았다.

"마마께서 천나라 황후를 바라보는 눈빛까지, 모두 다 보았습니다."

다은의 목소리가 가늘게 떨렸다.

"어찌 되었든 내일이면, 나는 제나라로 돌아갈 것이다."

은후가 단호하게 말하고는 몸을 돌려 객주 후원을 가로질러 걸어가기 시작했다.

이윽고 다은이 그런 은후의 뒷모습을 바라보며 싸늘하게 말했다.

"부디…… 마마의 그 마음이 바뀌지 않았으면 좋겠습니다."

당신을 가지려는 욕심이 커질수록 나쁜 생각을 하게 되니까.

오늘만 참으면, 오늘 밤만 넘기면…… 서은후는 곧 황제가 될 것이고 자신은 제나라의 황후가 될 것이었다.

이리 오랫동안 그날을 기다려 왔는데, 하루쯤이야.

어찌 되었든, 눈에 보이지 않으면 서서히 잊기 마련일 터. 다은은 애써 치밀어 오르는 분노를 억누르고 상처받은 가슴을 쓸어내렸다.

＊　　　＊　　　＊

인(寅)시.

그 어느 때 보다도 적막한 새벽, 두견새가 은후의 가슴을 대신해 울고 있었다.

침상 위에 가만히 누워 있던 은후가 천천히 두 눈을 떴다.

그가 밤새 잠을 이루지 못했음을 보여주듯 그의 긴 속눈썹 아래로 검은 그림자가 드리워져 있었다.

황후가 떠나고 나서 생각하고 또 생각했다.

이대로 만약, 천나라의 황제가 죽는다면…… 월을 자신이 가질 수 있을까.

자신이 월의 곁에 설 수 있을까.

그래도 아주 조금은, 그녀도 자신에게 마음이 있지는 않았을까 작은 기대를 걸어보았다.

허나 자신을 바라보는 그녀의 흐릿한 눈동자 속에, 자신은 없었다.

오로지, 그녀가 생각하는 한 사내만이 있을 뿐. 은후가 씁쓸한 미소를 지었다.

　　—만일, 정말 만일……. 그대가 혼자가 된다면, 내가……그대의 곁에 설 수 있겠습니까.

　　—황제 폐하가 없는 황궁은 또다시…… 냉궁이 될 것입니다. 허면, 저는 그 냉궁에서 다시 서서히 얼어붙게 되겠지요. 그리고 다시는 얼어붙은 가지에 꽃을 피울 수 없게 될 것입니다. 그런 제 곁에 서서…… 상처 받지 마십시오.

저는 당신이…… 더 이상 아프지 않았으면 좋겠습니다.

그 순간만큼은, 자신이 벙어리였으면 좋았을 것을.

그녀의 말이 뜻하는 바가 무엇인지, 너무나도 잘 와 닿아서, 등의 상처로 인한 고통보다 자신을 밀어내는 월의 한마디가 더욱 고통스러웠다.

백 월, 그리고 천나라의 황후. 한순간 스쳐 지나가는 연에 대한, 미련과 정이라 여기며 부정하고 떠나려 했는데.

단호한 말에도 그녀를 미워할 수 없는 것을 보면…… '너무도 단단히 빠져 버렸나.'

그가 천천히 몸을 일으켜 침상에 기대어 앉았다. 일어나 앉으니 점점 더 머리가 맑아졌다. 아무리 잠들어 보려 애를 써도 오지 않던 잠을 이젠 포기해 버렸다.

이내 그가 침상에 기대어 힘없이 고개를 떨어뜨리자, 자란 머리카락이 그의 뺨을 스치듯 아래로 축 쳐졌다.

그는 한 손으로 앞머리를 쓸어 넘기며 쓴웃음을 지었다.

"서은후. 세상에서 가장 귀찮은 일이, 누군가를 마음에 품는 일이라는 것을 알고 있었으면서도…… 결국 피하지 못했군."

이내 그가 피식 웃으며 침상에서 내려왔다. 아직 몸이 많이 불편했지만 서서히 나아지고 있는 것이 느껴졌다. 생각보다 빠른 회복력에 자신도 놀랐지만 어쩐지 다행인 것 같았다.

이내 그가 겉옷을 걸치며 나직이 말했다.

"피할 수 없으니까 운명이라고 하겠지요."

천나라 황제에게 그녀를 내주고, 그녀의 목숨을 구하려 등을 내주고, 이제는…… 그녀의 마음을 지키려 마지막 선물을 내줄 차례인 걸까.

"또한…… 나는 그대가 우는 게 싫어."

온몸에 검은 반점이 생기는 독이라.

은후는 자신의 방을 빠져나가 여러 가지 약재를 모아두는 곳으로 발걸음을 옮기기 시작했다. 몇 시간 후면 자신은 제나라로 돌아갈 것이었다.

그래도 웃는 그녀의 모습을 머릿속에 담고 가는 것이, 아주 조금은 가슴이 덜 아프겠지.

"그대가 원했던 것처럼, 나는 여전히 그대를 강하게 만들어 주고 싶으니까."

*　　　*　　　*

"약재를 관리하는 차인의 말에 따르면, 이 약재는 제나라에서만 나는 독초를 해독하는 효과가 있다고 합니다. 천나라에서는 찾는 이가 거의 없어 잘 꺼내지 않았던 것이라 하던데……. 마마께서 어찌 갑자기 이 약재를 찾으시는 것인지요."

진 행수가 두 눈을 게슴츠레하게 뜨고는 은후에게 약재꾸러미를 건네주었다.

"지금, 그 약재를 달여 작은 병에 담거라."

"예?"

"속히 달여 내어 오거라."

갑작스러운 은후의 명에, 진 행수는 어리둥절한 표정을 지었다.

그러나 은후는 그런 진 행수의 표정은 개의치 않은 채 그가 약재를 달여 오길 기다렸다.

"잠시만 기다리십시오, 마마. 차인들을 시켜 즉시 달여 오겠사옵니다."

이윽고 잠시 뒤, 진 행수가 은후에게 작은 병을 내밀었다.

진 행수는 문득 아까 전, 자신을 황제의 호위대장이라 소개하던 자가 해독제를 찾았다는 것을 깨달았다. 자신이 알고 있는 해독제 중에는 온몸에 검은 반점이 두드러지는 독을 해독할 수 있는 효과를 가진 것은 없었다.

헌데 지금 보니 미처 제나라 약재까지는 생각해 보지 않은 것이었다.

"그럼 잠시 나갔다 올 테니, 다은이 깨지 않도록 각별히 주의를 기울이거라."

은후는 진 행수에게서 병을 받아들고는 객주 마구간으로 향했다.

"마마, 어딜 다녀오시겠다는 말입니까."

진 행수가 눈을 크게 뜨고는 은후를 불렀다.

"황궁에…… 다녀와야겠다."

은후는 무언가를 결심한 듯 입술을 굳게 다물었다.

그러자 진 행수는 두 눈을 비비고는 은후의 뒤를 따르며 말했다.

"몇 시간 후면, 제나라로 돌아가셔야 하온데……."

"돌아가기 전에 마지막으로 해야 할 일이 있다."

*　　*　　*

"좋군……. 모든 고통을 잊어버릴 만큼."

황제가 나직이 말했다. 작은 그의 음성은, 혼란스러움이 가득한 그녀의 머릿속에 또렷하게 울려 퍼졌다.

그와 그녀는 한 침상 위에 나란히 누워 있었다. 황제의 팔을 베개 삼아 누운 그녀는 그저 눈을 감고 있을 뿐이었다.

눈을 뜨면 관자놀이를 타고 눈물이 주르륵 흐를 테고, 그 눈물은 황제의 어깨를 적실지도 몰랐다.

입술을 떼면, 잠긴 목소리가 황제의 귓가에 들릴 것이었다.

그리고…….

그의 말에 대답을 하고 나면, 그가 정말로 떠나 버릴 것만 같았다.

이윽고 황제가 가까스로 팔베개를 하고 있던 팔을 움직여 황후를 끌어안았다. 그리고 반쯤 몸을 돌려 황후와 두 눈을 마주했다.

그리고 나직이 말했다.

"보고 싶을 거요, 황후."

제7장

금빛 발자국

"려운이란 자를 불러주시오."

황궁 입구에 다다른 은후가 궁문을 지키는 병사에게 조용히 말했다. 궁문을 지키던 두 명의 병사는 말을 타고 온 은후를 뚫어져라 쳐다보더니 서로 눈빛을 주고받았다.

이내 그중 한 명이 의심스러운 눈초리로 물었다.

"이 새벽에, 려운 대장님은 어찌 찾는 거요."

"제나라의 황태자가 왔다고 하면, 알 것이오."

"제나라의 황태자?"

"시간 없소. 빨리 알리지 않으면, 무슨 일이 일어날지도 모르니까."

은후의 단호한 한마디에, 병사들은 다시금 눈빛을 주고받더니, 이내 한 사람이 발걸음을 움직였다.

이윽고 조용히 궁문이 열리고 려운이 나타났다.

"제나라의 황태자께서 어찌 이곳에 오신 것입니까. 오늘 제나라로 떠난다 들었사온데."

려운을 물끄러미 바라보던 은후는 려운의 앞에 무언가를 내밀었다.

그리고 조용히 말하는 그였다.

"내가 직접, 황제 폐하께 주고 싶은데."

*   *   *

천기전의 문이 열렸다. 황후 이외에는 그동안 그 누구의 출입도 불허하던 곳이었다.

강화된 경계로 인해 수많은 환관과 궁녀들이 곳곳에 줄지어 서 있었다.

은후는 그들을 가로질러 황제가 있는 곳으로 한 걸음씩 내딛기 시작했다.

이윽고 황제가 있는 방 안으로 들어선 그의 발길이 우뚝 멈춰섰다.

황후와 함께 나란히 누워 있는 황제의 모습.

그는 손에 든 병을 꽉 쥐었다.

나란히 누워 있는 두 사람의 모습을 본 은후의 가슴이 저려

왔다.

이윽고 려운이 조용히 은후의 뒤를 따라 들어왔다.

은후를 믿지 못하는 것은 아니었지만, 만일을 대비해 경계심을 가지고 지켜보려는 것뿐이었다.

려운이 곧 황제와 황후를 바라보고는 멈칫했다.

황제를 살리기 위해 은후를 침전에 들이긴 했지만 때를 잘못 짚은 것이 아닐까. 려운은 입술을 살짝 물었다.

은후는 려운의 인기척을 느꼈으나 여전히 가만히 선 채 황후와 황제를 가만히 응시했다.

저들의 모습을 지켜주는 것이 맞는 걸까.

화살을 맞아 구멍이 난 등보다, 가슴 속 구멍 난 심장이 더욱 쑤셔거렸다.

허나, 마지막 선물이라 생각하고 온 것이니까.

그는 두 눈을 감고 마른침을 넘겼다.

이내 그가 저벅저벅 황제에게로 다가갔다.

"이건…… 천나라의 황제, 당신을 위한 것이 아닙니다."

은후가 해독제가 담긴 작은 병의 마개를 열었다. 그리고 창백한 얼굴을 한 휘를 한동안 응시하는 그였다.

이윽고 은후는 휘의 입술에 해독제를 흘려 넣었다.

황제가 중독된 이 독은 자신이 아주 잘 아는 독이었다.

자신 또한 어릴 적, 이 독에 의해 목숨을 잃을 뻔한 적이 있었으니까.

황자 시절. 황태자 책봉 직전, 그는 아우가 건넨 유과를 먹은 적이 있었다.

그 유과 위에는 독초를 바싹 말려 만든 가루가 뿌려져 있었고, 그는 목숨을 잃을 뻔했다. 그리고 유명하다는 제나라 약초꾼들을 백방으로 찾아 해독제를 구해내어 겨우 몸을 일으킬 수 있었다.

허나, 그는 결국 그날부로 아우를 잃었다.

사약을 받는 아우를 지켜본 그는 내키지 않았던 황제 자리를 어쩔 수 없이 받아들일 수밖에 없었다.

아우의 목숨을 가져가면서까지 황태자가 되었으니까. 그리고 제나라 황제가 되려면 누구나 거쳐야 하는 관문, 나라를 위한 대업 달성을 하려 달갑지 않으면서도 천나라에 왔던 것이었다.

해독제를 황제의 입에 모두 흘려 넣은 은후가 씁쓸하게 말했다.

"황제의 자리라는 것이…… 가지기도 지키기도 어려운 자리이지요."

환관이나 궁녀, 그 누가 되었든 황제에게 가져가는 음식들은 기미 상궁을 거쳐야 한다.

허나, 그런 황실의 엄격한 법도를 피하고 황제에게 '손수' 독을 가져갈 수 있는 자가 몇이나 될까.

자신은 아우가 해맑은 미소와 함께 함께 먹자고 가져온 음식을, 기미 상궁을 불러들이지 않은 채 기쁘게 먹었다.

그것이 어떤 결과를 가져올지는 꿈에도 모른 채.

그때 이후로 자신은 모든 독에 내성을 갖기 위해 조금씩 독을 섭취해 웬만한 독은 견뎌낼 수 있게 되었다.

천나라 황제도 이 독을 이리 오래 견딘 것을 보니, 여러 가지 독에 내성을 가지고 있는 것 같았다.

"혹 폐하께도, 폐하께서 모르는 적이 있는 것은 아닙니까."

은후는 병의 마개를 닫으며 조용히 덧붙였다.

이윽고 그는 잠든 황후를 바라보았다.

새근새근 여린 그녀의 숨소리가 그의 심장을 두드렸다.

처음 만났던 그날도 저렇게 어여쁜 모습으로 두 눈을 감고 잠들었었는데.

눈 아래를 덮은 검은 속눈썹 위에, 눈물이 고여 있었다.

머리카락은 흰 뺨 위에 닿아 곤히 잠든 그녀의 모습을 더욱 가녀려 보이게 했다. 그때부터였을까.

이 여인을 지켜주고 싶다 생각했던 것은.

이젠 더 이상 바라보아서는 안 되는 여인인데도, 보면 볼수록 더 아파지는데도…… 발길이 떨어지지 않았다.

그러나 은후는 단념하듯 다시 두 눈을 질끈 감고는 뒤돌아섰다. 그리고 자신을 지켜보고 있던 려운과 두 눈을 마주쳤다.

이내 그는 손에 쥐고 있던 빈 병을 물끄러미 바라보더니, 려운이 받을 수 있도록 병을 던졌다. 려운은 흠칫 놀라면서도, 능숙하게 병을 받아들었다.

곧 은후는 려운에게서 시선을 돌린 채 차갑게 말했다.

"폐하의 목숨을 살려준 자로서 감히 한마디 하자면⋯⋯."

은후가 조용히 고개를 돌려 황제를 바라보고는 황후에게로 시선을 옮겼다. 그리고 싸늘한 한마디만을 남긴 채 침전을 나서는 그였다.

"다시는 황후마마 눈에서 눈물 나게 하지 마십시오."

*　　*　　*

"어의 말로는 오늘 밤을 넘기기 힘들 거라 하더구나. 홍 재상도 내일 일을 추진해 나가자 하고."

어의를 만난 뒤, 홍 재상을 만나고 돌아온 천 우가 문을 열며 영을 향해 말했다.

영은 탁자에 앉아 보고 있던 서책을 덮으며 천 우를 가만히 올려다보았다.

"뭐냐. 지금 그 표정."

천 우가 미간을 좁히며 영과 시선을 마주했다. 삐딱한 영의 눈빛이 그리 마음에 들지 않은 탓이었다.

"만약 내가 같은 핏줄이 아니었더라면⋯⋯ 형님은 내게도 독을 먹였을까."

"천 영. 너 요즘 따라 왜 그러는 것이냐."

천 우가 영에게로 가까이 다가가 인상을 찌푸렸다. 그러자 영이 자리에서 일어나서 천 우를 똑바로 노려보며 말했다.

"내가 향을 처음 만났을 때 그 아인."

"향? 황후의 동생 말이냐."

"그 아인…… 황후에 관한 이야길 하자마자 눈물을 흘렸어."

"자매니까 그럴 수도 있지."

"그래. 자매니까. 헌데, 우리도 형제잖아."

영이 눈썹에 힘을 주었다. 이내 천 우의 표정이 일그러졌다.

"천 영."

"……"

"네가 착각하고 있나 본데…… 휘는 우리 어머닐 죽게 만들었다. 그러고도, 형제라 말할 수 있느냐?"

천 우의 일침에, 영의 얼굴이 딱딱하게 굳었다.

영은 기억하고 싶지 않은 순간을 억지로 눌러 담느라 말을 잇지 못했다.

"그건……!"

"그날 네가 느꼈던 그 분노, 똑똑히 기억하거라. 이제 거의 고지가 다가오는데 어째서 흔들리는 것이냐."

천 우가 단호하게 말했다.

"나는."

천 영은 앞에 놓여 있던 탁자를 짚으며 고개를 푹 숙였다. 그러자 그의 머리카락이 아래로 흘러내렸다.

이내 그가 나직이 말했다.

"황후가 걸리니까. 아니, 정확히는 황후의 동생이 걸리니까."

이 말을 꺼내기까지, 수십 번, 수백 번을 고민했다.

서책 따위 하나도 눈에 들어오지 않았다.

"무슨 뜻이냐."

"고통 받는 누군가를 지켜보는 거, 그거 못 할 짓이잖아."

천 영의 목소리가 가늘게 떨렸다.

그리고 가늘게 떨리는 영의 어깨가 천 우의 눈에 들어왔다.

천 우는 순간 입술을 굳게 닫았다.

'못 할 짓이니까. 그러니까……'

그는 영 앞에서 약해지는 모습을 보이지 않으려 어금니를 꽉
물었다.

"그래서 끝내려 하는 것이다."

천 영은 고개를 들었다. 그리고 불안한 눈빛으로 물었다.

"황후의 두 눈이 보이는 건, 어떻게 할 거야."

영의 물음으로 인해, 천 우는 최대한 생각하지 않으려 했던
사람을 떠올릴 수밖에 없었다.

무의식 속에 잠가 두려 했던 죄책감.

못 할 짓인 거 아니까. 곁에 두지 않는 것이, 답인 것일까.

자신을 또렷이 바라보고 있는 영의 눈빛에, 천 우는 초점 없
는 눈빛으로 그를 마주하며 감정 없이 답했다.

"나도 나를 시험해 보는 중이다. 내가 어디까지 나쁜 놈일

지."

*   *   *

날이 밝아왔다. 끝이 보이지 않는 황궁의 어둠은 계속되고 있었으나, 또다시 해는 떠 버렸다.

황후는 새어 들어온 햇빛에 천천히 눈을 떴다.

정말로 그의 옆에 잠들어 버렸다. 자신이 옆에 누워 있으면 불편할 테니, 그가 잠이 들 때까지만 곁에 있어 주려고 했는데.

황제는 어젯밤 그대로, 그녀를 안고 있었다. 황제의 품에 안긴 채, 그녀가 슬픈 눈으로 황제를 가만히 바라보았다.

그는 아직 핏기 없는 얼굴로 두 눈을 감고 있었다.

그녀는 혹시나 하는 불안감에 그의 심장에 손을 얹었다. 그리고 그의 숨소리를 향해 귀를 기울였다.

미세하게 느껴지는 심장박동. 잠이 든 것 같은 숨소리. 생각해 보니 자신의 몸에 느껴지는 온기는 그의 것이었다.

"하……."

그녀가 조용히 안도의 한숨을 토했다. 잠시라도 긴장을 놓아서는 안 될 것 같았다.

황후는 자신을 감싸고 있는 황제의 팔을 조심스럽게 내려놓고 그를 편안한 자세로 누인 뒤, 침상에서 내려왔다.

그리고 그를 한 번 돌아보고는 밖으로 나오는 그녀였다.

탁—

문이 닫히고 황후는 밖에 있던 리아와 두 눈을 마주쳤다. 그리고 초점 없는 눈빛으로 리아의 부축을 받으며 연주전으로 향했다.

*　　　*　　　*

"황후마마."

황후가 연주전으로 향하던 도중, 대신녀 자효가 그녀의 앞에 다가와 머리를 숙였다. 자효의 뒤에는 다른 신녀들이 줄지어 서 있었다.

자효의 등장에, 눈치 빠른 리아는 서둘러 황후에게 고했다.

"마마. 대신녀님이십니다."

"그렇구나."

황후가 짤막하게 대답했다.

"방금 황제 폐하를 위한 의식을 행하고 돌아오는 길입니다. 황제 폐하께서는 차도가 없으십니까."

자효는 그녀 특유의 낮은 울림이 느껴지는 목소리로 물었다. 그녀는 황후의 상황을 이미 꿰뚫고 있는 듯, 황후의 눈이 보인다는 것을 자연스럽게 묵인하고 있었다.

"폐하께서 일어나실 수만 있다면, 의식이든 무엇이든…… 모든 힘을 다해 주세요."

황후가 애써 단호하게 말했다. 그녀의 말뜻을 알아들은 자효는 고개를 끄덕이며, 황후에게만 들릴 작은 목소리로 나직이 말했다.

"모든 힘을 다하지 않아도, 일어나실 분은 일어나실 것입니다. 황후마마."

"······!"

"그럼 저는 이만 신관으로 돌아가 보겠사옵니다. 부디 어떤 폭풍이 몰아치더라도······ 굳건하소서."

자효는 다시금 머리를 조아리곤 신녀들을 데리고 가던 길로 발걸음을 움직였다.

언제나 의미심장한 말만 남기고 사라지는 대신녀. 황후는 한동안 멍하니 그 자리에 서 있었다.

그러다 이내 그녀는 씁쓸한 미소를 지으며 중얼거렸다.

"그때까지 기다릴 것입니다. 그분이 일어나실 그때까지······ 한 해 동안도 기다렸으니까. 이젠 그 이상도 기다릴 수 있습니다."

대신녀의 뒤를 따라 걷던 재연이 힐끔 뒤를 돌아 황후를 바라보았다. 황후를 바라보는 재연의 눈빛에 노기가 가득 차 있었다.

'두고 보시지요. 이제 그 자리에 서서 황후 대접을 받을 날도 얼마 남지 않았을 테니.'

홍 재상이 뭔가 일을 단단히 꾸미고 있는 것 같았다. 재연은 아주 조금만, 조금만 더 인내를 가지고 기다리자는 마음으로 부들부들 떨리는 주먹을 꽉 쥔 채 신관으로 향했다.

눈먼 황후 따위…… 조용히 처리해 버리면 그만.

만일 모든 일이 틀어지면, 그땐 정말로 자신이 직접 나설 것이었다.

*　　*　　*

문이 열리고, 천 우가 조당으로 들어섰다.

열린 문 사이로 그를 따라 햇살이 비춰 들어왔다.

천 우는 섭정으로 인해 시작해야 할 조회를 위해 온 것이었다.

천 영은 아침부터 어딘가 사라지고 없었다. 천 우는 그것이 무척 못마땅했지만, 어차피 영은 조력자의 역할일 뿐이었다.

천 우의 등장에 조당에 열을 맞추어 서 있던 대신들이 하나같이 머리를 조아렸다.

천 우의 입가에 보이지 않는 미소가 묻어났다.

'보이느냐, 휘. 네가 죽어가는 동안 천나라는 이리도 쉽게…… 내 손에 넘어오는구나.'

천 우는 한 걸음, 한 걸음씩 앞으로 발을 내디뎠다. 제좌로 가는 넓은 통로가 천 우, 그를 위해 비워져 있었다.

천 우가 자신의 눈앞에 점점 더 가까워지는 황금빛 제좌를 가만히 웅시했다.

'그 연유는 바로…… 저 제좌가, 네 자리가 아니기 때문이지.'

사실 해나라는 천나라에 비하면 보잘것없는 작은 나라였다. 천 영의 지나라도 마찬가지였다.

황태자라는 명분 없이 나누어받게 된 좁은 땅덩어리. 황제라 칭하기도 부끄러운 그런 곳이었다.

연나라 변방에 살고 있던 백성들은 직접 다스릴 필요도 없었다. 이미 존재하고 있는 연나라 제후들이 그들을 통치하고 있었기 때문이었다.

그야말로, 허수아비는 자신들이었다. 그리고 연나라의 본체인 천나라만이 그 중심에서 가장 강력하게 다스려지고 있었다.

'저와 영을 위한답시고 떼어 주신 나라는, 우리들을 더욱 수치스럽게 만들었습니다. 아버님. 그리고 결국, 이리 되어버렸지 않습니까.'

후궁의 소생을 황제 자리에 앉힌 것도 모자라, 적통 황자들을 변방으로 내몰더니.

천우가 씁쓸하게 웃었다.

'언제나 모든 것은…… 여인으로부터 시작해, 여인으로 인해 끝나는 법.'

제좌 앞에 멈춰선 천 우는 제좌를 손으로 한 번 쓸었다.

그리고 천천히 제좌에 앉아 자신의 앞에 늘어서 있는 대신들을 내려다보며 입술을 떼었다.

"먼저, 휘를 대신해 이 자리에 앉아 있는 것이 너무도 슬픈 일이라는 것을, 밝히는 바다."

천 우의 말에 모두들 고개를 끄덕였다.

"어의. 휘의 상태를 확인했느냐."

천 우는 먼저 불러놓았던 어의를 향해 일부러 물었다.

어의는 지난 밤, 갑자기 자신을 부른 천 우에게 가다 별궁 입구에서 려운을 마주친 것을 떠올렸다.

　　－어의. 이 밤중에 어딜 그리 급히 가는 것입니까.

　　－려, 려운……?

　　－보아하니 하원전으로 가시는가 봅니다.

　　－벼, 별일 아닙니다. 그저 천 우 마마께서 저를…… 헙!

　　－천 우 마마? 천 우 마마께서 어찌하여 어의를…… 어디가 아프신 것입니까.

　　－그것이…… 저는 그저 부르시기에 가는 것뿐이옵니다.－그렇군요. 헌데 말입니다.

　　－……?

　　－혹 천 우 마마께 전할 말이 있다면, 황제 폐하께서 오늘 밤을 넘기지 못하실 거라 전하십시오.

　　－예?

　　－황제 폐하의 상태를 이미 보셨을 것 아닙니까. 뭔가 달라지신 것이 느껴졌어도, 곧 승하하실 거라 전해 주십시

오. 황제 폐하의 명이십니다.

　―화, 황제 폐하의 명……?

　어의는 어딘가 불안한 듯 두 손을 만지작거렸다. 분명 황제
폐하께서는 몸져누워 계셨다. 헌데 려운이 갑자기 무슨 의도로
그리 말하는 것인지는 몰랐지만, 황제의 명이라 하니 어길 수
없었다. 려운은 오로지 황제만을 위해 존재하는 자. 그가 황명
을 거짓으로 전할 리는 없었다. 그건 황궁 모든 사람들이 아는
일이었다.

　어의는 침을 꿀꺽 삼키고는 대답했다.

　"그것이…… 점점 혈색이 나빠지고 계십니다. 이 상태로는
더는 버티기 힘드실 것이옵니다. 이제 시간이 얼마 남지 않았습
니다."

　어의의 말에 대신들이 술렁거렸다. 천 우가 보이지 않게 씨익
웃었다. 모든 것이 순조로웠다.

　천 우의 곁에 말없이 서 있던 공 태감의 표정이 어두워졌다.
황제 폐하를 대신해 섭정을 하게 된 천 우의 곁을 잠시 동안 지
키고는 있었지만, 어딘가 불안한 느낌을 지울 수가 없는 그였
다.

　"황후마마께서 해독제를 찾는 자에게 재상의 자리를 주겠다
하셨다던데. 그건 어찌 되었지?"

　그의 물음에 홍 재상이 스윽 주변을 돌아보곤 대답했다.

"아무도, 찾지 못했습니다."

"그렇군. 참으로 안타까운 일이야."

이윽고 천 우가 천천히 본심을 드러내기 시작했다.

그는 제좌의 팔걸이 위에 두 손을 올려놓고는 입가에 미소를 띠었다.

그리고 그동안 철저히 숨겨 왔던 그의 검은 속내를 드러내는 한마디를 꺼냈다.

"허면, 어쩔 수 없이 내가 계속…… 정사를 돌보게 되겠군."

"……!"

홍 재상의 반대편에 서 있던 대신들의 눈이 모두 휘둥그레졌다. 백 재상을 제외하고.

그리고 홍 재상은 이때다 싶어 앞으로 나섰다.

"만일 황제 폐하께서 승하하시면, 천나라 제좌는 영영 비워두게 될 터인데. 허면 이를 어찌해야 할지……."

홍 재상은 이부, 호부, 예부, 병부상서들을 제외한 다른 대신들을 바라보며 말끝을 흐렸다. 아직 모든 대신들을 자신의 편으로 끌어들이진 못했다. 그건 백 재상도 마찬가지였다.

백 재상은 천 우의 계획에 암묵적으로 동참하고는 있었지만 막상 나서서 다른 이들까지 끌어들이진 못했다.

며칠을 생각해 보아도 이대로 황제가 죽고, 천 우가 황제가 된다 해도 홍 재상의 기세로 보아선 월이 황후의 자리를 유지할 수 있을지 겁이 났기 때문이다.

"그대들의 생각은 어떠한가."

백 재상이 조심스럽게 물으면서도 공부상서와 형부상서의 눈치를 보며 시선을 피했다. 그들에게는 아직 천 우의 계획을 말하지 못했다. 너무도 올곧은 자들이라 그들에게 잘못 말했다간 아무리 좌일성의 수장이라도 참형을 면치 못하게 될 수도 있었다.

"그건 황제 폐하께서 실로 승하하셨을 때 논의해도 될 문제인 것 같습니다만."

공부상서가 한쪽 눈썹을 치켜 올리며 말했다. 그러자 형부상서도 조용히 고개를 끄덕였다. 백 재상 쪽의 다른 대신들은 두 상서의 반응에, 자신들은 어찌해야 할지 고민하며 미간을 좁히고 있었다.

"정확히 홍 재상님께서 말씀하고 싶으신 요지가 무엇인지요."

문득 형부상서가 홍 재상을 향해 물었다.

"그러니까……."

홍 재상은 천 우의 눈치를 보더니 이내 침을 꿀꺽 삼키곤 답했다.

"천 우 마마께서는 천나라와 지나라, 그리고 해나라를 통합해 다시 연나라를 세우실 계획이시네."

"뭐라고?"

"연나라?"

"천나라를 통합한다고?"

홍 재상의 발언에 다시금 조당이 술렁이기 시작했다.

"잘들 생각해 보시게. 현 천나라 황제 폐하께서 승하하시면, 어차피 천나라는 주인 없는 빈 나라가 될 것일세. 허면 우리들은 어쩌고, 백성들은 어찌 되겠나? 이왕이면 천, 지, 해나라를 다시 통합하고 연나라를 재건해 그 누구도 넘보지 못할 강대국을 만들어, 새로운 황제 폐하를 추대하는 것이 더 나은 미래를 만드는 길이 아니겠는가? 오로지 천나라와, 백성들을 위해서 말이네!"

홍 재상은 대신들을 향해 차분히 조목조목 따져 말했다. 홍 재상의 말을 들어본 대신들은 서로를 바라보며 한마디씩 했다.

"지금 천나라가 많이 불안정해지긴 했지."

"헌데 어찌 황제 폐하께서 살아계시는 마당에 이런 소리가 나오나!"

"다시 연나라가 재건된다면…… 지금보다 몇 배는 부강한 나라가 되긴 할 터인데. 애초에 부국강병이 천나라의 가장 중요한 과업이니."

이내 대신들의 반응을 지켜본 홍 재상이 천 우와 두 눈을 마주치며 입꼬리를 올렸다.

천 우는 그저 가만히 이 상황을 지켜보고 있었다.

그리고 공 태감은 자신이 혹 잘못들은 것은 아닌지 귀를 의심하며, 얼이 빠진 얼굴로 멍하니 앞을 바라보고 있었다. 허나 그는 이내 정신을 바짝 차리려 노력했다. 아무리 그렇다 한들 자신은 천나라 황제를 보좌하는 태감이었다.

이윽고 공 태감은 곁에 있던 다른 환관 한 명을 바라보며 손짓했다.

그리고 그 환관에게 귓가에 무언가를 속삭이는 그였다.

＊　　　＊　　　＊

황후는 목욕을 마치고 시녀들의 도움을 받아 옷을 단정히 차려입었다.

하지만 아직도 황제의 체취와, 온기가 자신의 곁에 남아있는 느낌.

그녀는 미소를 지었다가, 이내 다시 슬픈 눈을 한 채 힘겹게 마른 침을 넘겼다.

"황후마마."

문득 밖에서 들려오는 환관의 목소리에, 황후의 머리를 매만져 주던 리아가 문 쪽을 바라보았다.

"누구냐."

황후가 조용히 대답했다.

"공 태감님께서 저를 보내셨사옵니다."

"공 태감이라. 어서 들거라."

문이 열리고 환관이 안으로 들어섰다. 황후는 자리에서 일어나 리아의 도움을 받으며 환관의 앞으로 다가갔다. 그리고 초점 없는 눈빛으로 허공을 바라보며 물었다.

"무슨 일이지."

"마마. 지금 조당에서⋯⋯."

환관은 주위를 둘러보더니 이내 공 태감에게서 전해 들은 말들을 조용히 전했다.

"천 우 마마께서⋯⋯ 천나라를 흡수하려⋯⋯."

환관에게서 모든 것들을 전해 들은 황후는 하마터면 그 자리에 털썩 주저앉을 뻔했다.

"알겠다. 그만 나가 보거라."

이내 그녀는 침착함을 유지하려 크게 심호흡을 하고는 단호한 목소리로 고개를 끄덕였다.

환관은 머리를 조아린 뒤, 말을 전하고는 물러났다.

"분명 잠시 동안만 아우를 위해 섭정을 하실 뿐이라고 했다."

황후는 리아를 바라보며 허탈한 웃음을 지었다.

천나라를 흡수해, 연나라를 재건한다니. 그건 곧⋯⋯ 자신이 황제가 되겠다는 뜻이 아닌가.

아우인 천나라의 황제를 밀어내고.

"마마, 아직 황제 폐하께서 살아계시는데, 그럴 일은 없을 거예요!"

리아가 비틀거리는 황후를 부축하며 말했다. 그러자 황후는 차가운 눈빛으로 치마를 탁탁 펴고는 곧게 섰다. 그리고 붉은 입술을 움직이는 그녀였다.

"아무래도, 조당에 가 보아야겠다."

*　　*　　*

"어찌 되었든, 이 모든 이야기는 휘가 숨을 거두었을 '만일'을 대비해 그저 이러면 어떻겠냐는 제안일 뿐이다. 그대들이 그리 민감해할 필요는 없을 터인데."

천우가 찬반 논쟁으로 달구어진 조당의 열기를 식히듯 한마디를 던졌다.

'그 만일은 곧 이루어지겠지만.'

천우는 하루가 어서 지나가길 바라며 천장을 가만히 응시했다.

벌컥—!

갑자기 조당 문이 열렸다. 그리고 그 안으로 의녀 한 명이 뛰어 들어왔다.

"바, 방금…… 황제 폐하께서 승하하셨습니다."

털썩—

"황후마마!"

리아가 황후의 팔을 붙잡았지만 한발 늦었다. 급히 조당으로 들어서려던 황후는, 자신의 앞에서 황제의 승하소식을 고한 의녀의 목소리를 듣고 그 자리에서 주저앉고 말았다.

"이제, 이야기가 달라지겠군."

그리고 그 모든 상황의 중심에 서 있던 천 우는 회심의 미소를 지었다. 대신들의 얼굴은 모두 사색이 되었다. 우려했던 일이, 정말 현실로 일어난 것이었다.

천자를 잃은 황궁이 떠들썩해졌다. 대신들은 충격과 두려움에 휩싸여 우왕좌왕했고, 당장 무엇부터 시작해야할지 몰라 실의에 빠졌다.

천 우의 계획을 미리 알고 있던 대신들은 얼떨떨해하면서도 자신들의 계획이 빛을 보게 되었음을 속으로 자축하고 있었다.

백 재상은 덜덜 떨리는 입술을 애써 감추려 세게 깨물었다. 밀려드는 허무함 위로 자신의 손으로 월에게 처음 탕약을 내밀었던 기억이 스쳐 지나갔다.

권력이 무엇일까. 딸이 독이 든 탕약을 마시게 하고, 죽은 아우를 대신해 형이 그 자리에 앉도록 만드는 권력이 대체 무엇일까.

백 재상은 그리도 묻고 살아가려 아등바등하던 기억이 이 순간 갑자기 떠오른 연유를 알 수가 없었다.

이윽고 천 우가 제좌에서 일어섰다. 그리고 대신들을 향해 근엄한 목소리로 말했다.

"모두들 잘 듣거라."

천 우는 짐짓 슬픈 표정으로 애도를 표하듯 잠시 고개를 숙였다.

"애석하게도, 나의 사랑하는 아우가…… 그만 숨을 거두었다."

절망이 담긴 그의 목소리가 숙연해진 조당에 은은하게 울려 퍼졌다.

"내가 감히 온전히 휘의 빈자리를 대신할 수는 없겠지만……."

이내 천 우는 고개를 스윽 들었다. 그리고 그의 최종 목적을 입 밖에 꺼냈다.

"만일 그런 기회가 주어진다면, 나는 연나라를 최고의 강대국으로 만들어 하늘에 있는 천 휘가 자랑스러워할 만한 형이 되고 싶다."

당당하고도 힘 있는 천 우의 한마디에 모두의 시선이 그에게로 집중되었다.

그 누가 먼저 입을 열 것인가.

조당에는 한동안 알 수 없는 기류와 침묵이 흘렀다. 온몸을 감싸는 긴장감에 대신들의 이마에 땀이 흐르기 시작했다.

그리고 그 순간, 누군가의 그림자가 조당 안으로 거대하게 드리워졌다.

한 발자국씩 조당 안에 내딛는 누군가의 발걸음에 따라, 황금빛 옷자락이 바닥에 스쳤다.

이내 거대한 그림자의 주인이 조당 한가운데 멈추어 섰다.

그의 어깨를 비롯한 팔을 휘둘러진 오조원룡보가 햇빛에 비취져 유유히 빛났다.

이윽고 누군가의 차갑고도 무거운 음성이, 제좌에 앉아있던
천 우를 향해 날카롭게 꽂혔다.

"형님. 제가 그리도 미우셨던 것입니까."

"······!"

"제게 건네준 솔잎차에, 독을 넣을 만큼."

〈다음 권에 계속〉